德情映青庐

名家故居逸事

海飞　主编

当代中国出版社
Contemporary China Publishing House

图书在版编目(CIP)数据

德情映青庐：名家故居逸事/海飞主编. —北京：当代中国出版社，2015. 5
ISBN 978-7-5154-0440-0

Ⅰ. ①德… Ⅱ. ①海… Ⅲ. ①游记—作品集—中国—当代 Ⅳ. ①I267.4

中国版本图书馆 CIP 数据核字(2014)第 053014 号

出 版 人	周五一
策划编辑	李一梅
责任编辑	李一梅 秦霁政
责任校对	康 莹
装帧设计	古涧文化
出版发行	当代中国出版社
地 址	北京市地安门西大街旌勇里 8 号
网 址	http://www.ddzg.net 邮箱:ddzgcbs@sina.com
邮政编码	100009
编 辑 部	(010)66572264 66572132 66572154 66572434 66572180
市 场 部	(010)66572281 或 66572155/56/57/58/59 转
印 刷	北京宝昌彩色印刷有限公司
开 本	720×1020 毫米 1/16
印 张	18.25 印张 1 插页 插图 109 幅 180 千字
版 次	2015 年 5 月第 1 版
印 次	2015 年 5 月第 1 次印刷
定 价	45.00 元

从天而降的水声（代序）

我站在院子里，看一座大宅屋顶的黑瓦如沉睡的另一片大地。雨垂直地落下来，在黑瓦连绵的黑色之上跳跃奔踏，溅起阵阵水雾。我戴着巨大的笠，肩披蓑衣，站在季节最深处的院子里。天空中的水在我身边纷扬着落下，它们密密匝匝地包围我，打湿我童年笔直的目光。

我愿意长久站立，站成一棵树的形状，或者站成一块黑而木讷的石头、一扇吱呀与老旧的院门、一块结满青苔的灰砖，或者一张挂在屋檐下的生锈的犁。从天而降的安静的水声，像是从另一个世界奔突过来的梵音。我在想，假定我果真是一棵树，我的身体会不会发芽？肩窝处会长出一根树枝吗？手臂上会不会缠上绿色的藤？如果太阳升起，我的身体大抵是会被升腾的雾气笼罩的。这是我在童年辰光里经常想象的一个场景，演练多年，我的目光能娴熟地穿行在雾中，望着这些宅门缓慢而坚定地洞开，一个个表情散淡的人站在屋内。多年以后我终于明白，他们有 -个称谓叫大师或名家，另一个称谓是鲁迅、茅盾、艾青、梁实秋、张闻天、柔石、夏衍、章太炎、马寅初、夏丏尊、朱自清、丰子恺……

我以敬仰的目光，长久地注视着这样的人群。我觉得我应该邀约与集合一些作家朋友，让他们和我一起记取这些人和事，并以此作为纪念与回望的一种方式。当然，不仅仅是纪念，更是一种传达，让更多的人来认知此前的人和事。现在，这些文字集合完毕。让阳光均匀挥洒，让水汽蒸腾上升，让宅门无声洞开，让文字中的大家们站在门口，穿着各色的褂子、长衫、长裙、西装，衣着整洁，不染纤尘。他们就这样长久地集体站在这本叫作《德情映青庐——名家故居逸事》的书里，此书翻开，跃然纸上的是那时候泛黄的岁月。那时候的光影和光阴，是多么的陈旧和斑驳啊，每一个铅字上都铺满了从树叶缝里漏下的光。那样的光微小而闪烁，像游动的针，像活着的精怪。

鲁晓敏写了秋瑾，这个钟爱散文的年轻男人，把秋瑾用文字描摹得灵秀而完美，冷静地让当年的秋风秋雨，再一次呼啸着席卷而来，打湿多年以后这本翻开的书。秋瑾被捕，山阴知县李钟岳无力救庇，手捧墨书，老泪纵横，自己堂堂一个七尺男儿居然不如一女子忠勇刚烈。李钟岳向上司抗辩，力争保全秋瑾，最终却是徒劳。这位有良心的命官，也因同情革命党而遭革职。他离职前一边抡起杀威棒捣毁了陈设在公堂上象征正义公平的天平架，一边大骂政府禽兽不如。李钟岳被秋瑾巨大的悲情所击倒，三个月后以悬梁自尽的方式殉道，时年53岁。我想象那天也有着从天而降的水声，李钟岳手持白绫，一定是仰望着屋顶的黑瓦。良久，他知道黑瓦是望不穿的，黑瓦的一面是春水浩荡，黑瓦的另一面，是灵魂游移的地方。

刘克敌在这散淡如烟的时光中，不急不缓地向我述说章太炎的许多旧事。国学大师章太炎，居然一生有着挥之不去的“国师”情结。1915年章太炎给浙江青田人杜志远写了一封信，请求死后可以埋在青田刘伯温墓旁。写此信时，章太炎因不满袁世凯帝制正被袁世凯囚禁，并数次以绝食抗争。刘伯温为世人所熟知的是他辅佐明太祖，献时务十八策，成就明朝伟业。他一生疾恶如仇，且自知“伴君如伴虎”之理，功成名就后便退隐青田，但终究逃不过春秋时期就已经有史可鉴的“敌国破，谋臣亡”的命运。忧愤而亡之时，我猜想也许正是阴雨连天，也许也是连绵的水声不绝。

1918年的初春，西湖岸边下着微小的阴雨，青蛙已经准备选择一个合适的时机，在穴居的湖边泥洞里开始鸣叫。这样的天气里，微小的寒冷像四处游荡的魂魄，李叔同已在杭州虎跑寺削发，此刻他叫弘一。他的日本太太闻讯赶来，恳求他不要遁入空门。她泪眼唤他：……叔同。他手捻佛珠，答道：叫我弘一。后来黄炎培在《我也来谈谈李叔同先生》一文中写道，“船开行了，1918年的李叔同,放生的是半生人世浮华,放生的是彼岸的女子”。而我们呢，如今还是在尘世中无奈地挣扎吧？这是符利群告诉我的，像说一个遥远却又恍若在眼前的故事。我想到的却是另一层，我曾经被这自称弘一的和尚留下的四个字——悲欣交集，击中。我能透过这四个字的背面，看到苍凉微小却又无处不在、状若游蚁的人生。而他“长亭外，古道边”的歌声，在我耳畔响了四十余年，让我一次次想见夕阳下的荒草荒凉荒村荒道，荒的院落和树林，以及荒芜的心境……

潘爱娟的文字，让我也晓得了1920年，陈望道翻译《共产党宣言》，为了安静地进行翻译,他躲进了经年失修破陋不堪的柴房。陈望道足不出户，就连一日三餐和茶水等也常常是由老母亲送来。母亲特地包了粽子送到书桌前，还在边上放了一碟红糖，催促儿子吃粽子是要趁热的。过了一会儿，母亲在屋外问他还要不要再添些红糖，他连声答话：“够甜，够甜。”当母亲进来收拾碗筷时，发现儿子满嘴都是墨汁，红糖却一点没动，原来他一边译书，一边蘸着墨汁吃了粽子，却浑然不觉。我想我大概是要表示一下敬意的，我必须敬重治学严谨的辛苦学人。或许他也是隔空而来的一滴水声……

水声不绝啊！我真想长久地站在院落之中，让水声把我所有的年龄淋得精湿。马寅初在嵊州浦口一间叫“马树记”的酒号降生，晚年他因《新人口论》遭受批判时，显示了一个学者的勇敢、自信、坚强和刚毅，他公开声明：“我虽年近八十，明知寡不敌众，自当单枪匹马出来应战，直到战死为止。”京剧大师“麒麟童”周信芳是幼年在天一茶园演出时开始用“七龄童”这个艺名的，第一台打炮戏是《黄金台》，这是周信芳演艺生涯的转折点。至于从“七龄童”如何变为“麒麟童”，周信芳自己叙述：“是一位八十多岁的北方老先生，把七龄童误写作麒麟童。”还有写《雨巷》的戴望舒，杭州大塔儿巷如今早已难寻旧时光景，他“积着愁怨”的长长惆怅却一直还在巷内盘旋。自然，我们不应忘记蔡元培，这位与鲁迅同为绍兴老乡的北大校长，他如何借拜访同乡的名义从绍兴走向北大，以及如何带领一群浙籍文人占领20世纪中国文学半壁江山，其历程是那样精彩。还有许许多多，除却大家熟悉的鲁迅、茅盾、艾青、徐志摩，还有沈增植、马一浮、潘天寿、吴昌硕、林风眠、丰子恺、俞平伯、郁达夫、冯雪峰……

这些密集的已经故去的名家，他们集中出现在一本书中，他们慢而从容地转过身去，留下了一个个白晃晃的叠影重重的身影。他们让我想到的是一场老掉牙的胶片电影，或者是从天而降的水声，仿佛他们也来自于某个深不可测的潭。其实我也能隔着时光看到童年的我披着肥大蓑衣的旧影，恍然之间人至中年，在书房里老气横秋地喝茶和制造文字，以及负责阅读一切喜欢的书籍。当然，从天而降的水声仍然是必需的安神良方，现在让我们都把目光抛得远远的。你是不是看到了一片青翠的狗尾草和茅草在路边的晨风中摇曳，天光已经变亮了，却仍然阴沉得没有一丝太阳。一个少年正用懵懂目光，打量着那些纤长灵秀的背影们。他转过身朝你笑了一下，岁月就开始变得荒芜起来。田园里有烂掉的木头，院门上有明亮而晃荡的蛛网，一口井在那个年代冒水的声音轻到我们听不到，却在真实地发生着。

水声再一次从天而降。2013年11月23日凌晨2时31分，作为此书主编，写下与水声有关的以上文字。是为兴致所至的胡言乱语，是为装腔作势的引言导读，是为不成样子的序言。

目录

王朝背影里的红顶商人

——访胡雪岩旧居

文/田　甜

胡雪岩

胡雪岩（1823.9.29—1885.12.6），名光墉，幼名顺官，字雪岩。安徽绩溪人。红顶商人、政治家。早年家贫，为杭州信和钱庄学徒；后入浙江巡抚幕，为清军筹运饷械。1866年，协助左宗棠创办福州船政局。1872年，出面举债，供应左宗棠西征新疆军费。1881年，因左宗棠成功收复新疆，胡被授予布政使衔，赏穿黄马褂。胡雪岩创办胡庆馀堂药号，经营阜康银号，兼营当铺、地产、盐业、航运、粮食买卖等生意，操纵江浙商业，资金最多时达二千万两白银，人称“为官须看曾国藩，为商必读胡雪岩”。

走进胡雪岩旧居，一幅融自然、风光、人文、历史为一体的清丽画卷徐徐展开；走进胡雪岩旧居，放牛娃、钱庄学徒、跑街、老板、布政使，一个个不同的角色在脑海中浮现。

他出身贫穷，幼年替人家放牛，后入杭州阜康钱庄当学徒。学徒期间，因表现出色，深受钱庄老板赏识，被擢升为跑街。老板临终无后，遂将整个钱庄交付于他。那一年，他38岁。38岁，春秋正盛，大有可为。自此，他除了经营钱庄，还兼营粮食、军火、生丝、房产，几乎垄断整个金融市场。他帮助左宗棠开办福建船政局，主持上海采运局局务；他以个人信用向外国银行借款，使左宗棠收复新疆有了可靠的财力支持；他官运亨通，封布政使衔，赐红顶戴，紫禁城骑马，赏黄马褂，成为晚清赫赫有名的“红顶商人”。在事业鼎盛时期他耗资五十万两白银，用时三年，在杭州这块风水宝地建起了这座豪宅。而之后不过十载，他从人生的顶点一下子跌入谷底，最终落得负债累累，于贫病交加中凄惨地离开了人世。一百多年过去了，风云变幻，时事更迭。这座隐匿于

高墙大院中的豪宅几易其主，甚至挪为他用，好在最终奇迹般地复原了，成为晚清建筑的一个经典。而宅子主人的传奇故事，则在民间代代相传。

夏日，游杭州，城东南元宝街18号，白墙灰瓦。高墙大院，紧锁豪奢，深藏不露。我伫立在“胡雪岩旧居”的碑前，以此作为我的起点，开始走进这座豪宅。

胡雪岩旧居，总平面为缺了西北角的长方形，内由东侧生活区、中部议事区、西侧园林区三部分组成。至于西北那个缺角，据说是当时一位剃头师傅开在那里的理发店。他不愿舍弃祖传家业，说什么也不肯搬离，胡雪岩也就因此作罢。宅院占地十余亩。从整体看，屋宇轩昂，错落有致，小桥流水，玲珑秀美。银杏木、楠木、紫檀木等珍贵木材，中西合璧的建筑风格，最能反映出主人的身份地位。一盏仿日本定制的水法塔灯、一面英国人送的大镜子，一改中国古典建筑的古板、压抑，使整座宅院在众多豪宅中显得与众不同。

轿厅，是走进正门后看到的第一座建筑。按照中国传统建筑文化的理念，让别人进你家门最先看到的，往往是最能光耀门楣和彰显主人地位的，胡雪岩家亦然。走进轿厅，“勉善成荣”四个大字高悬堂上。此乃同治皇帝御赐之物，富贵人家的荣耀也莫过于此。另外，墙上还挂着“奉养仁风”“经商有道”“乐善好施”等匾额，从中足以见得主人白手起家，最终能够成为晚清第一巨商的商道：财富可以变，地位可以变，不变的是一颗爱国爱民的心。

离开轿厅，穿过明廊暗弄，便看到了生活区的建筑。单是这些建筑的名字，就暗含着大学问。什么“融冬院”“颐夏院”，再加上园林区的“锁春院”“洗秋堂”，真是将一年四季的良辰美景都锁在胡家大院了！还有“和乐堂”“清雅堂”，这两个名字不仅读来富有音韵美，更是寓意深远，使人浮想联翩。再把目光转移到这些建筑的装饰上。珍贵的楠木家具精美典雅，细腻而有光泽。深蓝色的玻璃窗明几净，使整座大厅显得格外宽敞。气势不凡的佛堂金碧辉煌，是胡雪岩的母亲金太夫人当年烧香念佛的地方。更值得一提的是和乐堂内陈列的铜管铜线：原来是胡雪岩为了方便与各位太太会面，并避免她们之间的醋意，

让人在自己屋内安装了一座当时西方最先进的通话设备——德律风（今译电话），并用十三根线通向了各位太太的住所。

在胡雪岩旧居，最令我流连的是宅院西侧的芝园。在参观完了生活区和议事区的所有建筑之后，我走进了芝园。蓝天白云，小桥流水的芝园！亭台水榭，花鸟虫鱼的芝园！只要走进一步，定会豁然开朗，内心也因此而变得开阔起来。好一派江南园林风光！若是杜丽娘第一次见到这般美景，该会游园惊梦了吧！园中俯仰都是景。最高处是亭，登上亭台，清风徐来，满园风光尽收眼底。中间是假山，山洞里是目前国内最大的人工溶洞。这些假山点缀在亭台水榭中，相得益彰，为园林增添不少情趣。游园累了，低头看看流水，侍弄一下水里的金鱼，又该是多么舒心，多么惬意。看来宅院主人不仅谙于商道，还十分有情调，讲究生活品位。

红顶商人，煊赫一时。所建豪宅，极尽园林建筑之精华，就连富贵的帝王家与之相比也逊色三分。然而，处顺境难啊！ 59 岁那年，胡雪岩东窗事发。李鸿章命人不惜一切代价“倒左先倒胡”。而他毕竟是个商人，在政治上哪能与李鸿章的势力抗衡！最终，他被革职抄家，成了那个时代黑暗的官场上政治斗争的牺牲品。所幸当时有文煜文大人接过了这座宅院，使之最终得以保全，才使得今天能有那么多游人来到胡雪岩旧居，凭吊它的主人。如果胡雪岩地下有知，也该死而无憾了吧！

图片提供 / 田　甜

百年缶翁

——访吴昌硕“西泠印社”

文 / 鲁晓敏

吴昌硕

吴昌硕（1844.9.12—1927.11.29），名俊，字昌硕，别号缶庐、苦铁等。浙江安吉人。篆刻家、书法家、画家，与任伯年、赵之谦、虚谷并称为“清末海派四大家”。1865年，考中秀才。1869年，就学于杭州诂经精舍，师从俞樾。1899年，任江苏安东县知县，一月即辞去。1913年，任西泠印社首任社长。吴昌硕的艺术另辟蹊径、贵于创造，最擅长写意花卉，他以书法入画，以篆笔写梅兰，狂草作葡萄，所作花卉木石，虚实相生，主体突出，画面用色对比强烈，形成富有金石味的独特画风。吴昌硕是我国近现代书画艺术发展过渡时期的关键人物，“诗、书、画、印”四绝的一代宗师。

一

假如说，西湖是杭州的城市园林，那么西泠印社就是园林中的园林。这座园子你用什么样的溢美之词形容都不为过，大到收山纳水地再造乾坤，小到勾栏画栋地细细把玩，无处不显示出此园的别具匠心。

西泠印社景色深入浅出，一路台阶斗转，四周回廊曲折，真山假山此起彼伏，亭台楼阁高低错落，咫尺之间，变化无穷。栏外西湖波光，栏中孤山山色。盛大的湖光山色压缩到此一隅，一切变得那么明朗而又疏离。

我这样想的时候，突然意识到西湖是一张文化图腾，而西泠印社正是这张巨大图腾上一枚厚重的印章。

这座园林始建于 1904 年，建造园子的是几个印石书画家，自建成起便成为私人聚会的场所。直到 1913 年，西泠印社才真正进入中国人的视野。这年重阳节，这座园子热闹非凡，微风中传递着淡淡的墨汁味道，海内印石书画大家齐聚于此，饮茶赋诗，挥毫泼墨，高朋满座，一场纪念西泠印社成立 9 周年的盛大“秋禊” 在菊花飘香的秋风中开始了。

这年“秋禊”一个最重要的内容是公推西泠印社历史上的第一任社长，西泠印社从 1904 年成立以来社长位置一直空缺着，这显得有些尴尬。据书法家张景星所撰《西泠印社同人录序》记载，此次雅聚，群贤毕至，少长咸集，中外联欢，与会者凡数百人，场面极其盛大。

这是历史上一次著名的文人雅集，他们中间有吴昌硕、丁仁、王禔、吴隐、叶铭等当时招牌响亮的印石书画大家，也有日后成为日本印界泰斗的长尾甲等外国人士。在此次公推中，吴昌硕众望所归地出任西泠印社首任社长，这年他 70 岁。

“印讵无原，读书坐风雨晦明，数布衣曾开浙派；社何敢长，识字仅鼎彝瓴甓，一耕夫来自田间。”这副对联是吴昌硕在这次雅集上撰写的，今天依旧悬挂在观乐楼的门楹上，他的谦逊和襟怀对应着湖光山色。可惜没有横批，是吴昌硕纰漏还是故意留给后人总结，已经不得而知了。

二

距离 1913 年，已经整整九十七年。我无数次想象当年的盛会，追踪着当年的气息，又一次来到西泠印社。

2010 年 10 月初的西湖清晨，天很早就亮了，由于清静，湖天出奇地辽阔，一群白鹭从葛岭飞过来，另一群从阮公墩飞过去，它们在西泠印社上空画出一个个巨大的圆圈，清脆地啼叫着。

西泠印社在啼叫中渐渐醒来，保安迎着晨光打开大门，我第一个钻了进去。

阳光一下下地擦亮着这座百年前的庭院，茂盛如华盖的大樟树，葳蕤密布的植物，高高低低的楼阁，大大小小的碑刻，西泠印社在清晨中一点点露出了它的本色。几名拍婚纱照的摄影师走进了印社，在院子内摆开器材，一对新人在化妆师的摆布下，精心地打点着，他们的新生活也许就从今天开始。

我顺着图标在园子中小心翼翼地游走，一一走进那些空落落的亭台、楼阁、馆舍、碑廊。一间一间地向上行走，直到走进观乐楼，也没有遇见一名游客，这恰恰给了我清净的空间。

西泠印社是清末民初文化界的盛会，在世界的任何一个角落恐怕也难以找出一个可以与之相媲美的民间艺术社团，它以园林方式呈现在世人面前，人文之美和建筑之美都是如此地妙不可言。单单从园林的气势而言，它也是杭州最盛名、最典雅、最精致、最文化的山水园林，它是西湖最精粹的文化圣地。

我时常不可救药地沉迷在对“天下第一名社”的想象中。书画的力量、印谱的力量，在看似柔曼的纸张间突然站立了起来，如同三维立体的图像一般，一根根梁柱从天而降，顷刻间在眼前矗立起了一座百园之园。最普通的石头在精湛的篆刻下脱胎成经典，最普通的纸张在妙手下成为传奇，只要是有文化情节的人，对书画金石略知一二的人，这种强烈的吸引力是无法让人拒绝的。

当年，此园是文人雅士津津乐道的聚会之处，但它是低姿态的。不管达官贵人还是文人雅士，或是凡夫俗子，只要你捧着一颗纯粹的艺术之心，这方狭小的舞台一定会给予你广阔的天地。

时过境迁，那些百年来如雷贯耳的名字在一个个房间一一出现：吴昌硕、马衡、张宗祥、黄宾虹、李叔同、马一浮、丰子恺、吴湖帆、商承祚、沙孟海、赵朴初、启功……他们挤在雅致的小楼中一一敞开了艺术人生，他们的作品东鳞西爪地呈现在偌大的庭院中。一张张书画、一方方印谱，那些闪烁着雄浑气韵的作品，在众人灼灼的目光中，是多么寂寞啊，一如它们的主人。

在这些名满天下的名字中，吴昌硕是最让我高山仰止的一位，在我看来，他也是这座园中之园的文化滥觞。

三

吴昌硕，多别号，常见者有仓硕、老苍、老缶、苦铁、大聋、石尊者，浙江安吉人，近代顶级的艺术宗师，诗、书、画、印四艺并举，清末海派四杰之一，继赵之谦、任伯年、虚谷诸家之后的海派领袖，百年来书画大师多出其门下，深深地影响了近现代传统书画印发展走向。

吴昌硕出生在晚清最为动荡的岁月中，太平天国运动使得人丁兴旺的吴家顷刻间只剩父子两人，吴昌硕在战乱中度过了饥寒交迫的少年时代。成年后长期在江南杭州、湖州、上海、苏州、扬州一带游荡，或者拜师学艺，或者为人幕僚。日子过得捉襟见肘时，只能以刻私章、写条屏换点生活费，有时不得不典当衣物度日，穷困潦倒居然还有心思以“酸寒尉”自我解嘲。他以最底层的小吏、候补官员、地摊商贩的身份厮混多年，尝遍人间辛酸冷暖，在困顿中填写了大半个人生履历。

历史有着惊人的相似，明朝最杰出的文人画家徐渭和清朝最杰出的文人画家吴昌硕身世如出一辙，这两个穷酸秀才孤苦伶仃，仕途坎坷，最终都成为艺术之集大成者，成为一个朝代最杰出的艺术巨匠。从中让人悟出一个道理，苦难有时是一个人的良师益友。历经坎坷而壮志不减，吴昌硕身处逆境，葆有豁达的心境，始终保持着理想，即使在最落魄的时候也不放弃。

有三件事情对吴昌硕的一生产生了深远的影响。

其一科举不顺。吴昌硕自小饱读诗书，在举人出身的父亲的培养下打下了扎实的文化功底。但他科举从一开始便异常艰难，22 岁才中秀才，对于自视甚高的他来说，这是一个相当尴尬的开局。此后他便绝意于科考，终身只是一个可以穿长衫的老秀才。

其二报国无门。吴昌硕具有浓烈的忧患意识，处江湖之远不忘忧国忧民。他历经太平天国战乱、甲午战争、庚子之乱，国事的一再破落，国恨家仇，他身陷时代大变局，真是“狂挥老泪倚栏杆”，让他徒叹报国无门。甲午战争爆发后，作为湖南巡抚吴大澂的幕僚他跟随湘军北上抗日，他曾写下“补天谁有大手笔，顽石跃出娲炉中”这样磅礴的诗句，他紧紧地握着拳头，恨不得将手中的毛笔换成冰冷的长枪，奋战沙场杀敌报国。此刻，他一定有着辛弃疾的“醉里挑灯看剑，梦回吹角连营”的慨然，也有着陆游的“铁马冰河入梦来”的万般无奈。1910 年夏，67 岁的吴昌硕沿长江至武汉，过长江黄河，兜了大半个中国抵京，完成了人生最后一次北游。他考察了民生民情，对清朝完全绝望，从此不谈政事，专心学术。

其三仕途坎坷。他在苦难中能够正视现实，仰视理想，渴望有朝一日能够实现大济苍生的儒家理想。吴昌硕从最低级的小吏做起，稍后做过官职大点的佐贰，也担当过巡抚幕僚。56岁那年，得到了朝廷的一纸调令，出任安东县令（江苏涟水）。在临近花甲之年实现了仕途上的突破，一个小小的七品县令居然让他有着临水照花般的成就感，那个久违了的修身治国平天下的理想猛然又蓬勃起来。出人意料的是，仅仅月余他便挂印而去。我不知道吴昌硕是怎么想的，可能一旦居其位，丧失了自由、自尊，倒不如隐逸乡野做个艺人更加痛快。

“风波即大道，尘土有至情”。历经这一系列变故，他的心境变得无比阔远和宏大，看惯了是非功败，内心已经相当平静。仕途曲折和底层生活的濡染，令他的作品从拘泥中挣脱而出，他的作品是艺术，更是生活，无限贴近时代的脉搏，这也是他的作品日后被大力追捧的一个最重要的原因。

四

吴昌硕有着丰富的传统文化积淀，睿智的人生见地，豁达的人生取向，他将毕生的阅历倾注于笔端，流淌于诗书画印之间，诗书画印并举，吸取各自精华而浑然天成。在他涉及的所有艺术门类中最拔萃的还是画。

吴昌硕所处的时代，正值江浙沪为核心的文化市场全面兴起之际，审美情趣的提升，文人画的普及，市场特别推崇徐渭、八大山人、石涛、扬州八怪等人个性张扬的书画。吴昌硕继承他们的衣钵，兼具诗性，这得益于其文学造诣，如同唐诗宋词中伸展而出的笔墨奇葩。他的画有着浓烈的金石印记，艳而不俗，华而不腻。他的画野逸与高古并举，野梅、苍石、枯枝、断藤、桃子、石榴、野鹤，在他笔下一一展现出朴野，呈现出典雅，体现出精到。吴昌硕狂怪求理的画风风靡一时。

观乐楼中挂满了大师的书画印谱，这些作品在射灯下闪着幽静的光泽，无一不透露出他的个性，人与画合二为一，人与故居合二为一，作为故人以实物存在最贴切的方式存在着。我徜徉在他笔下那些亦俗亦雅的色调、亦正亦斜的枝条纹理、非现实美感的花花草草、真实而有化外的生活场景中，他的所有的作品都充溢着灵魂的诉求、对现实的无奈叹息、对理想的美好寄托。

他尤喜画植物，我们今天依旧可以看到他众多的作品，如《天竹花卉》《紫藤图》《墨荷图》《杏花图》《兰石图》《松石图》《紫藤图》《红梅图》《松梅图》《桃石图》，等等，无一不流露出不滞、不涩、清俊、灵动、雅致、野性。

我在观乐楼一幅一幅地浏览着，几乎是像收敛住呼吸一般地聚神，这其中最让我喜欢的有两幅。

一幅是扛鼎之作《红梅图》：左边一枝枯梅，右边一树闹梅。一生一死形成强烈的视觉对比，那不是他人生的自我写照吗？历经沧桑，看似枯死，不想从奇石中伸出一树红梅，包裹住了枯枝，画面堆霞叠彩，一片生机盎然，死亡在生命的搭配和感召下逐渐鲜活起来，竟似有复生的感觉，不是生机胜似生机。他漠视了苍劲的死，重视了酣畅淋漓的生，生死交错，笔力雄浑苍健，今天的艺术成就不正好是他人生价值的体现吗？这绝对是文人画作的至高至绝的境地。

构图奇巧，枯木、秃石、红梅，别无他物，搭配得相当熨帖，显现出点点生机。大量的横竖交叉打破了画面的平衡，有一种细细品味人生的大写意境界，不禁叫人拍案！他曾有诗："十年不到香雪海，梅花忆我我忆梅。何时卖棹冒雪去，便向花前倾一杯。"他爱梅，品格似梅，作完此画，他或许大有"误入尘网三十年"的感慨。

他的另一幅力作是《桃石图》：两株笔挺的桃树，枝繁叶茂，果实累累，鲜艳欲滴。画面大气粗犷，局部细腻精到，印泥一般鲜艳的桃色，旺盛的生命力在画面中张扬而出。但他已经预见了成熟的桃子即将面临采摘，满树繁锦即将消逝，他把沉重用画面一角的巨石点提着，沉重与鲜活对立着，飘逸与笨陋偎依，强烈的对比抒发出画家对美的认识，对生命的感悟，到达了道法自然的境界。

齐白石说吴昌硕："放开笔机，气势弥盛，横涂竖抹，鬼神亦莫之测。于是天下叹服矣。"齐白石还说："青藤雪个远凡胎，老缶衰年别有才，我欲九原为走狗，三家门下转轮来。"青藤即明代徐渭，雪个即清代朱耷，老缶就是吴昌硕晚年的号。能够让一代宗师俯首帖耳甘作门前走狗的，一定是画界最杰出的奇才、怪才、全才。

吴昌硕的命运虽然多劫难，这点与凡·高、徐渭、八大山人等人悲剧的命运有所相似，但是他能够在晚年见证自己的成功，执掌海派门第并发扬光大，将西泠印社建筑成"天下第一社"，在他的有生之年便奠定了历史地位。晚年吴昌硕回顾自己的游学、游艺、游宦生涯，作此诗为自己作了总结：石头奇似虎当关，破树枯藤绝壑攀。昨夜梦中驰铁马，竟凭画手夺天山。

五

吴昌硕曾自诩：“三十学诗五十学画”。大多数的终身习画者一般只能够成为画匠，成名家巨匠者凤毛麟角，而五十学画便傲视海内，这绝对是不世出的绝代天骄，翻遍二十五史也难觅一二。

初见任伯年，吴昌硕尚无画名，他欲拜任伯年为师。不知道他是天赋使然，悟静通彻，还是曾有过悬梁刺股般地苦练经历，他的那一支笔如同一只造物者的手，唰唰几笔，人是人，物是物，有着临渊画鱼的真切，反正他的画一出手便技惊四座，连任伯年也惊骇不已，赶紧作揖，说你可以成为我的师傅了。

吴昌硕的学画也是一路攀爬的过程。他性格坦荡，谦虚好学，博采众长。从初师开始，学得神似，学得神化，学得神到。到后来，他一出手，像徐渭，像八大山人，像石涛，像板桥。或者一挥笔，自己就是徐渭，就是八大山人，就是石涛，就是板桥，就是自己一切师傅的总和。

清代在高压民族政策下，国画仿古风盛行，呈现出死气沉沉的状态，反映出画家茫然无期的人生观，焦苦、痴狂、阴郁。吴昌硕的画一反常态，有佛的禅境，有道的旷达，有儒家的伸缩，显现出阔大的气魄和神韵，让人为之一振，陡然唤醒了晚清昏昏然的画风。他的画虽然是商业画，却是实实在在的金枝玉叶，扫除了商业画作的浮华和刻板，有一种由内向外吐露的清净。

平庸者的画可以把山水画得死气沉沉，花鸟一片陈腔滥调，而一个优秀的画家正好将一切相反陈述，将蕴藏的意境和潜力用笔力挖掘而出。他的画从定式中跳出，作品凸显独立的精神状态，以浓艳热烈的色调打破了黑白水墨或者淡雅颜色为主基调的文人画格式，生命的韵律由矜持走向明烈，由黑白向彩色狂奔！他对病态的事物没有夸大，而以丑美相间，木讷与灵动，新鲜与枯死，在同一画面上出现，悄无声息却热闹非凡。

品他的每一幅画，笔墨淋漓，音韵翻滚，我们都能既读到局部的意蕴又读到全局的精神，往往各个关联之间疏通贯汇，总能小中见大，这是书画的至高境界。几株花草让人领略一园之香，几片残荷让人读透荷塘衰败，几只鸟鸣让人领略森林的气象。一个人的艺术成就达到了令人朝拜的程度，艺术就是宗教。吴昌硕的画风开时代的先河，时人学习他的画风简直到了趋之若鹜的地步。

吴昌硕的画功皆源自印功，得益于他长期对石鼓文书法的刻苦研习。清中晚期碑帖学、金石画风逐渐兴盛，吴昌硕就是在这样的大环境中历练自己，掌握了全面的知识，提升了自己的学养，为他日后的爆发积聚了充分的能量。用他自己的话说："予少好篆刻，自少至老，与印不一日离，稍知其源流正变。"

进入古稀之年，吴昌硕执掌了海派门第，他的画艺也达到了巅峰，吴昌硕当时的润格也是沪上最高：堂匾三十两；楹联三尺六两、八尺八两；横直整幅三尺十八两，四尺三十两，山水视花卉例加三倍；刻字每字四两……当时每两为银圆一圆四角，同为文化名流的北大校长蔡元培每月收入为六百银圆，而一介布衣的吴昌硕收入远非正部级的蔡元培可及。在吴昌硕的推动下，古代国画向现代国画转型，他正是这个承前启后的关键人物，是继承，更是开山鼻祖，一拳打破古今，成为现代国画的奠基人，引领了那个时代的艺术狂飙，使得清末民初的海派成为美术历史上的激情篇章。

也应该看到，吴昌硕的画也存在明显的糟粕。由于早年执着于仕途，屡次失败后，曾矫枉过正地强调野逸气息，使有的画作流于江湖气；后来为了卖画求生而讲究商业化，部分作品成为应景之作而降低了艺术格调；将金石高古浓烈地揉入书画，则显得过分干枯。

六

在西泠印社，在观乐楼中，我脑海中反复斟酌，吴昌硕到底是一个什么样的人呢？

从他留下的一张照片来看，一个胖乎乎的老头，面目圆润，气定神闲，目光飘向斜方，袒露出谦谦君子之风，但压不住那股豪迈之气和狂傲之气，那股气从寂静的空间猛然跃起，旋转在观乐楼偌大的空间中。

中国古代讲究的是文如其人，不像现在人品和文品是可以分离的。人品是衡量古代文人最重要的杠杆，秦桧、严嵩、阮大铖等人都是时代书家，由于人格的堕落，他们的书法被历史所遗弃。吴昌硕饱有浩然之气，他的一生守节气，有骨气，讲正气。画如其人，他始终将这股气贯穿于书画中，一打开画卷，这气浪迎面而来，这股气掷地有声。让我们不得不感叹，他的为人与为艺居然保持着如此高度地一致。

56 岁的高龄被提拔到江苏安东县令的领导岗位上，对于历经官场旋涡和游艺生涯的晚清秀才，这已经是越级破格重用了。我想，吴昌硕也是满怀信心地端坐在高堂上，心中把持着明镜，立志要在辖区内干出一番令乡里称颂的业绩来。他在任上的遭遇我们没有必要再去猜测，仅仅一个月，吴昌硕便在主政一县的官位上看清、看穿、看透了许多事物。

当吴昌硕抬起头来再仰望“明镜高悬”的牌匾时，他只看到一片茫茫无期的黑暗世界，到处是明争暗斗，到处是藏污纳垢，在这个腐朽透顶的王朝中哪里还有他期待的公平和正义，哪里还有他的栖身之所。那块牌匾照不亮这个世界，却照亮了他的灵与肉。理想和现实两相发生了剧烈的冲突，他不具备力挽狂澜的政治能力，无力纠正这个世界，也不想屈从这个世界，为保持着自己的节气，他留下“官田种秫不足求”作答，仰天长笑出门去，昂首挺胸地离开官场门墙。由此，自号“一月安东令”。既然不能做一个有为的官宦为国家为百姓谋福祉，遂居其次，把平生所学之问，忧患的家国情怀，郁郁不得志的人生境遇，用艺术的方式表现出

来，再造一个充满正气的艺术天地。

一生以仕途为目标，诗书画印只是业余爱好，这与旧式读书人的人生并无大的差别。而决然变成彻底的隐士，这种落差让人深感意外，却也在情理之中，说到底还是传统的士大夫节气使然。也有人质疑，吴昌硕这一行为有作秀的嫌疑，当时他在艺术界已经声望渐隆，此举意图拔高声望，扩大宣传效应。我认为他的这个反常举动，是一个典型的清正士大夫行为，不要“三年清知府，十万雪花银”，宁可做一个卖字画的个体商贩，专心致志地耕作自己的一亩三分地，也不要做折人的县官，这也是他孤傲性格的体现。他放弃了仕途的追求，这种潜藏在传统文人心灵深处不愿为五斗米折腰的思想此刻照亮了他，他看到阮籍、陶渊明、孟浩然、吕纯阳、寒山子、汤显祖、郑板桥等人的身影，不由自主地加入了他们的行列。

吴昌硕的为人、为官、为艺自然不必置疑，他自比陶渊明，刻有一章“弃官先彭泽令五十日”，以此自慰和自嘲。慰的是小媳妇终于熬成婆，说不上光宗耀祖，至少也是有了出头之日，可以荣登门庭；嘲的是自己无法与官场合作，以自己的力量扛不过官场的力量，说到底还是仕途上的一个失败者。传统的士大夫心态在一方孤独的精神岛屿中被无限放大，吴昌硕一生深陷出仕与归隐的纠结之中，两者交织着他矛盾的一生。他心中游动着一条蛇，在政治理想得到伸张之时，他便意气风发地抬头；在仕途坎坷时，他从政治退缩到艺术，以笔墨刻刀过了一把精神瘾。

人格和书画的关系，应该是山与树的关系，树长在高山而高，长在丘陵而低。吴昌硕是一个有慧根的大师，他的境界是人生之大境界，融通自己的身世、情感、顿悟，那些来自内心的冲突在作品上表现出了强大的能量。他的主题是向上的、积极的、永恒的、自由的，凝结着他的人品，奔向个性的大解放，抒发着生命的大自由。他最喜画梅花和兰花，为标高梅兰孤高洁净的品格，常以亦浓亦淡的墨色，或以篆书笔法画成，力道刚劲，气韵悠远。从某种意义上说，他又何尝不是通过纸上江湖为自己正一次名呢？

七

西泠印社，那是一个被艺术唤醒的时代。今天来这里的，大多数是慕名而来的游客。当年这里进出的是络绎不绝的信徒，他们捧着一颗朝圣的心，虔敬地穿梭在园子中，期待得到大师真心赐教。

站在这所清静之园，把目光放得更远大些，那一方方印章飞越山海，到达遥远的朝鲜、日本、欧洲。那些印章藏在弟子们的行囊中、皮箱中、衣袖中，甚至就捏在手上，他们从水路去向四面八方的各个角落，将西泠精神传播远方。这种平静的文化在外邦生根，甚至反哺。

吴昌硕真是中国书画印史上的一抹亮色，可惜我晚生了一百年，没能目睹这抹亮色。好在他的作品还在，已经百年，还是如此清丽而纯净，使人们黯淡的情怀豁然开朗，让我这个景仰者凭吊的心情一下子就灿烂了起来。如同当年蜂拥而来的学子一般，在漫长而曲折的道路上，我寻找到了一个属于自己的脚印。

园子并不大，我从正门进入，顺着台阶一级级向上行走，又顺着台阶从后门下山，复又折回园子。我在上山下山的过程中，发现所有的路都通向观乐楼，而观乐楼正好坐落在园林的制高点和中心点，站在这里可以远眺漫漫湖山。这也许正切合了此楼的重要性，切中了吴昌硕在西泠印社中举足轻重的地位，他的重要性如同这方印章的把钮。

园子四下开放着各色的花花朵朵，一簇簇，一蓬蓬，香气馥郁，在清风中荡漾出一波波的清香，我又一次顺着台阶踱步下山，心情依旧无法平静。阳光不知什么时候已经消退，湖光也已黯淡如墨，天色已经沉默，落下了几颗雨滴。

西泠印社在湖山之间迎来了一片喧闹，赶集一般的游人上下穿梭着，一群群红男绿女在亭台楼阁间涌动，导游的解说词千篇一律地指向吴昌硕。似乎此园只有吴昌硕，或者说他是此园最大的卖点，那么多的名家大儒在吴昌硕咄咄逼人的气势下身形黯淡，甚至被忽略。真让人感叹与他同生一个时代，究竟是幸福还是悲哀?

我一路琢磨着观乐楼前的那副对联，此时，豁然跳出四字横批：百年缶翁！

走到题襟馆前，那对新人从台阶上到花丛间，到树干上，再到巨石，来来往往地折腾着。那个新娘子摆着各种迷人的姿态，小嘴一啄，生出甜甜的笑。显然，这种阴雨天气并不适合拍照，可这对新人并不在乎，他们脸上强烈的欢愉和悸动表露出对幸福的憧憬，在这方妙趣的园中留下百年好合的每一个瞬间，一切是那么地激动人心，一切瑕疵都不重要。

他们在园中的任何一个细微情节此时都在向上升华。或许时光老去了五十年，她和他在翻开相册的时候，依旧停留在今天的幸福中。

当然，这一切与吴昌硕并无多大关系。

图片提供 / 鲁晓敏　潘学康

管窥蜾扁精神的发源地

——访吴昌硕故居

文 / 无名氏

浙北山区安吉县鄣吴村位于浙皖两省交界处，依山傍水，村后有一座高耸的金华山拔地而起，村前有一湾清冽的金鸡溪缓缓流过。溪南的玉华山与村后的金华山遥相对峙。清代安吉乡土诗人王显承有《竹枝词》："行到吴村香雨亭，柳丝斜拂酒旗青。玉华金华双峰峙，流水落花出晚汀。"村头溪边，古树遮云蔽日，鸥鹭盘旋其上，蝉鹂鸣噪其间，俗称"柳树窠"。因金、玉两峰如两扇屏风围在村落两边，使该地日照时间明显缩短，鄣吴村在古时有"半日村"之别称。而吴昌硕这位自称"一耕夫来自田间"的艺术大师，就生长于此，是这块肥沃的土地养育了这位在篆刻、绘画、书法、诗文等各方面都有高深造诣的世纪大师。

吴昌硕故居位于鄣吴镇鄣吴村上街，1844 年他诞生于这幢老屋。这是座四合院式的深宅大院，原有主楼、东西侧厅、倒厅和"状元桥"、"半月池"等建筑，占地约 2500 平方米。大部分建筑毁于咸丰末年的战乱，仅存东侧厅，占地约 230 平方米，门楣上有王个簃题写的"吴昌硕故居"之匾。这是一幢砖木结构的两进三间二层楼屋，结构精巧、坚固，至今保存尚好。前厅为吴氏史迹展厅，小天井后是主楼，左边是吴昌硕父母的卧室。中间的堂屋属典型的中国式客厅，堂上挂有吴昌硕嫡孙吴长邺所作《紫藤图》，两边为民国元老于右任撰、吴昌硕嫡重孙吴民先书的对联："诗书画而外复作印人，绝艺飞行全世界；元明清以来及于民国，风流占断百名家"。登上二楼，东面是吴昌硕少年时的书斋，窄小的窗户、古朴的书桌、自制的刻刀和笔架等陈设，意味着这是大师艺海泛舟的起锚地!

昌硕艺术可谓"四美具，二难并"。"四美"即将诗书画印熔于一炉，"二难"，即很好地处理了传统和创新两者之关系，以深厚的传统功底和强烈的创新品格而成为一代宗师。如果说艺术天地里有王国的话，吴昌硕当是帝王级的人物。另外，传统书画虽是高雅之事，但吴昌硕却是一个"具有人民性"（郑振铎语）的画家，这在其绘画题材、风格及价值观等方面多有折射。

他的篆刻从浙派入手，后专攻汉印，也受邓石如、吴让之、钱松、赵之谦等人的影响。31 岁以后，移居苏州，来往于江浙之间，阅历大量金石碑版、玺印、字画，眼界大开。后定居上海，广收博取，诗、书、画、印并进。晚年风格突出，成为一代宗师。他在篆刻上的成就，对我国篆刻艺术有着划时代的意义，尤其是他把诗、书、画、印熔为一炉，开辟篆刻艺术的新境界，他的成就主要来源于艺术的修养和思想 。

他的绘画以梅、竹、兰、菊等花卉蔬果居多，所有绘画作品均有题跋，或诗词，或画记。他的画体现出一种"与古为徒，道在瓦甓"的古意美，一种"蝶扁之法，落墨大写"的神韵美，一种"禅心通篆，冥心神游"的境界美，一种"率意为之，自适其趣"的天然美和一种"秃笔作画，欲宣郁勃"的诗意美。

他的楷书，始学颜鲁公，继学钟元常；隶书学汉石刻；篆学石鼓文。用笔之法初受邓石如、赵之谦等人影响，以后在临写石鼓文中融汇变通。沙孟海评：吴先生极力避免"侧媚取势""捧心龋齿"的状态，把三种钟鼎陶器文字的体势，杂糅其间，所以比赵之谦高明得多。吴昌硕的行书，得黄庭坚、王铎笔势之真传，黄道周之章法，个中又受北碑书风及篆籀用笔之影响，大起大落，遒润峻险。

他的诗文是他心声的表达，充满着他丰富又复杂的心绪，入世时有出世之意，出世而仍有入世之心。有时他企图超脱尘世，求得自身心灵的宁静，如其诗句“独抱秋心卧，谈禅不耐听”。有的时候他对民族的命运和社会现实又表现了极大的关注，对生活充满挚诚的爱。如在中日甲午之战，他曾随吴大澂北上御日，在诗中痛悼为国殉难的将士，对清廷的腐败表示了极大的愤慨，写下“海内谷不熟，谁绘流民图”的《题饥看天图》诗和“愿彼苍天顾穷民，阳和煦物万物生”的《苦寒吟》诗。一方面，他充满着一种“补天”的豪气，如“补天谁有好手段，顽石跳出娲炉中”；另一方面，他又孤寂、通慧、高逸、傲岸，与世无争，洁身自好，如诗句：“我欲乘风访渔夫”，“独立一鸥饥看天”，“除却数卷书，尽载梅花影”。吴昌硕好友沈石友在校读《缶庐诗》后写道：“一卷诗冰雪，中含变徵声，苦吟添白发，多难哭苍生。慷慨新民气，悲凉故国情，岂如孟东野，徒作不平鸣。”（《鸣坚白集》）这些话恰好道出了吴昌硕诗的特点。

虽然家乡曾遭受的太平天国战乱给吴昌硕留下痛楚的记忆，但其故乡之情一直萦绕于心，并在艺术创作中多有流露。他刻过一方“古鄣”印，“古鄣”为家乡一带的古称；他还刻过“湖州安吉县，门与白云齐”一印，句出唐诗人周朴咏安吉诗，吴昌硕早期自编有《齐云馆印谱》，其中的“齐云”，即典出“门与白云齐”。家乡的历史悠久、景色秀美、物产丰饶、民风淳朴，这一切无不引发他浓郁的乡情。作为画家，吴昌硕在为数不多的山水画中，有一幅题款是：“戊午秋仲，偶写鄣吴村即景，付涵儿家藏。”还有一幅描绘家乡秋景的画题款为：“吾乡南门一山，青黄二色。秋深时望之，益见峥嵘之态。”正如他在诗中所说：“苕水旧生涯，青山况我家。”故乡的山水、风土和人情，孕育和触发了大师的艺术情怀。位于浙北山乡僻壤的昌硕故居，乃众多敬仰大师艺术的人们心中之一方“圣地”。

“青藤雪个远凡胎，老缶衰年别有才。我欲九原为走狗，三家门下转轮来。”齐白石对吴老的评论很好地说明了吴昌硕的艺术成就和他的人生价值，不愧为帝王级的人物。用“圣地”的好山好水孕育的世纪大师值得我们用一生去瞻仰，去追求，去超越。

图片提供 / 鲁晓敏　潘学康

新岁见新月，北人思北风
——访沈增植故居

文 / 梦之仪

沈曾植

沈曾植（1850—1922.11.21），字子培，号巽斋，别号乙盦，晚号寐叟，又自号癯禅、寐翁、姚埭老民、乙龛、余斋等。浙江嘉兴人。政治家、学者、诗人、书法家。光绪六年（1880 年）考中进士，官至安徽布政使。沈曾植博古通今，学贯中西，以“硕学通儒”蜚声中外，被誉称为“中国大儒”。在沈曾植一生的著述中，有关舆地之学占了很重要的部分，计有《元秘史笺注》《皇元圣武亲征录校注》《岛夷志略广证》《蒙古源流笺证》等十余部。

嘉兴姚家埭21号是沈曾植故居。

我第一次无意中拐进这个院子时，对老屋的旧主人一无所知，直至看了介绍，才有了一些了解。展厅里没有什么人，沈曾植像孤零零守在那里，守着他的故园，我也感觉非常孤单，又很陌生，很快就离开了。后来，我接触到一些嘉兴地方志，对沈曾植才加深了印象。嘉兴图书馆百年馆庆活动那天，正值周一。活动结束后，我有些无所事事，想到极少在双休以外的日子来这里，便去拜访一起参加庆典、此时已回到办公室的小说家薛荣，小坐之后，我们去附近的沈曾植故居参观。除了我们，还是不见别的游客，好在这一次，我并不孤单。再看沈曾植像，似乎也多了一份亲近感。

第三次叩访这里，已到了农历甲申年的年底。我从图书馆出来，乘上8路公交车，一不小心过了站，从禾兴北路返回南路时，感觉北风是那么地刺骨，而街上是那么地热闹，行人熙来攘往，各式车子南来北往，向店堂望去，一片火热，人们在忙着打理年货。我脚步寂寂地跨进这个院子，陪伴我的同样是一片寂静。不过，这时的我，对于王国维、王蘧常、钱仲联、葛兆光、柯文辉等一些与沈曾植有关的名字已熟稔于心。我来重访，最迫切的，是想把老屋主人诗中的驾浮阁、冡采楼、东轩等与现实作个比较，心想，或许还能从依稀旧迹中读出一段故事来。

和我前两次来时相仿，老屋依然空荡。身后的寂寞正反衬了大师高深的学问，普通人如我们，只能浮光掠影地从他的著作名称中知道个大概，又哪里深究得了？但寂寞又何妨呢？学问原本从寂寞中来，作为大师的沈曾植亦不例外。

沈曾植，字子培，号乙盦，晚号寐叟，浙江嘉兴人。驾浮阁等楼阁厅堂便是沈曾植在嘉兴的故居。

走进驾浮阁，一眼便见沈曾植的半身铜像，戴着眼镜，留着胡须，着一件门襟衫，身后还留一根长辫，传统的遗老形象。铜像后面，是很大的六块匾，上面是沈曾植的章草书法作品。悬挂其上的“驾浮阁”三字和两旁的抱柱联，由其弟子王蘧常所书，是另一种章草，我求助了正在那里的工作人员，才识得抱柱联上的内容：留海日灵光公原永在，继周孔绝学谁接孤踪。再看沈曾植像，那不太看得出表情的眼里，自有一股深邃。继周孔绝学岂是易事，谁接孤踪更是难上加难，所以才有海日楼灵光之永在。

海日楼是沈曾植在上海的寓所，“海日楼”典出唐代诗人王湾的诗：“海日生残夜，江春入旧年。”残夜未尽日已升，新年未到春先到，充满了希望，如沈氏的学问。

驾浮阁和北面的晁采楼在建筑上呈走马堂楼的格局，那四面围合的院子里植有两株桂花。“晁采楼”三字也王蘧常书。晁采楼之楼下厅内，是有关沈曾植的生平及作品等介绍，分为五大内容：生平行迹、学术大师、书法泰斗、诗坛巨子、蜚声中外。内容丰富，图文并茂，其中包括根据王蘧常《沈寐叟年谱》编写的“沈曾植年表”和“沈曾植主要著述目录”。那些著述，是很让人望而生畏的，地理方面有《蒙古源流笺证》等著述，律令方面有《汉律辑存》等作品，还有佛学方面的《佛国记校注》等，历史方面的《女真考略》等，可谓著作等身，当然诗文、音韵、书法、笔记等，则更多了。其著述，普通人恐怕只能读读他的诗吧，但其诗也高古精深，一如他的学识。最为人接受的还是他的书法，他以草书著称，取法广泛，融汉隶、北碑、章草为一炉，自成一体，受到当时书法界的推崇。

这次很幸运的是，有一位对故居非常熟悉的朋友，他为我推开了旁边紧闭着的一扇门，我便随他上楼，得以一走。我们从晁采楼的西梯上去，首先来到大师的书房。靠近南窗沾满了灰尘的书桌上，摆放着文房四宝，旁边是一只青瓷画缸。书桌后面，是书橱和书柜，书柜的小门上，还标着“四部”“丛刊”等字。书桌上，尘埃里，仿佛看到一个埋首案卷的身影。

沈曾植出生于京师南横街的老屋，是沈家的次子。8 岁丧父，童年生活很清苦。他的启蒙老师请的是一些亲戚熟人中在京待考者，抽空来教一阵子，教学都不到一年。他后来在《业师高先生传》中，深情地回忆给了他很大影响的高伟曾师。沈曾植家境贫困，曾忍痛以祖传《灵飞经》初拓本送当铺换钱买米。

但就是在极其困苦的条件下，他开始了大量的阅读；婚后，又开始治边疆地理学、研究法律，十年寒窗之后，已是学富五车了。光绪六年（1880 年）的礼部会试，圆了他的进士梦，并深得副考官翁同龢的赏识，这年他 31 岁。

他第一次来嘉兴故里，便是考中进士跨入仕途后，归里省亲。可以想象，这时的沈曾植该是怎样地扬眉吐气、意气风发，这一年里，沪杭穗苏等地都留下了他的足迹。

晁采楼楼上正中是休息室，东为卧室。走过两旁的厢楼来到驾浮阁的楼上，五开间的房屋里，如今空荡荡一片，显得有些大。当年主人曾经推开这里的窗户，写下《驾浮阁夜望》："大地平沈相，高楼昧爽辰。憬然千劫世，已尽百年身。露上清花气，风微整角巾。还将瓢饮意，相与井亭民。"当然，写这首诗，已是暮岁之时主人归隐之后了。

省亲后回到北京，沈曾植先后在刑部、总理各国事务衙门等部门供职。其间，康有为上书请变法维新，有沈曾植的参与。中日甲午战争之后，沈曾植上书建议向英国借款修建铁路，主张发展经济、增强国力来保护国家。他还积极地游说户部尚书翁同龢，力主开办新式教育的学堂，开设国家银行。沙俄企图谋取在我黑龙江上的渔业及航务利益，他据理力争，令对方理屈词穷，无计可施。作为清廷的一个中坚分子，沈曾植是一个维新派，更是一位爱国者。

正在这时，他的母亲病逝。沈曾植自幼失怙，母亲含辛茹苦地抚养四个儿子长大成人，他对母亲是深怀感激的。现在他奉母灵柩南归安葬，又一次回到了故里，两年后又返嘉兴合葬父母于祖茔。嘉兴王店榨部村（现秀洲区王店镇太平桥村）的祖茔上，几度洒下了他的热泪。

随后，他受湖广总督张之洞之邀赴武昌，主两湖书院史席。这时，维新变法开展得如火如荼，但很快，慈禧太后发动政变，戊戌变法失败。沈曾植虽因丁母忧而幸免于难，但戊戌变法的失败，给了沈曾植精神上一次重大的打击，从此他被后党划入另册，他也因此转向诗歌创作，在诗中寻找安慰寄托情感。他在武昌城南的"株园"与诗人陈衍、郑孝胥研谈古今诗风，评议古诗。

政治风云突变，但不改沈曾植爱国者的赤诚和革新派的热情。八国联军入侵中国，沈曾植奔走南京、武昌，与张之洞等人商定联合行动，以保全大局。他在任上海南洋公学监督时，改革旧规。在任安徽提学使时，赴日本考察新政学务，探索"冶新旧思想于一炉"的途径……在沈曾植的心中，改革旧规、实行新政、富强国力是他不遗余力要做的事。

安徽也实在是一个了不起的地方，虽然桐城古文派历史悠久，但这毫不妨碍这个地方对于新思想的接纳，尤其在新式教育上，更是开风气之先。光绪二十八年（1902 年），吴汝伦等人赴日本考察学制，回来之后创办了桐城学堂，即今天桐城中学的前身。五年之后，沈曾植一到安徽任上，就去日本考察了。他又招揽了许多著名学者，如方守彝、马其昶、姚永朴等，使皖学达到最盛。

但现实是很让人失望的，任何的改革良策在清末这样一个没落时期都不太起作用了。因为痛苦，便萌生退隐之意。宣统二年（1910 年），沈曾植 61 岁，清廷贵族贝子载振路经皖境，当局命出巨款招待，他拒绝受命，得罪了上司，便上书乞退回故里。老屋再次迎来它的主人，于是便有了《驾浮阁夜望》《东轩远望》等诗的出炉。

老屋第三进的东轩，是一幢两层楼的三开间建筑，钱仲联书写的"东轩"两字和老屋一样地安静着。东轩前面的院子里，植有几丛牡丹，也并不张扬。现在的东轩，已辟为嘉兴槜李金石书画社的活动室。在二楼，我看到一张很大的书画桌，笔墨纸砚随意地放着。楼上楼下的墙壁上，都挂着书画社成员的作品。继承前人的艺术并发扬光大，应是后人不懈追求的目标，尤其在这样一个文墨浓郁的地方。

沈曾植被誉为"书坛泰斗"，一点也不为过。他早年精于帖学，得笔于包世臣，壮年时嗜张裕钊，晚年书法由帖入碑，融南北朝书为一体。他的字体势飞扬，个性鲜明，奇趣横生。如今在晁采楼的书房里，那只厚重的书桌旁边的陶瓷画缸里，依然陈放着一轴轴的书画作品。学问和艺术成了沈曾植这位学术大师、书坛泰斗生活中不可或缺的一部分，并相得益彰地丰富了他不寻常的人生。

王国维对沈曾植极为推崇，他在《沈乙盦先生七十寿序》中写道：清代三百年间，学术三变，清初为经世之学，创于顾亭林；乾嘉是稽古实学，创于戴东原、钱竹汀；道咸以降，学术又转新，首推嘉兴沈曾植先生。

学者钱仲联先生又从学术说开去，比较了沈曾植同时代的几个人：“寐叟生值清季，觅见历代古物及新发现之文献珍品，以其乾嘉治学之法治之，于辽、金、元史，西北、南洋地理，尤所究心，于甲骨文，敦煌秘籍，靡不究心，熔为一冶。与罗振玉、王国维诸先生论学，开一世之新风，而罗、王包罗之广犹不能及寐叟，寐叟于学术外，尤擅书法绘画，此皆罗、王所不旁及者也。论并世学人，或与太炎章先生并列，然太炎不信甲骨，治学趋向，一以清中叶为归，结一代之局则有余，若云创新，则逊寐叟一筹矣。”无论学问还是艺术，沈曾植都是顶尖级人物。

据传沈曾植在临终前数小时仍握笔挥书，写成两联。一联书于五尺白冷金笺上：“石室竹卷长三尺，山阴草迹编千文。”有王国维等人题跋。一联写在五尺宣纸上：“岑碣熊铭入甄选，金砂绣段助裁纰。”题跋者有马一浮等人。

史有故事说，晚清著名的“四公子”之一的吴保初因病逝世，其长婿章士钊请章太炎、康有为为之撰墓表、墓志，本来还想请康有为再为之书丹，康则谓：“寐叟健在，某岂敢为？”后由康有为撰写墓志，沈曾植书丹，珠联璧合，传为书坛佳话，可见沈氏书法的魅力之所在。

“还将瓢饮意，相与井亭民。”嘉兴故里给了沈曾植一种世外桃源的宁静生活，他也开始倾心于佛学，可是他内心真的轻松吗？他真的做得到埋头读书，不闻朝政？据《沈寐叟年谱》载：沈曾植归里后，“日惟万卷埋身，不逾户阈。及闻国事，又未尝不废书叹息，欷歔不能自已”。看来，他的心，他的思想感情，终究和清王朝割舍不断，哪怕他对其非常失望。他曾在一首诗中这样写道：“新岁见新月，北人思北风。”又说：“却到故园为寄客，长怀旧德对荒墩。”有那种不知何处是故乡的味道。他始终把自己和北方的清廷联系在一起，而他的生活位置，理应在北京、上海这样的大城市。

所以，嘉兴故里也不是他久待的地方，他是这一地的匆匆过客。这回他又走了，带了他的十万卷书，来到上海。沈曾植从署江西到署安徽，担任地方行政官七年，财物无多，唯载书十万卷，人以为怪，但他自己很坦然。从此，他定居沪上，海日楼里，已不见昔日维新志士的一腔热情，能看到的，是一个隐于经史子集的学者和有着保守姿态的前清遗老。这时，俄国人卡伊萨林为他作《中国大儒沈子培》，国学大师王国维来向他请教音韵，法国人伯希和来讨论契丹、蒙古等问题，还有海内外越来越多的求字者，海日楼多少还是有些生机的。

每到岁时回乡祭扫及其他一些时候，鸳浮阁总还能迎来他的主人。辛亥革命那年，嘉兴城守防军索饷哗变，沈曾植为此避居南乡梅会里野猫洞六日，夜不成寐。也在那一年，沈曾植从嘉兴卖家手中买得林则徐致祖父的书札七页纸。有一年，他回故乡写下咏故园草木诗九首；还有一年，沈曾植登上南湖烟雨楼，作诗多首。另有一次，扫墓发生了奇怪的事，他们事先已定下了菜和船要去乡下扫墓，不料前一天下起了大雨，而那天晨起他又腹泻，想退了菜改日子，但一早菜已送来，隔夜终究不好，还是决定去。上了船，雨却已止，也不腹泻了。

这天扫墓非常顺利，回来还是顺风呢。

1917 年，张勋扶持溥仪复辟，沈曾植抱病北行，授学部尚书，不久事败。曾看到过一句话：先生在明，当抗清而死；在清，当作遗老以终。封建伦理的道德观，令一代大师逃不出命运的手掌。

让人玩味的还是沈氏自己的诗："却到故园为寄客，长怀旧德对荒墩。"长怀旧德，怀的是怎样的旧德？无非是三纲五常，无非是忠孝仁义。沈曾植是个不折不扣的孝子，据谢凤孙《学部尚书沈公墓志铭》记载："先生八岁丧父，哀毁如成人。稍长，事母韩太夫人以孝闻。……先生宦学既成，太夫人亦没。先生以孝养不能逮亲，遇家祭必泣。至年五十，奉光禄公用韩太夫人柩回里合葬，哀毁同于初丧。"以"孝"出名的他，心底里一定还崇尚着"忠"，忠国忠君，尤其当无亲可"孝"时，"忠"就更加突出地呈现出来了。维新变法，有他的参与；八国联军入侵中国，他奔走各地以保全大局；在上海南洋公学时，改革旧规；任安徽提学之初，便赴日本考察，致力于新式教育……一切都是为了挽救自己风雨飘摇中的国家，甚至他的治学，也是与治国联系在一起的。在担任总理衙门俄国股章京时，面对领土主权遭蚕食的危机，他倾注心血研究西北历史地理，体现了那一代读书人对家国命运的深切关怀。当我们以今天的目光重新审视这段历史时，除了叹息，不亦感觉很痛心吗？沈曾植不是一个丧失良知的中国人，他只是陷在他的"旧德"里，他的心向往光明，却未曾看到残夜里海上的日光。他自己也一定痛心着，一声"长怀旧德对荒墩"的长叹，流露出他是多么的孤独啊，生前身后他都是孤独的。

数年之后，沈曾植故世，归葬于嘉兴王店榨部村。故乡的土地，最后慷慨地接纳了这位一生不知故乡在何处的游子。

可惜我几次来此都不是时候，四合院内的桂花，都不曾飘来清香，那几丛牡丹花，也不曾见过她的芳姿。

图片提供 / 梦之仪

竞利固属小人，贪名亦非佳士

——访汤寿潜故居

文 / 鲁晓敏

汤寿潜

汤寿潜(1856—1917.6.6),原名震,字蛰先,亦作蛰仙。浙江萧山人。实业家、政治活动家。光绪十八年(1892年) 考中进士, 授翰林院庶吉士。后任安徽青阳县知县,不久辞官,入张之洞幕。光绪三十二年(1906 年) 与张謇组织预备立宪公会, 任干事。宣统元年 (1909年) 任浙江咨议局议长。辛亥革命后任浙江首任都督。汤寿潜是晚清立宪派的领袖人物之一, 因争路权、修铁路而名重一时。他撰写《危言》是“危言”式论著第一人, 为戊戌变法起到了一定的舆论先导作用。

一

到达杭州市进化镇，我便迷了路。公路两侧密集的商店、工厂、建筑以及数不清的广告牌、路标、灯箱、横幅让人有种头晕目眩的感觉。一路过来，找不到汤寿潜故居所在的大汤坞村路标，更找不到关于汤寿潜的蛛丝马迹，这似乎是一个巧合，一个不事张扬的人即使进入历史还是保持了他的秉性。

在进化镇周边东拐西弯地寻找了许久，终于在一个缓坡处看到了一块窄小的大汤坞新村路标，几棵铺天盖地的大樟树横贯在村头，满目的青绿一扫视力的倦乏无力。村口没有气派的牌坊，也没有宽大的入口，一条曲折狭窄的道路伸进村落，问了几个当地人，他们并不知晓汤寿潜为何人。在一家诊所，汤汝成老医生向我热情地指点了汤寿潜故居的具体位置。

孔子所云“智者乐水”，江南历史名人故居周边往往有水，正是这些天天看见的水陪伴着他们的成长，这些智慧的符号孕育了这些先人的心智。大汤坞也是这样水水相环的村庄，村庄仿佛是漂浮在水上的一艘船，因了始终蜿蜒于房前屋后的水，整个村庄水汽氤氲，一砖一瓦都在葱茏的湿绿中张扬着生命力。

进村之前有一方不大的水池，进了村庄之后，水池在左右两侧若隐若现，很有谲诡的预示，这种布局对我是一种强烈的诱惑与挑战。我把道路想象成五线谱，池塘是上下跳动的音律，田园诗般的村影在音律中荡漾；我把村庄想象成天上的北斗七星，可对应的池塘只有五口，还有两口呢？或许已经湮灭了。

可以说，我去过的辛亥名人故居中，汤寿潜故居是最破落的一处。门敲了很久，“吱呀”一声，探出一张老妪的脸孔，密布的皱纹与门板的纹理一致，色泽也一致，她闪出儿童一般纯净的目光，我说找汤寿潜故居，她乐呵呵地迎我进门，一片破败疮痍迎面撞击过来，让人有一种站立不稳的感觉。

门口立着两块青石碑，一块刻着“汤寿潜故居”，另一块刻着他的简介。汤寿潜，原名震，字蛰先，大汤坞村人。曾任全浙铁路总理，“中华民国”铁路交通总长。事迹主要有撰写维新变法书籍《危言》，领导保路运动，修筑沪杭甬铁路，修建浙江图书馆等。

终于寻找到了一丁点与他有关的物证，即使只是两块石碑也让人肃然起敬。这个当年的翰林正是从这间老宅苦读而出，那琅琅的读书声似乎清晰如初，尽管时间已经过去了百年。如今，屋外堆着杂草，屋内摆满了箩筐、铁桶、篾垫、畚箕、风车等农具杂物，门牌上一组 345 号的简单数字代表了这位风云人物在现实中的身份，这一切足以让人心绪怅然！

在 19 世纪末，有两部关于时局论述的书籍——《危言》和《盛世危言》——风靡一时，《危言》的作者就是汤寿潜，《危言》比郑观应的《盛世危言》还要早四年。作为晚清思想学术界的双子星之一，著名的立宪派领袖、实业家和教育家，浙江都督、民国首任交通总长，汤寿潜生前挂满了荣誉，身后如此落魄，让人怅然若失。

辛亥革命是多股力量的角力，以孙中山、黄兴为代表的革命党试图建立亚洲第一个共和国，以康有为、梁启超为代表的维新党要求改革，以袁世凯为代表的骑墙派坐山观虎斗，另外一股力量相对保守温和，他们是以张謇、汤寿潜为代表的立宪派，政治诉求与康梁近似，到后来两股力量合为一体。立宪派要求在清朝统治的框架下进行政治革新，汤寿潜以推动君主立宪而名噪一时。

历史中的汤寿潜去了哪里了呢？我慢慢地踱出老宅，坐在池塘边的石条上，夕阳红艳艳地照耀着，满池金光粼粼，如一池熔化的铜汁。是这塘纯净的水让他从名利世相中挣脱而出，获得了一颗明洁而清凉的心吗？我不由地将手伸入了池塘，冰凉沁骨，历史正从指尖一点点地漫上来，直至将自己淹没。

二

从汤寿潜故居往东不过一百五十公里，就是中国漫长的海岸线，大海成了终止近代中华文明进步的铜墙铁壁，也成了西方列强随意入侵的跳板。

伴随着军事侵略，19 世纪末期的晚清大地上西学渐盛，封建思想遭到严重的冲击。新旧思想的博弈在古老帝制的中国空前地激烈起来，突出表现在时人对国家前途的迷茫和人生观、价值观的动摇。革命党、立宪派、维新派、保皇党济济一堂，这正是晚清人心纷杂的一个剖面。

最为优秀的知识分子，心中装着浓烈的济世救民的家国理想，这是中华文化的传承，是民族的向心力，无论身处哪一个朝代，即使最为黑暗的五胡乱华和晚清时期，即使在凶险的民族政策高压下，这种理想依然横贯在他们的心里，警醒地看着世界。

汤寿潜无疑是那个时代最为优秀的知识分子，他拥有封建王朝的最高学历，大脑中又容纳和消化了西方社会的先进元素，能够从容地从禁锢思想的八股文中走出，有着独立的人格和独立的思考，有着强烈的担当和社会责任感。他听懂了来自西方社会民主的语言，听懂了来自列强枪炮的语言，他更明白无误地诊断出这个虚弱的国家的症状，与张謇等人汇聚成一股立宪的核心力量，以立宪、实业、教育推动着社会的发展进程。

1890 年，汤寿潜出版了著名的《危言》，共四卷。他提出迁都长安，官制改革，严肃吏治，科举革新，建设学校，开发矿藏，修建铁路，兴修水利，强化海军战备，等等，全面阐述了对时局的认识和维新思想。

《危言》的横空出世，在昏聩的晚清政坛掀起了巨浪，人们一时争相传阅，他们四处在打听这个汤寿潜是谁？哪里来这么多耳目一新的新思潮新观念？这年汤寿潜 34 岁，一夜之间名动天下，博得了改革家、思想家的名号。《危言》也为日后的戊戌变法吹响了冲锋的号角。

戊戌变法失败后，清廷大肆搜捕维新党，汤寿潜因母病在家，侥幸躲过劫难。之后，他便在江南一代兴办教育，著书立说。他细细分析了弹丸之国的日本先后战胜了中俄两个皇权统治的大国的原因，分析了中日两国政治制度的差异以及中国实行君主立宪的利弊，发出了唯有立宪才能救中国的呼喊。

在社会的中上层中，拥护革新赞同立宪是主流，他们大都是高级知识分子和掌握财富的阶层，他们了解国情，体恤生命，同时又是既得利益者，不希望社会出现大规模动荡，不想在社会进步的过程中失掉自己的利益。

1906 年，以状元张謇和翰林汤寿潜为代表的立宪派出场，属于他们的时代到来了。张謇与汤寿潜等人联合江南一带的财团士绅二百余人成立了预备立宪公会，郑孝胥任会长，张謇和汤寿潜任副会长。以“发愤为学、合群进化”为宗旨，敦促清廷早日立宪。汤寿潜先后上书《为宪政维新沥陈管见事》和《为国势危迫敬陈存亡大计》等奏折，请求清廷革新、立宪、设立议院、召开国会，等等。

晚清最后的十年，以江浙为核心的江南思想界进入了异常频繁的活跃期，君主立宪和国会请愿运动搞得风生水起，在晚清产生了深远的影响。立宪派多次组织了全国性的呼吁立宪和国会请愿运动，知识分子、江南财团、工商阶层、普通百姓等社会各阶层人士普遍参与，说明人心思变的潮流已经不可阻挡。在一片抗议和请愿声中，清廷被迫同意实行君主立宪，这是清廷妥协的表现，是为了保存国体而推行的有限改革。

以汤寿潜为首的立宪派一边倡导政治改革，一边进行实业救国和教育救国，他们不希望出现流血的革命，他们走的是稳妥渐进的变革道路，然而他们的步履从一迈开便处处艰险，充满坎坷。他们很快发现先进的制度无法在中国生根，至少和清廷的意愿是背离的，他们对朝廷的一厢情愿似乎显得有些幼稚，他们辛辛苦苦建立起来的制度，无法落实，他们也无法真正履行政治职责。

清廷最大的死结就在体制上，体制是统治阶级赖以生存的王纲，是万万不可动摇的国本。一切改良和革新一旦触及统治阶级的根本利益便必然夭折。君主立宪势必造成分权，对于部族利益大于一切的清廷来说，这是万万不可能动摇的底线，清廷决不允许任何汉人势力的崛起。大部分权贵除了想把漫长的封建时代拖得更长，除了死守既得利益之外，很少有人有改造时代的愿望。

1911 年 5 月，清廷炮制出了一个皇族内阁，全国一片哗然，立宪火热的激情被浇得透心凉。洋务运动到戊戌变法再到预备立宪，纷纷走入死胡同，立宪派终于看清清朝部族的顽固本性，以他们的力量无法刹住这辆呼啸奔驰了两千年的封建列车。辛亥革命爆发后，立宪派抛弃了最后的一丝幻想，纷纷加入到革命的阵营。在多个独立的省份，革命党和立宪派同时竖起义旗，他们联手建立新的秩序，对抗清朝政府。汤寿潜也改变了政治抉择，坚定地皈依共和。

晚清政权一次次错过自我救赎的机会，失去了各个阶层的支持，剩下了一个孤零零的部族，如同一艘底部漏水的大船，眼睁睁地等待最后劫数的到来。

三

汤寿潜让后人铭记的第二项功绩就是保路和修路。

很少有人知道，浙江第一条铁路在哪里，负责修建这条铁路的人是谁。答案是江墅铁路和汤寿潜。这一切要从 20 世纪初期浙人的保路运动说起。

清廷施行铁路干路国有化，但是自己又没有能力建设铁路，便将路权出让给西方列强，筑路费用之巨、利息之高让国人不堪重负。著名史学家黎东方指出，清廷典当路权苟延度日，官僚以此抽取回扣。1898 年，清政府与英国人签订了不平等的《苏杭甬铁路草约》，英国人占据了江浙一带帝国最富庶区域的路权。1905 年，美国人进入浙江和江西，试图效仿英国人当年的手段窃取浙赣铁路权。汤寿潜预感到了亡国之危，他挺身而出，大声疾呼，晓以利害。汤寿潜一面在上海与张元济、夏曾佑等浙江籍名士成立浙江铁路公司，同时他被推选为公司"总理"；一面与张謇等人联手在民间集资，自办铁路。

此后，汤寿潜与清政府和英国公司就路权争得不可开交，在清政府眼里这是一个不折不扣的麻烦制造者。清政府试图以提拔的方式将他体面地支走，搬走这块又臭又硬的绊脚石，他死扛着坚辞不受；清政府申斥他狂悖之极，甚至准备调遣军队镇压。身材矮小的汤寿潜大义凛然，他的外表有着铁一样的冰冷，内心有着火一般的热烈，他亮出视死如归的本性，发表了《敬告同胞书》，披露内幕。即使今天读来，依旧是落地有声，从字影下浮现出他那张愤怒的脸，那是一张代表着晚清千千万万同胞的脸，坚定、执着、不屈，他为争主权、人权、路权，不惜牺牲自己的前程，甚至生命。

一场争夺路权主权的斗争在国内沸沸扬扬地上演了，浙江民众群情汹涌，在汤寿潜的率领下发起了"拒借款保路权"运动，浙人罢课罢市，甚至有一人自杀抗议，国内报纸连篇累牍地报道了浙江保路运动。最终，浙人从洋人手里硬生生地将浙江路权夺了回来，也保住了浙赣线路权。他又一次有惊无险地安然渡过了一次劫难。历史列车的前进方向，有时会因为一块小石头的颠簸而彻底改变，浙江的保路运动很快向全国渗透扩散，清朝这辆破车最终出轨颠覆。

1906 年，汤寿潜经过多方集资，筹款四百多万元，开工兴建了浙江省第一条铁路——江墅路。从杭州凤山门出发，终点拱宸桥，总长 16.35 公里，用于连接京杭大运河与钱塘江的水运交通，从而拉开了浙江铁路建设的大幕。这条路虽短，却是浙江迢迢铁路的发端。江墅路从 1907 年运营到 1944 年被日本人拆除，三十七年来为浙江的经济建设做出了巨大贡献，而今这条凝聚着汤寿潜智慧和心血的铁路消失得无影无踪。

翻开杭州市地图，你会发现整座城市的道路最敞直的是绍兴路，它与京杭大运河平行，北接登云路，南连朝晖路，简直就是人为地在地图上用直尺划下了一条直线。绍兴路下就是当年江墅铁路的路基，铁路的遗迹已经荡然无存。我特意开车在杭州绍兴路跑了个来回，有一种别样的感觉占据心头，我的想象顺着这条五千多米长的大街飞奔，似乎还能看见当年蒸汽机火车烟雾腾腾，“咔嚓咔嚓”的轰鸣声震耳欲聋，以排山倒海的气势奔涌而来……

辛亥革命成功之后，孙中山立志去修铁路，他希望能在有生之年修建二十万里铁路。这些火星四溅的话语今天依旧耳热，孙中山是理想主义者，即使丈量今天全国铁路公里数，也还没有达到这个数目。当时汤的理想是修多少铁路，史书没有记载，他是个现实主义者，绝少有铿锵语言，默默地以自己的力量推动着浙江铁路的建设。

在汤寿潜的努力经营下，浙江成为铁路大省的雏形已经初露端倪。三年时间，浙江境内修筑了 328.2 华里铁路，架设 144 座桥梁，从上海到杭州，现代化的蒸汽机火车奔驰在浙北大地上，仿佛一张拉得满满的弓箭，为浙江经济发展拉开强劲的助力。此外，他还创办了浙江第一座铁路学校，为铁路事业培养了大批人才。

1914 年，沪杭铁路收归国有，袁世凯感念汤寿潜自 1905 年起督办铁路而不取分文，一次性拨给他二十万元以资奖励，汤寿潜将此款捐给浙江教育会，建造了浙江省图书馆。

四

1911 年 10 月 10 日，辛亥革命爆发。11 月 5 日，杭州光复。

作为革命阵营的同盟会和光复会，表面合作，暗中较劲，在哪派担任浙江都督的问题上争得焦头烂额，最后干脆推举一个与双方都无瓜葛的名士出任都督，这是一个双方都能接受的结果。就这样，汤寿潜毫无准备地被推上了浙江都督的宝座。

作为朝廷命官，汤寿潜已经对清廷尽忠职守了，朝廷已经是扶不起的阿斗，国家的前途已经一片迷茫，他必须与旧格局划清界限，用自己的方式保护一方的平安，为浙江政权平稳过渡出力。

汤寿潜在前清官场混迹多年，与许多前清官员私交甚笃。杭州旗营协领贵林在投降谈判时提出只与汤寿潜接洽，旗人放言若汤寿潜不出面担保，他们决不缴械，并威胁与杭州城玉石俱焚。各种流言在大街小巷中源源不断地散布着，整个杭州城人心惶惶。汤寿潜立即赶赴旗营，立字为据，担保不杀一个旗人，贵林才命令部队投降，浙江全境基本以和平方式得到了光复。

作为各个政治派别矛盾的调和剂，这个都督注定是个光杆司令，军队掌握在别人手里，汤寿潜不可能捏得住这把沉甸甸的权柄。同盟会在政府各要害部门安插党人将他架空，浙军总司令周承菼背着他秘密捕杀了贵林父子，王金发飞扬跋扈处处与他为难。王金发、张恭、吕熊祥分别在绍兴、金华、丽水等地设立分府，自任为都督，根本不听调遣。汤寿潜受到各种势力的制约和掣肘，发布的命令刚刚送出都督府，墨迹未干便成了一张废纸，他心知肚明，感到空前地迷茫和困顿，他的委屈幽深只有自知。

但我们应该看到，短短月余，汤寿潜在都督任上还是功勋卓著的。安定了浙江人心，削减了党人之间的争斗，迅速恢复了浙江生产生活秩序。他在签署了浙军北上进攻南京的命令后，一扫先前的郁闷，无比地透彻和舒心，这是他在都督位置上签署的最通畅的命令。随后浙军在攻克南京战役中立下

了大功。若不是他出山，江南革命形势如何，实在难以预料。

汤寿潜看清了形势，但他不是老谋深算的政客，不是应付裕如的革命投机分子，也不是强人所难的草莽英雄，他处处以德服人，却不具备操纵时局的能力和魄力。他不想做傀儡，仅月余就辞去了都督一职。汤寿潜铩羽而归，自信心一扫而空，孙中山提名他出任民国第一任交通总长，他并未到职。此后他一直远离权力中枢，以修路和兴办教育走完了余生。

五

汤寿潜有一句名言：不恤一身，为拯民，不取其位。

我以为，他的为人体现了典型的中国士大夫品格，内敛、智慧、担当、淡泊名利，视名利如粪土、视金钱如草芥，体现了他高尚的道德情操。

他有着很多旧社会名士的美德，厚道、淳朴、仁爱、与世无争。他不是一味地忍让，他身上有着和同乡葛云飞一样的血性，有着敢于以命相搏的勇气和硬碰硬的底气。他屡屡站在时代的角落中，却一次次被推搡到聚光灯下，一次次顶在风口浪尖，他所做的一切都必须服从国家利益和民族利益，从这个层面讲，他是强硬的民族主义者。

他有着翰林的名衔，一方面是省部级高官，另一方面是驰名中外的思想家和立宪派领袖。但无论是什么身份，他始终一身布衣装束，冬天穿长褂，夏天穿短褂，雨天戴笠帽，脚穿圆布鞋。一副十足的庄稼人扮相，很难让人将他和高官名士的身份联想在一起。以至于在大街相遇，没有人会意识到这就是被浙人敬若神明的汤公。

作家包天笑说他有一次与汤寿潜不期而遇："我虽然常坐二等车，有时也到三等车去看看。那天却见一位汤蛰仙先生厕身于许多贩夫走卒之中，缩在壁角看报……辛亥革命，他是浙江都督，何以蜷伏在此？好在我认识他，他不认识我。后来询诸友人，他们说：‘他生性如此，也无足怪。’”

天下熙熙攘攘，皆为利来利往。当大多数踏上仕途的官员用尽心思追求功名的时候，汤寿潜却反其道而行，他多次辞官、不就职，实在让人困惑不解。我仔细地捋了一遍，有据可查的就有十一次之多。清廷先后拔擢其为京师大学堂总教习、两淮盐运使、云南按察使、江西提学使，汤寿潜不是辞职就是坚持不受。1912 年，孙中山任命汤寿潜为民国首任交通部长，他也未到任。

他被誉为中国近代辞官最多的人，因而一味地被拔高，在当时很多人都将他视为完人，忘记了他的保守曾给革命带来过的负面影响。当然，同时代也有不同声音出现，汪大燮说汤寿潜为人原足钦佩，唯独把名誉看得太重。也有人驳斥他是个伪君子，以屡屡辞职和不就职来沽名钓誉。还有一则传说，当年浙江巡抚张曾扬捕杀秋瑾前，曾征询汤寿潜，汤未表反对。但在各种记录中均未见有此记载，也许是光复会党人不想将革命的果实让给一个非革命党人而故意刁难。历史在这里闪烁其词，欲言又止，成为一段扑朔迷离的谜团。

我倒是觉得，一个人，能在短暂的生命旅途中找到托付生死的追求，这是一种莫大的幸福，比如汤寿潜追求立宪救国、教育救国、维护路权。修短随化，终期于尽。不管他以什么方式去付诸实施，是成功也好，是失败也罢，是标高也好，是沽名也罢，只要社会得利，人民得益，这就是一种真实饱满的存在，这就是人性绚丽的呈现，这才是一种人生的永恒。显然，汤寿潜达到了。

1917 年 6 月 6 日，汤寿潜病逝。临终遗言：“吾一生正气，从不屈服于权势，死后找一块远离吾乡、地势开阔的阳山薄葬就行。”他死后不葬在故乡大汤坞村而葬在与他并不相干的桐庐，这成了一则谜团。

一座雄伟高大的墓地是对政治家最高的褒赏和肯定，墓地同时也是功成名就者供后人凭吊的精神支架。想起先前在桐庐阳山畈村看到过汤寿潜的墓地，在“文革”期间被铲平了，墓地已经被建筑物压挤成一块狭小的区域，四周空空荡荡，废墟上长满了荒草，周围撒满了垃圾。这里是那个曾经威震四方的“布衣都督”“蒲鞋督办”的归宿地，居然死无葬身之所。我举目张望，两侧工厂的机器轰隆隆地鸣叫着，我的心里泛起一片凄然。

听池塘边钓鱼人说汤寿潜还有一处新居，我赶紧跑过去，那里照旧是一片狼藉，已经没有汤氏直系亲属居住，倒是租住着许多打工者。在一个巨大的庭院的中央，一个中年男子正在晾衣服，我向他打探，他用沧桑的声音回答："我不认识汤寿潜，要不你问问我老乡。"他回头指着一个蹲在石凳上抽烟的男子，那男子拨浪鼓似地摇着头。一条狗噔噔噔地从楼上跑下来，偎依在抽烟男子的脚下，有着一股亲人般地默契。

村子已无汤公，他被很多人遗忘了，他的故居几乎被遗弃了，他的阴宅也被荡平了。在杭州名人故居均莹一一得到修复和重建之时，汤寿潜故居满目疮痍，垃圾遍地。显然，乡人对汤寿潜有着某种认识上的误区，有着集体性的冷漠，这到底是汤寿潜的尴尬还是地方的尴尬？作为汤寿潜的乡梓，应该会有一份答案。

我去过澳门郑观应故居，两相比较简直是天壤之别。我站在破烂的老宅中，眼前不断浮现郑宅修葺一新的高屋大宇，以及五彩玻璃上呈现出的浮光掠影的游人。多么希望时人能够珍惜汤寿潜，有关于他的建筑物能够尽快得到修复，让远道而来的游人不再怅然若失，让历史中的汤寿潜回归到现代人的视野之中。

推开大门，只见一个儒雅的长者，面目安详，他的面前搁一盏清茶，热气袅袅，一双指甲修长的手，微翘着兰花指，轻捻洁白的长须，一手捧着《危言》，书桌上还摊着他的著作《说文贯》《理财百策》《三通考辑要》《尔雅小辩》。

我觉得这样的汤寿潜最亲切。我这样想的时候，身边一片颓败的危房纷纷向后倒退，辟出一大片开阔地，汤寿潜的形象不断地放大，放大，他站了起来，昂着头，眉头紧锁，一双深邃的眼睛看着雾气沉霭的远方。我情不自禁地大吼了一声："天地一布衣！"

突然，一扇花格窗"啪"地推开了，露出一张烟叶般褶皱的脸孔，她瞪着铜铃一样大的眼睛打量我，操着萧山话问："你找啥人？"

图片提供 / 鲁晓敏

浑厚华滋话宾翁

——访黄宾虹纪念室

文 / 俞宸亭

黄宾虹

黄宾虹（1865.1.27—1955.3.25），原名黄懋质，后改名质，字朴存，号宾虹，别署予向、虹叟。生于浙江金华，祖籍安徽歙县。画家、学者、山水画一代宗师。黄宾虹自幼攻读经史，学习书画及篆刻。早年参与同盟会、南社等。曾任《国粹学报》《国画月刊》编辑、商务印书馆美术部主任。后执教于上海昌明艺术专科学校、上海艺术专科学校、北平艺术专科学校。新中国成立后，任中央美术学院华东分院教授。1953 年，被授予人民艺术家称号。1955 年，当选华东美术家协会副主席、第二届全国政协委员。著有《黄山画家源流考》《虹庐画谈》《画法要旨》等。

写黄宾虹先生故居的文章，是今年年初就定下来的。我这个给老妈说起来一向是老虎追在后面也要看看雌雄的闲散人，一直拖到今年的九月才动笔。前个周六，与夫君驱车去栖霞岭31号寻访宾翁故居。故居里草木葱茏，小楼隐在绿树丛中，别有一番“大隐隐于市”的情景。

中央的小花坛里，黄宾虹的汉白玉雕像矗立其中，传神地将老人的纯净平和用石头的肌理完美地体现了出来，果真是大师创作大师，与当今城市大量采用青铜的雕像相比，这里的雕塑更让我们心悦安然。门口还有恩师李文采所书的楷书宾翁简介，只数行字，黄宾虹先生的一生便跃然石上。

走进居室，大量的宾翁画作复制件悬挂堂中，让我讶异的是，画案并不大，说得不敬些，比我这个小写手的书桌尺度还窄小一些，画室也没有一丝贵胄气。二楼现在空着，也不能上楼参观。所见的除了工作人员，没有几个人。最遗憾的是，寻不见可售卖黄宾虹先生画册和著作的地方，一问，才知不设此柜。夫君告诉我，家中书柜中可能会有几本，一找果然还在。晚上，又在QQ上问了恩师李文采，先生说，他作为省博物馆的工作人员，曾一度在黄宾翁故居工作过，从事文物馆藏的保护。我闻言大喜，第二天就将先生接到家中，徒子徒孙坐了满满一桌。席间，先生细细叙述了当年黄宾虹女婿赵志钧所告知的往事。1955年3月25日，黄宾虹先生去世，享年92岁。其栖霞岭旧居，于1956年3月辟为“画家黄宾虹先生纪念室”，为后人景仰之所。在追悼会上，长子黄用明先生宣布，遵照老人生前遗愿，将毕生收藏的书籍一千八百余件，印本、拓本、碑帖二百七十余件，古文物、古印、铜器、玉器、瓷器、砖瓦砚五百八十余件，古今名书画二千三百二十余件，自作书画五千七百余件，以及手稿和遗物，总计达万件之多，悉数捐献给国家。无奈的是，由于当时的浙江美院饱受“西学东渐”的影响，对黄宾虹先生的作品并不看好，明确表态不予接收。也难怪，那个时代，潘天寿先生到图书馆去了，吴茀之先生到（食堂）总务科卖饭菜票，诸乐三先生因为曾经学医，倒是学为所用，到了校医务室。黄宾虹先生也不教画了，在家里埋头创作。政治挂帅的时代，重视的是人物画，特别是连环画，

红火得很，潘天寿先生和黄宾虹先生也在这样的情势下，画出了地主参加劳动和农民耕种的画作。也因此，宾翁的山水花鸟画捐赠在这样的大背景下，变成了一个要捐一个不收，直到 1958 年，浙江博物馆才接收了捐赠，付了一万元钱给黄宾虹的家属。而此前，黄宾虹的女婿赵志钧先生因为转述了岳母的话（缘由是质疑黄宾虹先生的作品为何迟迟不能捐赠）而被打成“右派”锒铛入狱，以致妻离子散，直到 1979 年才回杭。这以后，赵志钧先生一直从事黄宾虹遗作的整理。先生的叙述平平淡淡，语速和缓，却让在座的没有经过新中国成立后一系列的政治运动和十年浩劫的“70 后”“80 后”“90 后”大为唏嘘。如今，黄宾虹先生的画作举世瞩目，一幅作品都价值连城，不知当年那些断然否定的专家们该做何感想？！这也印证了宾翁当年的话：他的画要五十年后才会为人所赏。更值得敬佩的是，黄宾虹先生的后代们至今生活并不富裕，当年的壮举和境界，也让如今市场经济得一发不可收拾，甚至公开叫嚣“宁可坐在宝马车里哭，不愿坐在自行车后座上笑”的后人们深思、感慨。

　　黄宾虹先生到了晚年的时候，患白内障，眼睛几乎失明，但让人想不到的是，老人的创作不可思议地又进入了一个高潮。他的画室有一根铁丝在墙两头串着，铁丝下挂着一些夹子，一张没干就用夹子夹着，另一张又开始挥毫了。大师的作品构图千姿百态，随机生发，每一张都有不同的气势，而每一张都具有海纳百川的恢宏激烈。甚至一件写生册，居然有一百一十三页。最有趣的是，黄宾虹先生的作品大多没有落款。原来，老先生的作品大多要到了赠送或出售的时候才签名盖章。

当时，还有一大木箱的宾翁手稿，由于恩师调入省博物馆之前在安吉文化馆供职，与因刑满释放无家可归而在安吉南湖林场谋生的赵志钧相识。因此，20 世纪 80 年代，省博物馆让李文采先生和赵志钧先生共同整理了黄宾虹先生的手稿。

连续几天恶补黄宾虹先生的画作和文章，真是听了一堂跨世纪的课程，解惑了当年曾写字作画的迷茫无知。细品黄宾虹先生的山水画，正如其本人所述："山水浑厚，草木华滋""浑厚华滋民族性""浑厚华滋为六法正规""山水的美在浑厚华滋"。从字面上讲，浑为浑融，厚为厚重，华为华美，滋为滋润。但如果仅作此解就太肤浅了，无助于了解黄宾虹先生的艺术风格。宾翁的山水巨作，隐含着四对矛盾，即浑融与分明、厚重与灵动、华美与质朴、滋润与苍茫。简言之为大浑分明，大厚灵动，大华质朴，大滋苍茫。这是宾翁山水画的神韵所在。除了在精心用色上显其特色外，宾翁在花卉中的用墨及墨色更显其高古老辣的特色。在众多的花卉中，墨梅与墨竹的表现最为老练与干练，从他画山水到画花卉，墨梅与墨竹体现出他绘画气质上的一贯性特征。墨梅也是他最喜欢的题材之一，甚至在他临终前那几天，人处在半醒半睡中，还用手指在被上点点划划地画梅花。从墨梅中，我们可以体察到画山水时常用的焦墨与渍墨的方法，还能体会到他所追求的深邃意境与高古的画风。黄宾虹先生曾在《画法要旨》中，总结了"平、圆、留、重、变"五种笔法，以及"浓、淡、破、积、焦、泼、宿"七种墨法。这五种笔法与七种墨法，不只是对山水而言，在花卉中，黄宾虹先生不但不避忌宿墨，而且喜用宿墨，经他所用，不但没有滞腻感，反而使花卉苍润精神，另具风采。他曾说过这样一段话："中国画本以华滋浑厚为章法之法则，无论山水、花鸟、人物皆如此，更无工写之分，均以苍润为上乘。”黄宾虹先生在画中实现了从“大处”“深处”“高处”“繁处”“密处”着手，由线的高度精练，经过“色”的洗练，再逐层用水墨来完成，三者的浑融，构成了写意水墨山水画，飞扬着他的灵悟与才气。画重苍润，苍是笔力，润是墨彩，故又称之为“笔苍墨润”，这也是黄宾虹画山水时常用的笔墨情韵。苍润的笔墨情韵，更抒发出黄宾虹作为学者画家的文人情怀。

而对入室弟子叶少珊讲习如何为学治艺时，宾翁的见解是这样的：甲、多读书；乙、广见闻；丙、有胸襟；丁、勤习苦。何谓多读书？一、古今论画之书；二、金石碑帖；三、古人诗歌；四、笔记小说。何谓广见闻？一、文人之神悟（指意境）；二、作家之绳墨（指规矩）；三、习俗之移人（指群众要求）；四、师传之墨守；五、气质之褊弊；六、家法之渊源；七、物理之探究（当指造化）；八、地壤之僻陋（当指画家所居地区山川之不同）。何谓有胸襟？一、不贪浮华；二、轻视图财；三、心无俗忧；四、自拟先哲（当指以前贤为榜样）。何谓勤习苦？一、朝夕染翰（当指早晚练习作画）；二、多观名迹；三、着意临摹；四、随处写生；五、力祛褊弊。这些精辟论断，同样适用于我们这些不惑之年的人，也适用于正在求学的“90后”“00后”。如果遵循此法度，不久的将来，我们也会产生新一代的大师。

宾翁是这样教习弟子的，而他自己也是这样身体力行的。“何物羡人，二月杏花八月桂；有谁催我，三更灯火五更鸡。”这是宾师喜欢吟咏的一幅自作联语。老人8岁开始学画，一生寝食如斯，达八十余年之久，终成一代宗师。他在《八十感言》中，犹自谦地题写：“八十学无成，秉烛犹未已。”黄宾虹的成功，就在于他终于把前人的愿望实现了：墨分五彩，墨中见泾渭，黑中分浓淡，重中有层次。使后人遵循的山水氤氲中似不经营的“留白”，成为得之天然的“飞白”，这不是笔下的空白，而是睿智的反映——知白。

在看待成名立世这一问题上，黄宾虹先生强调：“艺术家不可成名过早，否则索画过多，无暇用功，人之精神应有相当寄托，寄托者莫大于文章书画。盖人精神无所寄托，则其人绝无情感可言。古人学画唯以自娱，或二三知己研究，评其优劣，不慕虚名，造诣既成，实至名归，不求自得之。”“高雅之情寄于画，人品既已高矣，气韵不得不高，气韵既已高矣，生动不得不至。所谓神之又神而纯精焉。”这位被潘天寿先生誉为“能琴剑，擅诗、古文辞、治印，兼攻经史与图释老氏及金石文字之学，学养渊博，著述宏富”的一代宗师，对艺术修养的这些论断，应该放在各大美术院校的教科书里，让学子们时时诵读，刻刻铭记，以免被浮躁的社会、浮华的风气冲击涤荡，而彻底失却了艺术家本来应有的良知、责任、使命和道德。

正因有着这样高远的人品和素养，他才会在《艺术是最高的养生法》主题演讲中，放言道：“世界国族的生命最长者，莫过于中华。这原因是在中华民族所遗教训与德泽，都极其朴厚，而其表现的事实，即为艺术。中国的道德文章可以不死，天法道，道法自然，国家的寿就是从效法自然而来。中国理论，精神胜于物质，不但能以艺术的精神医个人的病，还能防止国家民族的病症。艺术是最高的养生法，不但足以养我中华民族，且能养成全人类的福祉寿考。”这位阅尽世纪沧桑而又激情内敛的老人，早在1948年，就用这样的宽仁、宏阔、睿智、明心，预见了我们当前正在追求的和谐安康、品质生活。

而在《国画之民学》一席谈中，宾翁纵论古今中外的艺术，指出只有源自民间，效法自然，超越功利，自由无迫，天籁天趣，方为真正的艺术，才最具普遍意义而传之久远。他在文中发出这样的呼吁：“现在我们应该自己站起来，发扬我们民学之精神，向世界伸开臂膀，准备着和任何来者握手。”这样的豪言壮语，是真正的爱国者，是真正的大师，足以警示那些至今菲薄中国传统的所谓专家学者们。

最为出彩的便是我一一打印出来，愿意时时吟咏的《画学篇》了。当年，宾翁九十岁生日时，《画学篇》的未定稿作为生日礼物赠送给来宾，终于在反复推敲下形成定稿。全文录下，以示尊重。

文明钻燧稽皇初，丹成纯青火候炉。女娲补天石五色，平章作绘开唐虞。凤凰来仪奏韶舞，龙马应瑞呈河图。夏璜殷契周金古，回旋桅帆通鱼凫。春秋封建既破坏，民学洙泗删诗书。优游暇豫攻六艺，绘画附属书数余。图经刻划类匠作，士习重画旋分途。顾（恺之）陆（探微）张（僧繇）展（子虔）务内美，不齐之齐三角觚。李唐君学画有奴，丹青炫耀阎（立本）李（思训）吴（道子）。魏征妩媚工应制，王侯妃嫔宫廷娱。郑虔王维作水墨，诗中有画三绝俱。集聚众长洪谷子，嵩华山中居结庐。补缀人物倩胡翼，关仝出蓝非过誉。范宽林峦壅砂碛，平汀浅渚层层铺。董（源）巨（然）二米（元章、元晖）一家法，浑厚华滋唐不如。房山（高彦敬）鸥波（赵孟頫）得神妙，传柯丹邱（九思）方方壶（从义）。元季四家称杰出，黄（公望）吴（镇）倪（瓒）王（蒙）皆正趋。梅花庵主渍墨濡，黄鹤山樵隶体臞。墨中见笔笔含墨，大痴不痴倪不迂。明初作者繁有徒，自弃轩冕甘泥涂。唐（寅）仇（英）继起鲜真迹，沈（周）惟求细文（征明）求粗。自董玄宰（其昌）宗北苑（董源），青藤（徐渭）笔端露垂珠。启祯多士登璠玙，群才济济均俊厨。邹衣白（之麟）笔折钗股，恽香山（道生）墨滋藤肤。泾阳（张恂）莱阳（姜实节）足文史，黄山（李永昌）绣水（项元汴）兼藏储。笪江上（重光）有郁冈斋，朱竹宅（彝尊）为静志居。画筌书筏会真赏，殚见洽闻德不孤。朝臣院体宝石渠，渐由市井邻江湖。娄东海虞入柔靡，扬州八怪多粗疏。邪甜恶俗昭炯戒，轻薄促弱宜芟除。道咸世险无康衢，内忧外患民嗟吁。画学复兴思救国，特健药可百病苏。艺舟双辑包慎伯，撝叔赵氏（之谦）石查胡（义赞）。

金石书法汇绘事，四方响应登高呼。夏玉出土今良渚，煸斓色彩实若虚。古文奇字证岣嵝，舜禹揖让无征诛。会稽和协集万国，平成水陆通舟车。天然图画大理石，神工诡秘滇南无。文治光华旦复旦，月中走兔日飞乌。变易人间阅桑海，不变民族性特殊。箕裘弓冶缅矩矱，行之简易毋踌躇。来轸方遒拥先导，负弩我愿随驰驱。群策群力加勤劬，功夺造化味道腴。永寿万年当不渝。

全诗运句深入浅出，梳理国画源流和笔墨承传脉络分明，见解独到。用老人自己的话来讲，此作得蒙付刊，欢幸殊多。文中对金石书画的表述别开生面，类分群聚，卓卓标注，竟达百余人。其阐扬逸闻，是文化的大功勋，而不是老人自谦的为提高文化的小补助。特别是最后几句的激扬华章，无论是著书立文，还是作画赋诗，真是让我们这些后生晚辈自叹不如，膜拜之心油然而生。

当然，作为古诗文的推崇和爱好者，我也由衷地欣赏宾翁的百花吟。尤其是咏梅的几首，更让我与夫君击节而赞。“冰雪澹相看，心期讲岁寒。莫同桃李伴，容易及春残。”“谁向罗浮梦玉人，香魂元是一枝春。微风霁雪相看处，瘦影疏花绝点尘。”而“秋水文章学庄子，名山遗逸忆桐君”“野实在林鸣鸟集，幽花临水乐鱼游”，则将我们带入了杭州的如画美景。

那天，因为要编辑《中国商人——杭州特刊》，去专访了杭州文化创意产业的领军人物朱仁民先生，访谈中，朱先生提出了一个设想，想把吴昌硕先生、潘天寿先生（朱仁民外公）、黄宾虹先生的骨灰一起放在超山，供后世祭拜。假如这个宏愿能得以实现，杭州这座历史文化名城又会加上浓墨重彩的一笔。

期待着我们的国人，能在繁杂的都市生活中，抽出一点点闲暇，去那里，看看花草扶疏的小院子，或许，会带给你一些人生的感悟。

情系虹庐，你、我、他。

图片提供／俞宸亭

学界泰斗，人世楷模

——访蔡元培故居

文 / 郑休白

蔡元培

蔡元培（1868.1.11—1940.3.5），字鹤卿，又字仲申、民友、子民，乳名阿培，曾化名蔡振、周子余。浙江绍兴人。革命家、教育家、政治家。光绪十八年（1892 年）考中进士，授翰林院庶吉士。光绪二十四年（1898 年）任绍兴中西学堂监督，提倡新学。1912 年，出任中华民国首任教育总长。1916—1927 年任北京大学校长，革新北大，开“学术”与“自由”之风。1920—1930 年，同时兼任中法大学校长。1928—1940 年专任中央研究院院长。蔡元培把中国文化教育“从封建专制时代摆渡到民主自由时代”。

蔡元培第一声啼哭就在这里——绍兴市区萧山街笔飞弄 13 号。那是 1868 年 1 月 11 日。谁也没有想过，这第一声啼哭与他日后的胆识和气度有什么联系。

是的，这只是一个普通的明清台门——砖木结构，花格门窗，乌瓦粉墙，青石地板。不豪华，也不显赫。它坐落在一条幽深的长弄里，跻身于一群普通的民居间。

蔡元培故居的主体建筑坐北朝南，有门厅、堂厅、座楼，共三进，占地 1856 平方米，建筑面积 1004 平方米。从外观看，这是一座在绍兴并不罕见的台门院落。每进之间有石板铺就的天井相连，可谓“一块石板到底”。与众不同的是，第一进门厅坐西朝东，第二进堂厅和第三进座楼均坐北朝南，三进不是分布在同一轴线上。且由门厅通往堂厅的前天井特别开阔，差不多有一个篮球场那么大，周边的围墙也特别高，显得气势不凡。也正是这高墙深院，把一切喧嚣都远远地挡在了外面，只剩下宁静和清明。门厅上悬刘海粟手书“蔡元培故居”匾额。第二进一堂两厅，已辟为陈列室，堂厅正中放着蔡元培半身塑像，颇有学者风度。左壁悬有毛泽东撰、沙孟海书的“学界泰斗，人世楷模”巨幅联语；右壁有周恩来撰、沈定庵书的“从排满到抗日战争，先生之志在民族革命；从五四到人权同盟，先生之行在民主自由”的对联。后进为座楼，五楼五底，蔡元培就出生在此，并度过了童年和青少年时代。座楼东次间为其书房兼卧室，他在 28 岁前及在绍兴中西学堂（现绍兴一中）任职时和历次返乡时均居于此。

这个台门在城市地理上狭窄平常，在人文地理上却高山仰止。

这个台门是蔡元培的人生圆心、精神土壤。

蔡元培在绍兴故居度过了童年和青少年时代，在故乡生活了近三十个春秋，占他整个人生的三分之一以上。故居中，蔡元培曾经借火阅读的灶间仍在，曾经静思独坐的红木椅仍在，曾经畅叙情怀的小堂仍在。

17 岁中秀才，23 岁中举人，26 岁中进士，28 岁被授予翰林编修。当年，从这条长弄堂中走出来的蔡元培已是“声闻当代，朝野争相结纳”的名士。然而，狭长的笔飞弄最终挡不住蔡元培丈量世界的脚步，花格门窗最终挽不住蔡元培洞察世界的眼光。

但历史记住了这个台门，是它孕育了蔡元培的执着和宽厚，是它奠基了蔡元培的胆识和气度。

如果说，终年 72 岁的蔡元培在中国思想史上是一棵独树一帜的大树，那么，绍兴故居近三十年的生活，就是这棵大树的根须。这根须有绍兴历代名人文化的滋养——大禹的公而忘私、勾践的奋发图强、王羲之的创新精神、陆游的爱国主义、刘宗周的独立思想……

漫步蔡元培故居附近的笔架桥、题扇桥、戒珠寺、蕺山，我的内心充满了感慨，感慨蔡元培的博大精深。他的博大精深最终都融进了他的胆识和气度，都凸现在他的平和宽厚中。

蔡元培总是用一种深邃的目光洞察世界变化，他的良知和威望最终成就了他的胆识和气度。他的平和宽厚，最终都落实在拯救民族文化的大义上。

蔡元培的身影不仅有西学的光芒，还有东方古老文明自救的定力。蔡元培总是从分歧与悖论乃至碰撞中考虑文化的走向，从而把僵硬的文化之躯重新催醒。

1917 年 1 月，蔡元培以一介平民的质朴姿态，从“大风雪中”迈着沧桑的步伐走进北大红楼。蔡元培入主北大后不久，便提出十六字箴言“囊括大典，网罗众家，思想自由，兼容并包”。在此方针下，蔡元培把北大改造成了一片“精神的圣地”。

他倡导立志、立德、立言，提出要培养学生的人文精神、独立思想、批判精神。众多名家在蔡元培的学问和伟大的人格魅力感召下，投身到北大这个大熔炉。创办《新青年》的陈独秀把《新青年》总部从上海迁到北京，一代国学大师辜鸿铭拖着长辫子来了，刚在美国哥伦比亚大学获得哲学博士的胡适也来了。鲁迅、周作人、李大钊、马叙伦、刘半农、章士钊、钱玄同、梁启超、周谷城、沈尹默、梁漱溟、徐悲鸿……这些中国近现代史上响当当的人物也都汇聚到北大。

我们读蔡元培和胡适、周作人、鲁迅、钱玄同的通信，就会感到一股流遍周身的暖流，感到一种生命里的宽厚、博大和美丽，感到一种难得的真知灼见。

北大成了“五四”新文化运动的发源地，中国文化史上第一次出现了“五四运动”这个词。蔡元培开启了一个蔡元培时代，这个蔡元培时代出了创办南开大学的张伯苓、创办厦门大学的陈嘉庚、中兴商务印书馆的张元济。

科举出身的蔡元培，历任民国教育总长、北京大学校长、中央研究院院长等职，是我国近代著名的民主革命家、教育家。

气度决定高度，高度决定深度，深度决定力度。

在蔡元培故居，我看到了两位名人对蔡元培的评价：

一位是美国著名哲学家、教育家杜威：“拿世界各国的大学校长来比较，牛津、剑桥、巴黎、柏林、哈佛、哥伦比亚等，这些校长中，在某些学科上有卓越贡献的不乏其人；但是，以一个校长身份，能领导那所大学对一个民族、一个时代，起到转折作用的，除蔡元培而外，恐怕找不出第二个。”

一位是毛泽东：“学界泰斗、人世楷模”。

是的，蔡元培对中国教育文化的贡献，是中国近代史上无人可比的！这正是蔡元培的气度与胆识在中国文化史上留下的辉煌。

可以说，“独立思考”“兼容并包”是蔡元培留给北大的一个重要标志。在某种意义上，正是“兼容并包”，使北大具有了别具一格的宏大气象；也正是“兼容并包”，使得中国的学术在烽火连天、内忧外患的艰苦条件下，出现了空前的繁荣与生机。然而，“兼容并包”并不是蔡元培思想教育中的根本。在“兼容并包”的背后潜藏了蔡元培更为基本的思想取向，那就是一种开放的心态，这种开放的心态和胸襟不仅造就了蔡元培那“海纳百川”的宏大气度，更养成了他那放眼寰宇的战略眼光，使蔡元培无论是在选人还是在学科建设上都能左右逢源、高人一筹。

有人说，在北大昔日的历史传统和今日的新气象中，蔡元培已内化为一种象征与启示。无论岁月的尘埃如何起落飞扬，黯淡了多少偶像的色彩，无论时间的流水如何一去不返，动摇了多少权威的根基，既非权威、又非偶像的蔡元培先生，却永远魅力不减，因为有后来者“以口为碑，以心为碑，以文为碑”。

没有蔡元培，绍兴名人长廊将会缺失最耀人眼目的几颗明星——鲁迅、陶成

章、徐锡麟、马寅初、邵力子、竺可桢、胡愈之，他们中哪一个没有得到过蔡元培的帮助和提携？从这个意义上说，蔡元培是绍兴历史的功臣，是绍兴文化名人的培育者。

有人说，蔡元培是一座可望而不可即的高峰，他的独立思想，他的兼容并包，当今有多少人能做到？他的气度胸怀，他的胆识学识，当今又有多少人能达到？世上已无蔡元培！

有人感叹，在学者缺失风格，学术失去标准的当下，仰望蔡元培更显得十分必要。因为我们在仰望他时，便可照出自己的渺小和卑微、浮躁和浅薄。

当代绍兴，不，当代中国，多么需要一批仰望星空的人，这个星空就是蔡元培。只有当我们有了蔡元培般的胆识和气度，我们才会有独立思考的精神，才会有兼容并包的胸襟，才能不受种种世俗的诱惑，摒弃浮躁，拒绝平庸，为真理而执着奋斗。

我们纪念蔡元培先生，渴望蔡元培先生能够给予我们后辈一点力量，这种力量就是一种修养的力量、科学的力量、人格的力量。这种力量的源泉，就是寂寞和自由，就是胆识和气度；就是海纳百川的胸襟，就是容纳异己的雅量；就是开放思想尊重个性的卓见，就是地域文化积淀和全球文化视野。

第六届世界合唱比赛刚刚落下帷幕，我们可以告慰蔡元培先生，千年古城已具备开放的胸襟和视野。但，我们还需沉思：我们的内心是否真的已具备蔡元培的气度和胆识？

图片提供 / 郑休白

先生之风，山高水长
——访章太炎故居

文 / 刘克敌

章太炎

章太炎（1869.1.12—1936.6.14），原名章学乘，字枚叔，以纪念汉代辞赋家枚乘；后因反清意识浓厚，慕顾绛（顾炎武）的为人行事而改名为绛，号太炎，世称太炎先生；早年又号膏兰室主人、刘子骏私淑弟子等。浙江余杭人。思想家、史学家、朴学大师、国学大师、民族主义革命者。1891 年，入杭州诂经精舍，师从俞樾。1898 年，因戊戌变法失败，避地台湾，后东渡日本。1906 年，参加同盟会，任《民报》主笔。1912 年，任南京临时政府枢密顾问。1913 年，因反对袁世凯称帝被囚禁。1917 年，参加护法运动，任海陆军大元帅府秘书长。晚年专心学术，在苏州开办章氏国学讲习会。章太炎为学涉及小学、历史、哲学、政治等诸多领域，著述甚丰，梁启超称其为清学正统派的“殿军”。

来杭州定居数年，西湖边的章太炎纪念馆早已去过多次，有时是一个人，更多时候则是陪朋友。不过，自己也有些奇怪，这些年居然没有去参观过余杭的章太炎故居。如果说没有时间，这理由显然站不住脚。想来想去，除了懒惰，最根本的原因恐怕是——担心看到章氏故居后会产生深深的失望。我已经在凭吊过很多名人故居后有过这种感受，不想在章太炎这里再次失望。

不过，由于近来正在从事近代以来浙籍文人与“五四”新文化运动关系的相关研究，而章太炎在近代以来浙籍文人群体中是当仁不让的领袖人物，再不去实地考察一下其故居是无论如何说不过去的——不，简直就是对大师的怠慢了。于是，带着些许歉疚和对可能会产生的失望之感的预判，我特意挑选了一个凉爽而又非周末的日子，去赴这场早就该完成的“约会”。

说起来，从杭州市区到章氏故居还是很方便的。如果是自驾车至多十几分钟就到。至于乘坐公交，可以在市区的古荡公交站坐 349 路，到倒数第二站（仓兴镇）下车。车站所在的马路（仓兴街）与塘河是平行的，章太炎故居就面向塘河而建。所以要往南走一段路，穿过一片房屋，沿着临塘河的便道（仓前塘路），就能找到故居。如果找不到，就问当地人，他们都会给你详尽的回答，因为章太炎是他们的骄傲。

章太炎故居坐落在杭州市郊区余杭镇上的仓前塘路 59 号。远远望去，好一座有气魄的大宅院。故居坐北朝南，门前就是与京杭大运河连通的塘河。所以几十年前人们去杭州或者更远的地方，差不多都是选择水路。因不是节假日，我到故居时又是早上刚刚开门，所以除我之外居然一个参观者也没有，我暗自窃喜，刚好给我一个从容凭吊的机会。

根据以往参观名人故居的经验，大凡那些让我失望的，要么是游人太多，喧哗之声不绝于耳，令我无法进入与已故者精神交流的时空；要么是陈列不当，喧宾夺主，甚至把假文物弄来糊弄游客，还死不肯说明。而眼前这座章太炎故居，尽管其陈列文物可能也是仿制，但空空如也的故居还是给了我一个任凭思绪自由翱翔的空间。我隐约感到，此行不会失望。

在19世纪中叶以来的中国文化史上，从曾国藩到其最欣赏的弟子俞樾，从俞樾到其最著名的“叛逆”弟子章太炎，从章太炎再到其最有成就的弟子鲁迅、周作人兄弟和众多赫赫有名的章门弟子，再到他们的再传弟子，这是一条十分清晰的文人门派传承线索。近代以来中国文化所发生的巨大变迁，几乎都可以通过这些文人群体的命运得到最好的验证。而章太炎，毫无疑问，就是这条线索中最具承上启下作用的一个文化大师级人物。别的不说，只要看看他所交往的那些人物，孙中山、黄兴、宋教仁、邹容、袁世凯、黎元洪、孙传芳、蒋介石、章士钊、蔡元培、刘师培和苏曼殊，等等，就令人叹为观止。其弟子中除却大家熟悉的周氏兄弟外，还有钱玄同、许寿裳、朱希祖、黄侃、刘文典、汪东、沈兼士、马裕藻、龚宝铨等，他们每一个在20世纪中国文化史上都堪称大师。而这些人物，都与从我眼前这座院子里走出来的章太炎密切相关，因此说这座小院影响了一百多年来中国社会的风云变迁，当不是夸大其词。

我一边回忆着和章太炎有关的那些历史事件，一边在故居内慢慢参观。故居规模不大，共有四进，前三进为章太炎之曾祖父所建，最后一进则建于民国初年。临街第一进为前厅，曾开过南货店，属章氏义庄，是章太炎祖父为赈济族人而开设的。第二进为正厅，现为章太炎生平陈列室。第三进为“扶雅堂”，两层三开间，是家人平日聚会的地方，上面则有章太炎当年的卧室等。第四进则是太炎先生长兄章椿柏先生故居。

说起来很有意思，这么一座大宅子，其主人又是这样赫赫有名，竟然直到1985年全国文物普查时才被发现，随即被列为县级文物保护单位，2006年又被国务院公布为全国重点文物保护单位。不过对于上述说法，我有些怀疑：难道1949年后这么长时间，居然真的没有人意识到章氏故居的价值？其家乡人以及当地政府真的不懂得章太炎故居的重要性？还是别有他故？

1869年1月12日，章太炎出生于浙江余杭仓前镇一个书香世家。太炎先生名炳麟，字枚叔，又作梅叔；后因倾慕清末大儒顾炎武，改名为绛，号太炎；因系余杭人，常被称为余杭先生。章家历来注重后代的教育，其曾祖当年曾出巨资兴办书院和义庄，教族人读书。其祖父曾被选为国子监生，藏书甚多。其父也曾担任县学训导，还担任过杭州诂经精舍监院，结交过很多文人。章家还以医学传家，这对章太炎的影响很大，以致他自认所精通诸门学问中，当以中医最佳。

自然，在这样的家庭中，章太炎自小便认真读书习字，很早就显示出不同于一般孩子的聪明机智。那是1875年的一天，时值下雨，太炎先生的父亲在家邀请了十余位亲友，边饮酒边吟诗词。内有一位同宗的章老先生酒兴上来，情趣盎然，便令小太炎即时诵诗一首。结果章太炎略作思考即诵曰：

天上雷阵阵，地下雨倾盆。
笼中鸡闭户，室外犬管门。

此诗顿时震惊四座，章老先生大喜，即令人拿来宣纸笔墨，挥毫录下了这首十分珍贵的“六龄童诗”。该诗现珍藏于杭州的章太炎纪念馆。

不知不觉中，我来到扶雅堂，眼前豁然开朗。中式桌椅和传统的摆设方式，透出庄重和大家风度。高悬在上的“扶雅堂”匾额，则赋予整个大厅浓郁的文化气息。这里“扶”是辅助或扶持之意。“雅”本指《大雅》，这里泛指精神、道德等。这是章氏家人的公共空间，过去大凡家中来了重要客人或者举行什么重大活动，这里就是最好的场所。

不过，在那时为了所谓的男女有别，女性是不能随便进入扶雅堂的，甚至连走正门也不许。为此，章家特意修了一条备弄（避弄），是正屋旁侧的通行小巷，专为女眷、仆婢行走之道，以避男宾和主人。这种方式在宋代以后的名门望族住宅中得到发展。不过，如今重修过的故居，通向正屋的通道似乎被堵住了，所有的游人都走备弄参观。

自然，章太炎先生的伟大成就，绝非仅凭其先天才华。在故居的第三个天井，我看到了传闻已久的习字墙。据说章太炎自幼在此每天坚持以清水代墨练字，成年后依然如此。章太炎不仅是大革命家、大文学家，也是大书法家，其篆书用笔高淳朴茂、古意盎然，被已故书法泰斗沙孟海称为清代篆书四家之一。遗憾的是我对书法一窍不通，不借助说明竟然辨认不出太炎先生所书为何字，实在惭愧。如今，这习字墙是游人可以自由动手写字的地方，我看看四周无人，也就东施效颦地写了两个字，反正无论多么丑陋，片刻就消失得无影无踪了。习字不用纸和墨，只需方砖清水，章氏家人的聪慧由此可见。

大凡伟人，都有不同凡人之处，章太炎的不同常人就是他的“疯”，人称“章疯子”，有意思的是他自己也这样认为。他1906年出狱后赴日，在东京留学生举行的欢迎会所致演说词中说：“大凡非常可怪的议论，不是神经病人，断不能想，就能想也不敢说。说了以后，遇着艰难困苦的时候，不是神经病人，断不能百折不回，孤行己意。所以古来有大学问成大事业的，必得有神经病才能做到。……为这缘故，兄弟承认自己有神经病。”章太炎的“发疯”其实从小就有。童年时的他受父命参加童子试，试题为：《论灿烂之大清国》。不料他却在试卷里疾呼：“吾国民众当务之急乃光复中华也。”这对于清朝而言可是“反动之极”的言论，弄不好要杀头的。好在主试官以癫痫症发为由，将他逐出考场了事。他后来旅居东京时，日本警察厅调查户口时发下表格要他填写，他填出身竟然是“私生子”，职业是“圣人”，年龄更是骇人的“万寿无疆”，你说这人疯不疯！

鲁迅也曾说过一个章太炎发疯的例子。民国元年，章太炎先生在北京，好发议论，而且毫无顾忌地褒贬。常常被贬的一群人于是给他起了一个绰号“章疯子”。人既是疯子，议论当然是疯话、没有价值的。但每有言论，也仍在他们的报章上登出来，不过题目特别，叫《章疯子大发其疯》。有一回，他可骂到他们的反对党头上去了。那怎么办呢？第二天报上登出来的时候，那题目是《章疯子居然不疯》。对于他这疯子称号，章太炎本人格外看重，而理解他的人也以此作为称颂的话头。且说 1915 年，袁世凯加紧复辟帝制的活动，章太炎写信大骂袁世凯：“某忆元年四月八日之誓词，言犹在耳。公今忽萌野心，妄僭天位，非惟国民之叛逆，亦且清室之罪人。某困处京师，生不如死。但冀公见我书，予以极刑，较当日死于满清恶官僚之手，犹有荣耀。”袁看后大为震怒，想杀掉他，但恐为舆论所不容，自我解嘲说：“章太炎是疯子，我何必跟他认真呢？”“章疯子”的外号，从此驰名天下。据说袁世凯死后，章获释南下，云南名士赵藩（成都武侯祠名联作者，素有“病翁”之称）送给他七绝诗一首：“君是浙西章疯子，我乃滇南赵病翁。君岂真疯我岂病？补天浴日此心同。”章太炎对此诗甚为欣赏，晚年常读与人听。

可以想见，这样一个世人眼里的“疯子”，实为革命斗士的文人，在那样一个时代，为了拯救中华民族，又有什么使命不能完成，又有什么个人利益不能抛弃呢？

章太炎最为世人所知的性格，除了他的疯，再就是怪。例如他为三个女儿所起的十分怪僻的名字，其古怪生僻不要说是一般人，就连普通读书人怕也不会认识。他为大女儿取一个单字叕，就是四个“叉”，读作“lì”。次女则名为叕，四个“又”字，读作“zhuo”。小女名则为四个“工”字，读作“zhan”。话说转眼三个千金长大成人，却无人上门说媒求亲，章太炎不禁有些奇怪。后来才知道，原来问题出在三个怪字上，人们都怕念错，自然谁也不敢高攀。于是章太炎叫夫人在家里摆了几桌宴席，邀请亲朋故旧做客。席上太炎先生向客人讲解那三个怪字。他说：一个读“丽”，是“窗格子”的意思；一个读“辍”，是“连缀”的意思；一个读“掌”，是“展”的古写，因此也可以读作“展”，并不古怪。后来，章家三位小姐经人说合，都嫁得了如意郎君。传说可能有些夸张，但由此可见太炎先生的渊博和古怪性格。

故居的最后一进，上面是章太炎家人的住房，其家具和陈列都是那个年代最常见的，没有多少引人注意之处。下面则是集中展示章氏生平的地方，我看到展览厅上方悬有“一代儒宗”的匾额，感觉这四个字确实是对章太炎最好的概括。尽管他的革命业绩也令人钦佩，但我以为他对于中国文化和中国学术所做出的贡献更有意义。1936 年 6 月 14 日，章太炎在苏州病逝，享年 69 岁。令人唏嘘不已的是，临终之前，多病在身的他依然每天坚持讲学不止，其夫人劝其多休息，他却说，饭可不食，书仍要讲。其最后一次讲学时，已不能进食，此后不到十天即逝世，真可谓生命不息，讲学不止。教书育人如此，真罕有其匹也。噩耗传出，华夏震惊。一代儒宗驾鹤西行，自然引起学术文化界巨大反响。鲁迅当时重病在身（仅仅三个多月后他就病逝，紧随其师而去），依然抱病写了《关于太炎先生二三事》，对太炎先生的一生给予高度评价。他说：“先生遂身衣学术的华衮，粹然成为儒宗，执贽愿为弟子者綦众。”当时的国民政府决定给予国葬规格，专门拨款两万给治丧委员会。蒋介石、林森、陈果夫、于右任、孔祥熙、冯玉祥等民国政府领导人或发唁电或撰挽联以示哀悼，新闻媒体也纷纷对太炎先生逝世给予重点报道。至于章氏众多门人，则不仅直接参与治丧之事，且大都撰文和撰写挽联，对老师的逝世深表哀痛。其中，马裕藻、钱玄同、许寿裳、周作人、沈兼士、吴承仕合署挽联较有代表性，可谓对太炎先生一生功业的最佳概括：

素王之功不在禹下，明德之后必有达人。

此外，钱玄同的挽联也很有特色，在当时颇获好评：

缵苍水、宁人、太冲、姜斋之遗绪而革命，蛮夷戎狄，矢志攘除，遭名捕七回，拘幽三载，卒能驱逐客帝，光复中华，国士云亡，是诚宜勒石记勋，铸铜立像；

萃庄生、荀卿、子长、叔重之道术于一生，文史儒玄，殚心研究，凡著书廿种，讲学卅年，期欲拥护民彝，发扬族性，昊天不吊，痛从此微言遽绝，大义无闻。

同为浙江老乡的蔡元培，则撰写了这样的挽联：

后太冲炎武已二百余年驱鞑复华窃比遗老，

与曲园仲容兼师友风义甄微广学自成一家。

为使章太炎先生九泉之下可以安眠，其夫人汤国梨女士为其在家乡杭州选择墓地，最后决定在西湖南岸的明末抗清英雄张苍水墓旁修土建墓，作为太炎先生长眠之地。不料墓地未建，抗战爆发，直到新中国成立后才由人民政府拨款修建。1986年，杭州市政府又在这里兴建了章太炎纪念馆。如今这里不仅是一个中外游人参观游览的景点，

更是研究太炎先生生平和思想学术的一个基地。

不过话说回来，柔美的西湖在章太炎眼里，其实并不是他百年之后的首选之处，那章太炎又想把自己葬身何处呢？

1915 年章太炎给浙江青田人杜志远写了一封信：

> 闻君著籍青田，故诚意伯刘公，则乡之令望，而中国之元勋也，平生慕之久矣。虽才非先哲，而事业志行，仿佛二三，见贤思齐，亦我素志。人寿几何，墓木将拱，欲速营葬也，与刘公冢墓相连，以申九原之慕，亦犹张苍水从鄂王葬也。君既生长其乡，愿为我求一地，不论风水，但愿地稍高敞，近于刘氏之兆而已。今先别书纸一幅，求刻之刘公墓前，以志景仰。微闻清人入关以来，刘氏子孙虽微贱，其族尚盛，并愿以此告之。

写此信时，章太炎因不满袁世凯帝制正被袁世凯囚禁，并数次以绝食抗争。从信中可知，章太炎在为自己安排后世，“欲速营葬”，希望能与“平生慕之久矣”的浙江青田刘伯温冢墓相连。

刘伯温，名基，字伯温，浙江青田人。自幼聪颖，天赋甚高，从小深思好学，读书能一目十行，师从当时处州名士郑复初学习宋明理学。相传郑复初在一次拜访刘伯温父亲时曾下断语：你的祖先积德深厚，庇荫了后代子孙；这个孩子如此出众，将来一定能光大你家的门楣。

而刘伯温为世人所熟知的则是他辅佐明太祖，献时务十八策，成就明朝伟业。他一生疾恶如仇，无法融处于权贵之间；且自知“伴君如伴虎”之理。因此，功成名就后便退隐青田，但终究逃不过“狡兔死，良狗烹；高鸟尽，良弓藏；敌国破，谋臣亡”的命运，忧愤而亡。正如章太炎为刘伯温撰写碑文所示：“于铄先生，功除羯戎。严以疾恶，刚以制中。如何明哲，而不考终。”

外人视章太炎为反清斗士，革命元勋，此言当然不假。但如果细深思之，我们或许可以看见在反清斗士和革命元勋的背后依稀站着一位浸染着中国传统文化而欲为“国师”的章太炎。如此想来，章太炎想葬于刘伯温旁也不难理解。

后来，刘伯温后裔刘耀东复信给杜志远，同意了章太炎的请求，详述了相关事宜：

诵手书，并示章子太炎撰先文成墓志碑文，珍重珍重。如碑字已书成，愿邮以畀。凡购石刻画之需，耀东任之。先文成墓在乡之夏山，明代碑刻今无存者，闻于靖康时毁灭，可慨也。周墓之旁半里许，族中有樵苏禁，无有拊者，去此则山水秀美，卜兆皆吉。买山之钱约数十千，耀东亦当商之族人，可不取直。

于是，章太炎自书墓碑，寄给杜志远。墓碑仅五字，即“章太炎之墓”，留用至今。

不知不觉，我在章太炎故居已经度过差不多两个小时，期间只碰上两三个游人，故居依然安静。突然，内心深处似乎冒出一个声音：趁着自己的好心情尚未消失，是该离开的时候了。是的，是该和章太炎，和他那个时代，以及和他那些杰出的弟子告别的时候了。

我站在故居门前，遥想此刻在数十里之外的西湖之滨、南山路上的章太炎纪念馆也许已经是游人如织，而章氏真正的故居门前却是门可罗雀。难道地理位置的差异真有如此之大？难道这里的一切对于所有研究章太炎和景仰章太炎的人来说不是更有意义？不过，想到自己在杭州多年也是拖到今日才来章氏故居凭吊，也就对游客的冷落释然了。是的，不能怪他们不来，要怪只能怪西湖之滨，令游客流连忘返的风景实在太多。仅就名人故居和纪念馆而言就有苏东坡、俞樾、胡雪岩、蒋介石、张静江、马一浮、沙孟海、林风眠等数十处，游客几乎不需费力，只要环湖而行，这些景点就绝不会错过，他们又何须来这数十里外的章氏故居呢？

不过，我还是为那些不能来故居的人们感到一丝遗憾。别的不说，单就故居的建筑，就值得好好观看。据故居工作人员介绍，整个章太炎故居是至今保存完好、不可多得的一座清代木雕建筑。的确，无论是扶雅堂的漏窗，还是后屋的“牛腿”，或者正厅的木饰，雕刻技艺无不精湛，堪称巧夺天工。所以，如果游客能来到这古运河边，行走在余杭的老街上，观赏文物，品味木雕，不就是在历史的长河中畅游么。

其实，瞻仰名人故居也好，凭吊历史遗迹也好，无非是为每个参观者提供一个可以悼古伤今的借口。而是否可以因此进入浩瀚的历史时空，与那些早已逝去的灵魂对话，还是要看每个人的内心深处是否具有如陈寅恪所说那种对古人的“了解之同情”态度，是否具有一种了解历史的真诚愿望，以及为实现这种愿望所必须具有的力量。

图片提供／刘克敌

中国之心，如石之坚

——访沈钧儒故居

文 / 景迪云

沈钧儒

沈钧儒（1875.1.2—1963.6.11），字秉甫，号衡山。浙江嘉兴人。法学家、政治活动家、爱国民主人士、救国会“七君子”的领头人。光绪三十年（1904 年）考中进士。次年，留学日本。光绪三十三年（1907 年）回国，任浙江两级师范学堂监督、浙江省咨议局副议长。辛亥革命后，任浙江都督府警察局局长、浙江省教育局局长。1939 年，发起成立中国民主政团同盟（中国民主同盟前身）。1946 年，代表民盟参加政治协商会议。新中国成立后，曾任中央人民政府委员、最高人民法院院长、全国人大副委员长、全国政协副主席、民盟中央主席等职。著作有《寥寥集》《家庭新论》《制宪必携》《宪法要览》《普及政法教育》等。

我是中国人，
我是中国人！
我是中国人！！
我是中国人！！！

1935年10月22日，著名的爱国新闻记者戈公振为抗日救国而英年早逝。一个月后，爱国老人沈钧儒在读了邹韬奋《悼戈公振先生》一文后，戈公振“在俄国有许多朋友劝我不必就回来……国势垂危至此，我是中国人，当然要回来参加抵抗侵略者的工作”的临终遗言，触动了他老人家心底的忧国忧民情怀，提笔一连写下四首诗，表达对戈公振先生的崇敬之情。以上所引就是其中的第四首，由于爱国情深，不能自已，以至完全不顾旧体诗的格律了。

据他自言，第四首先写了一句，竟不能续，仍旧是这五个字，再写，还是这五个字，写完后，泪滴满纸，情不自禁！就是这首不成平仄的怪诗，以其奔放的爱国热情而闻名宇内，曾激发过不知多少人的爱国热情。

沈钧儒自己就为是一个中国人而深深地自豪。在长达九十多年的生命旅程中，他横跨清朝、民国和新中国三个历史时期，经历了辛亥革命、“五四”运动、抗日战争和人民解放战争。他自己的思想也经历了由封建主义向民主主义、社会主义的转变。一生中可谓风云激荡，祸福变幻，但他的爱国情怀始终如一。换句话说，他的一切行动和思想的取向都是以是否爱国为前提。在他心目中，国家利益至高无上，一切损害国家的言行，他必竭力挞伐而摒弃之，即使坐牢也在所不惜！周恩来曾誉之为“民主人士左派的旗帜”，是杰出的爱国志士和民主楷模。

浙江确实是块钟灵毓秀之地，古往今来人杰辈出，生于嘉兴的沈钧儒就是秉承古越遗风，以爱国为己任，不屈不挠反抗强权和侵略，追求民主和真理的典范。在由他的故居改建成的沈钧儒纪念馆里，我们可以通过实物和图文介绍，领略他生命旅程中的光辉。

沈钧儒故居位于嘉兴市环城南路南帮岸3号，是一幢江南常见的清代风格的民居建筑。前为厅堂，后为两层的座楼，中间隔一个天井，两侧是厢房，外面围以砖墙，自成一个独立的院落。院落内的空地置假山水池，植草坪嘉树，

环境宁静清幽。

当然，故居是经过修缮了的，几年前我来的时候，还要破败一些。现在，故居内也是布置一新，各个房间被分别赋予不同的展览功能。厅堂是瞻仰大厅，沈钧儒坐在一把藤椅里，目光炯炯，气宇轩昂，美髯飘拂，神态自信而坚定，虽是雕像，但观者几疑真人！座楼低层是他的生平事迹展览，楼上则是遗物陈列室，沈钧儒的独特魅力正是通过这些生动的图文介绍和生前实物，深深地感染着每一位前来参观的人们。

沈钧儒的人格魅力还体现在一项“普通”的癖好——收藏石头上，即使在奔走革命的时候，都不能使他忘怀。喜欢石头本不是件稀罕事，或爱其形状之玲珑，或爱其色彩之斑斓，或爱其纹理之奇巧，目的不过是娱乐而已，古之大文人如米芾、苏东坡辈也不过如此。

沈钧儒的喜欢石头却有与众不同之处，他不重外表，而只重视石头本身的意义。他每到一地，都要想方设法去捡石头，并用小纸片记下捡拾的时间、地点。1900年，他还只有27岁，在跟随十一叔父淇泉公到陕西去的路上捡得佳石数块，新中国成立后置于一木盒内珍藏起来，并附一小纸片，上书：“庚子我二十七岁，随十一叔父赴陕西，与大哥、三弟（仲仆）等在老河口坐船拾石，现留五块，陕西汉水拾三块，共八块。衡山记。”有一块长圆形、白色而有些深深浅浅绿色斑点的石头，是千家驹在苏联吉尔吉斯共和国首都伏龙芝城东南的伊斯库湖边拾来送给他的，后经他考证，我国玄奘法师曾经过那个湖边，就是《大唐西域记》里所说的“大清池”……日积月累，他拥有的石头可谓五湖四海。

沈钧儒曾将他在北京的寓所书斋命名为“与石居”，张仲仁、侯外庐和郭沫若都为其题写过额和跋。侯外庐的跋是这样的：

右三字斋为民主老人属题，寓意深远，昔朱舜水鼎镬之下，有确赋作明志之句，云：涅之缁之，莫污其白，磨专磷专，孰漓其淳，硁硁其象，硗硗其质，是非眩之而益明，东西冲之而不决。

与石居，其斯之谓欤！

郭沫若又在后面题了几句赞语：

磐磐大石固可赞，一拳之小亦可观，与石居者与善游，其性既刚且能柔。柔能为民役，刚能反寇仇。先生之风，超绝时空，何用补之，以召童蒙。

这些跋语，说的是石头，赞的却是石头的主人。

在嘉兴的故居里，同样辟有一间“与石居”书斋，但额是大书法家于右任所题，门联“爱石传神堪景仰，临池有味耐观摩”又是郭沫若手书。

凡人寄情于一物，大率是由于其性之所近。石头秉性坚贞，表里如一，正与沈钧儒一生热爱祖国的情怀和追求真理、追求进步、不屈不挠的铮铮铁骨相仿。郭老曾说“石有圣者相”，并将之比作沈钧儒。沈钧儒自己也曾作过一首诗，中有“吾生犹好石，谓是取其坚”之句，正是他嗜石成癖的最好注解。

静静地徜徉在故居的庭院，我的心却激荡无比。圣者已逝矣，但“我是中国人”的回声久久地震荡着我的耳膜，我看到了他的滂沱的热泪化作了漫天细雨，漫天的爱，正洒向祖国的大地……

本文写于1999年5月9日。8日凌晨，以美国为首的北约悍然用五枚导弹从不同角度袭击我

国驻南联盟大使馆，造成在内工作的三名新闻记者死亡，另有二十多名大使馆工作人员受伤。这是严重侵犯我国主权的罪恶行径，我国政府和人民决不会善罢甘休！

于此之际，重温沈钧儒先生的“我是中国人”的呐喊，其意义极为深远。中国只有真正强大了，才不会有人敢欺负。

此乃国耻，谨记备忘。

另附：沈钧儒读邹韬奋《悼戈公振先生》文后，所做四首诗的另三首：

浙江古越国，勾践人中杰。尝胆卧则薪，我是浙江籍。

苏州有胥门，炯炯悬双睛。怒视敌人入，我是苏州生。

哀者韬奋作，壮哉戈先生。死犹断续说，我是中国人。

图片提供／但　及

秋风秋雨愁煞人

——访秋瑾故居

文 / 鲁晓敏

秋瑾

秋瑾（1875.11.8—1907.7.15），原名秋闺瑾，字璇卿，号旦吾，乳名玉姑，东渡后改名瑾，字（或作别号）竞雄，自称鉴湖女侠，笔名秋千、白萍。生于福建闽县，祖籍浙江山阴。民主革命志士。秋瑾蔑视封建礼法，提倡男女平等，积极投身革命。1904年，东渡日本，先后参加三合会、光复会、同盟会等革命组织。曾联络会党计划响应萍浏醴起义未果。1907 年，她与徐锡麟等组织光复军，拟于 7 月 6 日在浙江、安徽同时起义，事泄被捕，于同年 7 月 15 日就义。

一

我们这个民族身上有一道深深的伤口，那道伤口来自1907年7月15日的绍兴。整整过去了一百年，站在轩亭口仍旧感到了来自这道伤口的灼灼疼痛。

我用笔尖挑开了百年前的血色的时间。1907年7月15日凌晨4时，荷枪实弹的清兵将绍兴轩亭口围得水泄不通，数百支火把烧开了沉重的夜幕，将刑场照得亮如白昼。火光映着秋瑾，她双手反缚，长发被木桩一侧的铁环紧紧地缠住，头颅固定在木桩上。她平静地待着，没有人知道她此时的想法，我想一个在生活上和事业上处处碰壁的女子对这个世道应该不会有太多的留恋吧。

“咣，咣，咣”，三声催命的锣声响起，一声紧似一声，巨大的惶恐仿佛浪潮一样掀起，人群开始了躁动。刽子手没有见过这般镇定的囚犯，何况还是一个才貌出众的女子，举刀的手微微地有些发颤，刽子手咬咬牙，刀锋一闪，血光四溅！

四面八方汇聚而来的民众，目睹了秋瑾的极刑。这并不是一场普通的死亡仪式，秋瑾是晚清第一个被处死的女革命党，一个日本留学归来的汉族知识女性，而且是当时颇有知名度的女诗人，这样一来她的身份就非常特殊，这也是特别被时人关注的原因。

我从杭州孤山到白云庵再到绍兴轩亭口，一路追寻秋瑾，寻找这道伤口。站在轩亭口的秋瑾雕塑前眺望绍兴，顺着繁华的解放路向北过几个路口是大通学堂，向南不远就是秋瑾故居和畅堂，身后是绍兴的地标府山。绍兴在百年的时光中变迁不大，依旧是当年的格局，一切是那样秩序井然。

仰望秋瑾，心中阵痛不已，我的心思被历史纠缠得欲罢不能。秋瑾的塑像和百年前的照片如出一辙，她高昂头颅，眉头紧蹙，眺望府山，眼神中尽是血性和刚烈，她的身上流露出太多的锋芒，就像一把出鞘的利剑，在阳光的照耀下闪烁着凛冽的寒光。这一切，还原了历史中真实的秋瑾，显现出雕塑家的匠心别具。

在古轩亭口牌坊下，巧遇晨练的苏根堂，73 岁的老人告诉我，轩亭口是杀江洋大盗的刑场，秋瑾是第一个在此被砍头的女革命烈士。秋瑾被杀之后，这里没有再杀过人，刑场移到了大校场。老人指着秋瑾塑像平静地说：“她是绍兴的保护神哪，绍兴风调雨顺，没有地震、水灾、台风、旱灾，就是秋瑾保佑的。”

辛亥革命期间，那么多的革命志士死于非命，只有秋瑾的死最大限度地激起了汉人的反抗情绪。原因很简单，封建时代，男子膝下如金，女子守身如玉，从道德伦理的角度出发，对女性死刑判决一般采用绞刑，清朝统治者对一个汉族女子不仅施尽酷刑，而且当街斩首，弃尸闹市，罪名是颠覆政府。彼时的清朝已经开始与西方文明接轨，民主的法律框架初具，政府仍然以血腥的手段对一个女子进行杀戮，在普通民众看来，这是民族高压政策的体现，是统治阶级非人道和伪民主的表现。

很快，民众将秋瑾血溅轩辕的消息向媒体披露。当时的新闻业已经比较发达，特别是上海、天津等地租界的报刊，不受清廷管制而言论比较自由公正。上海的《申报》首先刊登报道此事，接着《神州日报》《时报》《中外日报》《文汇报》等全国各地的报纸纷纷推波助澜地大篇报道，秋案一时成为焦点，引发了巨大的风潮，人言愤愤，千夫发指，皆为秋瑾讼冤。秋瑾的死触及了汉人的心理底线，严重地刺激了汉人的尊严，从而掀起了更多的革命风潮。

秋案正好发生在晚清时局最为动荡的时期，纲常紊乱，人心向背。秋瑾被无限放大，不知道秋瑾的人都因此知道了秋瑾，不懂得革命的人也因此受到了革命的教育，士绅阶层开始同情革命党，党人更加坚定了信念，革命形势一转颓势，得到了空前发展，晚清原本岌岌可危的局面变得越发不可收拾。

二

时代大变局的重担竟然让一个弱女子去承担，秋瑾孤单的身躯常常让这个世界的男人倍感心痛，我常常不由自主地摸自己的脖子，仿佛那把刀就架在身后，忍不住地心虚，时不时地慨叹秋瑾的勇气和决然。

百叹之余，我们回过头来解读秋瑾身世。

秋瑾，浙江绍兴人氏，原名秋闺瑾，字璇卿，号竞雄，又称鉴湖女侠，她的人生只翻阅了薄薄的三十二页春秋。无数人端详过那张日式装扮的照片，秋瑾的仪容从百年前冲进了我们的视线，一张充满瓷质光泽的女性脸庞，虽然不算绝代风华，却也相当端庄。她的扮相时髦，绾着高高的云髻，披着貂裘大衣，一派英姿飒爽。不难看出，这是一位尚武的刚烈女子，她用挑衅和不羁看待着这个世界。

秋瑾有一首流传广泛的《对酒》诗："不惜千金买宝刀，貂裘换酒也堪豪。一腔热血勤珍重，洒去犹能化碧涛。"这首诗是她真实性格的写照，身上穿的貂裘后来真的换了酒，宝刀也伴随她长眠于地下。酒和刀这两样男人的专利，被秋瑾牢牢地拽在手中。

秋瑾和任何一个封建时代的女子一样，婚姻由父母操办，夫家是湖南湘潭殷实大户，一个封建守旧的暴发户家庭。才情俱佳的秋瑾期待着自己的婚姻能够有李清照与赵明诚那般比肩吟诵的琴瑟和鸣，然而，丈夫王廷钧死守封建账本，纨绔习气浓重，他们的情趣、理想和生活方式有着天壤之别。"知己不逢归俗子，终身长恨咽深闺"，这是秋瑾创作的弹词《精卫石》中的一句诗，不幸的婚姻，让秋瑾一进社会便蒙上了巨大的阴影。

1900 年，王廷钧纳捐为户部主事，秋瑾随丈夫客居北京，在京期间，她经常阅读新出版的一些书籍，阅读进步新报，迅速与新思潮接轨。戊戌六君子为维新而引颈就戮，尤其是谭嗣同的侠烈性情深得秋瑾崇仰，革命种子在内心深处悄然潜藏下来。庚子年是近代以来最为动荡的一年，秋瑾目睹了以燎原之势燃烧华北大地的义和团运动，目睹了北京城头变幻着的八国联军大王旗，一个二十多岁的青葱女子亲历了国破山河碎，原来朴素的爱国主义思想逐渐转化为救国献身的宏涛巨愿。

洋务运动、甲午战争、戊戌变法纷纷失败，封建王朝的社会秩序面临坍塌，御侮与自强、改革与革命的使命摆在了一大批觉醒之士面前，他们开始了沉重的思考与实践。秋瑾清醒地认识到变革维新已无法救中国，只有革命才能救中国，但中国革命缺少敢于牺牲的志士，更鲜有女子就义。在倡导男女平等的秋瑾眼里，献身救国同样是女性的责任，秋瑾暗自期许，革命尚未成功，我就当牺牲的第一女英烈吧。

1904年，秋瑾毅然冲破重重阻力与丈夫离婚，自费赴日本留学。可以想象，这在百年前的封建社会需要背负多么大的压力。延续了两千多年的封建流毒至今仍无处不在，即便当下，还有一些人对秋瑾存在着或多或少的微词，认为秋瑾是因为夫妻不睦而投身革命，认为女子就该以相夫教子为贤德，有人发出疑问，像秋瑾那样抛头颅洒热血而死无葬身之地，这样做值得吗？

三

秋瑾是晚清杰出的女诗人，一个可与陈端生媲美的女作家。那双纤细的手，写下了一百二十多首诗、三十八首词，以及大量的白话文散文、歌曲、弹词。她的作品即使在今天看来，依旧如明珠般熠熠生辉。

“篱前黄菊未开花，寂寞清樽冷怀抱。秋风秋雨愁煞人，寒宵独坐心如捣。”黄菊、清樽、秋风、秋雨，秋瑾以物抒情，将内心的惆怅释放而出，革命未成

功而身却先死，那是多么愁煞人的情怀啊。格调低回，韵律苍凉，寥寥数句，秋瑾的境界便淋漓尽致地显现出来。

一个原本在闺阁之中舞文弄墨的一代才女，面临王纲解纽，响亮地一转身，投笔从戎，或者说以诗歌作为武器，融入了浩浩荡荡的时代潮流，成为近代中国杰出的女革命家和女权主义者。

我一直想象着古代女诗人的手，纤细、洁白，翘着兰花指，握着一管毛笔，用的是薛涛笺，写着指甲般大小的小楷，满是风情万种的绵言秀语。猛然撞上秋瑾那张著名的照片，眸子中闪着铁一样的冷光，一样纤细的手握着的居然是一尺白刃，她与传统知识女性的形象竟然是如此背离，如此格格不入。

“肮脏尘寰，问几个男儿英哲？”秋瑾先以强硬的口吻质问着缺少血性的男人，紧接着她在另一首诗中发出“休言女子非英物，夜夜龙泉壁上鸣”的誓言，她向统治女人的男人发出了挑战。秋瑾的革命首先从女权开始，放脚、兴学、办报，一步步颠覆着传统的封建意识形态。

秋瑾在日本创立天足会，呼吁女子放脚。天足会在当时成为石破天惊的举动，她深刻地认识到裹脚是制约女权的罪魁祸首，小足的女子形同残废，留给女性的是灾难、屈辱和痛苦，严重地摧残了女性的身心健康。只有扯碎这块死死纠缠女子千年的裹脚布，为女子争取行动自由，才能获得与男子并驾齐驱的机会。

其次呼吁兴办女学，从生理上解放女性之后，秋瑾意识到只有教育才能够使女性真正自强自立。她提出“女学不兴，种族不强；女权不振，国势必弱”的口号。秋瑾先后执教绍兴女学堂、南浔女校、绍兴大通学堂，播撒革命的种子，成功地发展了一大批革命女性，为日后浙江光复积蓄了力量。其中徐自华、尹锐志、尹维俊等人的身影活跃在辛亥革命的第一线，成为知名女革命家。

秋瑾在日期间创办了《白话报》，归国后创办了中国第一份妇女杂志《中国女报》，撰写《敬告姐妹们》《敬告中国二万万女同胞》等控诉封建社会的文章，大力倡导妇女解放，宣扬婚姻自由，传播革命思想。秋瑾阐明办这份刊物的目的是扫除中国女界的黑暗，陈述三纲五常、三从四德的虚伪本质，积极奔走呼号为解放同胞诸姊妹而努力。《中国女报》虽然仅出版两期，却产生了深远的社会影响。

在日留学期间，秋瑾在表哥徐锡麟的介绍下加入了同盟会，秋瑾被推选为浙江同盟会的主盟人。归国后，加入光复会，任光复军协领。秋瑾在革命队伍中脱颖而出，带领浙江有志之士开始了轰轰烈烈的资产阶级革命运动。

四

从轩亭口顺着解放北路往北，穿过城市广场，沿着胜利西路西行几百米就到了大通学堂，学堂基本保持着原貌，黑漆漆的外墙与周围的建筑区别开来，散发出一股道不明白的硬气。

当年，徐锡麟、陶成章、秋瑾以响应清政府发展教育、倡办团练为名，以大通学堂为基地发展光复会骨干、培养革命志士，并以此为江南反清大本营，积极筹备起义。1907年初，光复会在此制订了浙皖起义计划，首先由徐锡麟在安庆举事，秋瑾随后在绍兴响应，义军先夺取安徽、浙江、江苏三省，在南京开府，再向四周各省发展。

我走在学堂中，总有着一丝不自在，感觉到那一扇扇窗户后有一双双机警的眼睛注视着我。静心屏气，仿佛还可以听到墙角处的窃窃私语，我甚至可以想象出一支支黑洞洞的枪口从这个巨大堡垒的一个个孔洞中缓慢探出。

1907年7月13日中午，那些黑洞洞的枪口真的就在这里出现过，三百名清兵涌进大通学堂，他们的任务是抓捕革命党首领秋瑾。早在一周前，徐锡麟事败身死，安庆起义的失败迅速牵涉到了绍兴，秋瑾也很快被乡绅胡道南告发。那三百支黑洞洞的枪口对准秋瑾的时候，她的嘴角闪过一丝平平缓缓的轻笑，她知道无数凶险、无数的滔天黑浪，正在身后一点一点地开始酝酿。

从时间上来看，秋瑾是有机会逃脱的，徐锡麟遇难的消息早在四天前就传到了绍兴，秋瑾完全可以预料到飓风将来，但她并没有走。我想这里有几个因素，一是秋瑾清楚自己的使命，她是浙江起义的总负责人，为了掩护和遣散四处的革命同志，她决定留守起义的大本营大通学堂。二是她悲痛于同胞醉生梦死，悲痛于国家颓废却无人挽救的遗恨，决定一死来换取天下公心，以自己作为导火线，点燃大清王朝这个矛盾丛生、百病沉疴的火药桶。

从战术上秋瑾的行为是欠妥的，她有着强烈的个人英雄主义，抛下一个庞大的组织不顾，她的死致使光复会失去舵手，在此后的三年光复会几乎濒临绝境。在战略上却收到了意想不到的战果，从日后革命情势来看，她个人的死使得广大民众普遍产生了怀疑清政府合法性的念头，一个汉族知识女性悲惨地死，击中了这个盛行犬儒主义的民族身上的某根敏感神经。

秋瑾被嘈杂的脚步推搡着带到了绍兴知府衙门，知府贵福是满人，他最为痛恨的就是反清排满。当晚贵福主持三堂会审，对秋瑾及其同党施行了跪火砖、跪火铁链、刺竹签等酷刑，秋瑾顷刻间血肉模糊、遍体鳞伤。这真是一个千古奇女子啊，双眉倒竖，眼眸中折射出铁的冷光，任凭严刑拷打就是一言不发。

绝境中的担当，应该是秋瑾的魅力源头。生，或者死！生存，或者毁灭！她一定经历了哈姆雷特式的拷问，再勇敢的人也有一丝犹豫，然而她决意选择死亡。秋瑾的大义凛然感化了一些官员，参加了三堂会审的山阴知县李钟岳对学识渊博的她非常钦佩，更加尊敬她的意志，请她坐在椅子上进行了一番谈话。秋瑾忍着剧烈的疼痛，抖抖索索地写下“秋风秋雨愁煞人”，便缄默不语。

这几个指甲大小的楷书深深地触动了这个汉族朝廷命官的良知，李钟岳手捧墨书，老泪纵横，想想自己堂堂一个七尺男儿居然不如一女子忠勇刚烈。李钟岳向上司抗辩，力争保全秋瑾。由于绍兴驻军有限，浙江巡抚张曾扬、绍兴知府贵福担忧光复军反攻解救秋瑾，他们迅速统一意见，决定对秋瑾立即就地正法。

李钟岳得到监斩的命令，喃喃自语道：“事已至此，余位卑言轻，愧无力成全，然汝死非我意，幸亮之也。”秋瑾向李知县提出了三个请求：不要

枭首，不要剥衣，准写家书诀别。作为一个知识女青年，秋瑾想为自己的身后保存最后的尊严；作为人伦之情，想给家人特别是幼儿留下嘱托。李知县勇敢地答应了前两条请求，因时间关系，没有满足秋瑾写诀别书的遗愿。时间在这里打了个死结，我想以秋瑾的笔力，说不定能够留下夏明翰《就义诗》那般的铿锵檄文。

李钟岳是一个有良心的命官，他因在审理秋案过程中同情革命党而遭撤职。他离职前抡起杀威棒捣毁了陈设在公堂上象征正义公平的天平架，一边猛烈地击打一边高声大骂政府禽兽。李钟岳走不出秋瑾的阴影，他被秋瑾巨大的悲情所击倒，解不开良心的纠葛，三个月后以悬梁自尽的方式殉道，时年 53 岁。另一个有良知的官吏是绍兴陈姓“府署刑席”，他不愿意审理秋案，给自己留下加害名人的恶名，便借病辞职。他们为保持人性的光泽而自守，虽然无力匡扶正义，却在黑暗的官场中呈现出一抹黯淡的亮色。

浙江巡抚事后将秋案处置结果上奏朝廷，获得朱批“着照所请”，说明朝廷是认可的，事后也没有官员在秋案中获罪或降职。杀害秋瑾的主要凶手贵福在秋案后得到了升迁，调充浙江海运京局总办，后改任安徽宁国府知府，任漕运劳保道员，补加二品衔。进入民国后，贵福自知罪孽深重，为了躲避政府的追捕，改名赵景祺，参与复辟清室、“满洲建国”等活动，曾担任盛京陵庙承办事务处总办，并与溥仪家族联姻，获伪满洲国建国功劳勋章。1937 年，68 岁的贵福在沈阳寿终正寝，最终逃脱了历史的审判。另外一些涉及秋案的胡道南等人则被决意复仇的王金发一一暗杀。

秋瑾用自己的行动实践了加入同盟会时的誓言：“危局如斯敢惜身？愿将生命作牺牲。”秋瑾的死不是独立的，惠兴为女权奔走无望自杀，吴樾刺杀五大臣殉难，陈天华绝望于国家投海，徐锡麟剖心献胆，秋瑾是他们的延续和升华。在我看来她的死更加惨绝，让人肝肠欲断，那场血腥时不时从百年前的重重帷幕中渗透出来，让人难以释怀，即使经过了一段时间也无法治愈我们民族的伤口。

五

在秋瑾故居和畅堂，我看到一篇关于秋瑾死后迁葬的介绍。

秋瑾死后由绍兴同善堂草草装殓，停灵在荒郊野庙中。数月后结义姐妹吴芝英、徐自华将秋瑾入葬在西湖西泠桥畔，清政府害怕墓地成为革命者瞻仰和凭吊的场所，遂进行了掘坟弃棺。灵柩被迫再次运回绍兴，后在湖南转辗迁葬，辛亥革命后再次回葬西泠桥畔。然而，坟地在“文革”期间被平毁，骨骸迁葬鸡笼山，直到 1981 年才被重葬于西泠桥畔的孤山脚下。如此反复居然达十次之多。

前清仇恨秋瑾是因为阶级立场，民国褒扬秋瑾也是阶级立场，20 世纪 60 年代平坟、拆除祠堂的动机还是阶级立场。历史不忍细看，秋瑾更不忍细看，秋瑾在悲情中受死，一路走进历史，依旧凄风苦雨。她在各种争斗和误解中纠缠着，无法安然入土，让人为这位民族义女唏嘘不已。我们这个民族，需要冷静，需要宽容，秋瑾是我们走向成熟的一面镜子。

和畅堂并非春风和畅，我在迷宫般的故居游离着，感受到的还是鉴湖侠女秋风秋雨般的悲情，能够清晰地抚摸到百年前的那道伤口，也能够听见来自内心的巨大轰鸣声。尽管一拨一拨的游客进入，和畅堂还是安静极了，游人的脚步并没有打破这种静，他们个个神情肃穆，百年的时光静静地积攒在他们的眼中，积成了化不开的惆怅。

在和畅堂以及大通学堂，我看到许多秋瑾的照片，无一例外地神情庄严，仿佛她的眼眸中除了仇恨还是仇恨。现在我们一提到秋瑾就想到了烈性英勇、侠骨丹心、慷慨悲歌、视死如归，在很多电视剧和书籍上也大都是这个基调，这几乎成为秋瑾千篇一律的画像，而忽略了她内心的真实感受。

秋瑾在相机面前绽放出的铁血情怀，掩盖不了母性的纯洁一面。秋瑾是一个刚毅的女子，并非是一个不知情义、不知冷暖的薄情之人，她有一双年幼的子女，作为母亲她有舐犊之情；她有着年迈的老母，作为女儿她有孝敬之心。

我相信秋瑾也和正常人一样具备丰沛的亲情，投身革命前的托孤、探母等一系列行为以示诀别，与夫家决裂以免迁累他们，袒露出秋瑾铁血中的温情一面。家人的面影一定无数次进入她的内心，儿女天真的笑容一次次在她的梦境中绽放，娘亲的呼唤、儿女的啼哭击溃她刚毅的心灵，她一定饱受折磨，在夜深人静的时候一次次泪流满面，这一切的苦痛只有她自己默默来承担。

和畅堂上挂着一副对联：英雄尚毅力，志士多苦心。这是秋瑾挚友吴芝瑛赠送的。我在对联下驻足了很久，我想把“苦心”二字换成“心苦”，虽然与对联结构不符，这样是否会更加贴近秋瑾的真实心境呢？不管是“心苦”也好，“苦心”也罢，在这个世界上大概不会有多少人能够真正理解秋瑾，当然也包括我。

图片提供 / 孙德衍

无党无偏，言论自由，为民喉舌

——访史量才故居

文 / 卢俊颖

史量才

史量才（1880.1.2—1934.11.13），原名史家修。江苏南京人。报人、商人、教育家。1899 年，考中秀才。1901 年，考入杭州蚕学馆学习。1908 年，任《时报》主笔。1912 年，与张闳、应德骞、赵凤昌等合资，以十二万元购买了《申报》。此后，《申报》在他的主持下，成为民主进步力量的喉舌。1934 年 11 月 13 日，死于国民党特务的暗杀。史量才是20世纪初中国最出色的报业经营者之一，作为上海的报业大王，曾经说过一句很著名的话："国有国格，报有报格，人有人格。"

借着夕阳的余晖，终于匆匆踏进了这久违的古朴，记忆里空落落的屋子似乎在这一刻满含倾诉，令人不得不放慢脚步，静静聆听，细细感受。正堂匾额上由夏征农题写的“史量才故居”五个大字早已将这方寸土独有的宁谧与庄重印刻在了字里行间，留游人以缅怀那段过去的岁月。

史量才，这位著名的爱国报业家，以《申报》为他的起点，由此开创了一生的事业。1912年的秋天，年仅32岁的史量才在张謇等实业家的支持下以十二万元买下了已有四十年历史的《申报》，历时四年，他还清张謇、应德闳、赵凤昌等人的股款后自任总经理，并逐渐摆脱了张謇等人对《申报》的影响，凭着自己早前在《时报》任主笔的经验，开始大刀阔斧地进行改版。《申报》由此成了社会的一面镜子，主要刊登国内外大事和社会新闻，其中还有不少对时政的批评。当时，袁世凯一意孤行想要复辟帝制，史量才便持反对态度，在他的授意下，《申报》排字工人特意将袁世凯颁布的“洪宪”年号错写成“洪害”，大大讽刺了这一愚蠢的行为。

史量才是民族资产阶级的代表人物，他懂得连载鸳鸯蝴蝶派文人笔下浪漫的才子佳人小说以扩大《申报》销路，也乐于参与创办中南银行、建立民生纱厂、扩展五洲药房、复兴中华书局等爱国实业，他还不忘在哈同路（今铜仁路）购买豪宅，醉意花园假山、珍奇异玩之间，这就使得他不敢公然反对地方军阀和蒋介石的反革命行径。但史量才清楚，他手头上的报纸正是民众的喉舌，只有为人民说话，才有可能真正在这个纷扰的乱世站住脚。1931年“九一八”事变后，史量才更坚定了爱国的民主立场。他专门聘请爱国民主进步人士黄炎培做《申报》的设计部长，还约请鲁迅、茅盾、巴金等著名文人为“自由谈”文艺作品的撰稿人，茅盾的《林家铺子》、巴金的《沙丁》、胡愈之的《动荡中之世界政治》等进步文章都最先刊登在《申报》上。民主斗士李公朴作为史量才的好友，更是《申报》的积极加盟者，甚至主动负责主持《申报》流通图书馆和业余补习学校的工作。1932年，创办于1872年的《申报》已有了超过十五万份的发行量，进入了其黄金鼎盛时期，史量才明确宣告了“无党无偏、言论自由、为民喉舌”

的办报原则。

然而，史量才的这一举动引起了国民党政府及蒋介石的强烈不满。1932年6月，南京中央大学学生殴打兼职校长段锡朋的事件成了《申报》濒临危机的导火索。当时，南京中央大学的校长一职虚空了近半年之久，经费也足足积欠了半年有余。因此，当行政院派教育部次长段锡朋兼任校长一职后，早就愤懑不已的学生以段锡朋系官僚政客、不符合大学校长人选标准为由，向段锡朋当面质询，段锡朋非但没有合理解释，还扬言要捉拿带头学生，由此引发了学潮。《申报》据实报道了此事件的前因后果，并发表了评论文章，认为教育日益败坏的最大根源就在于官僚主义的侵入，还连带批评了国民党政府诸多政治军事举措的不合理之处。这下彻底惹怒了时任教育部部长的朱家骅，他罗列出《申报》危害党国的一连串罪状向蒋介石举报。8月，上海警备司便受蒋介石指示，下令除上海租界外的国统区一律禁止《申报》的发售。后经史量才多方求助，蒋介石才解除禁令，但要求由国民党中宣部派员指导监督《申报》的编辑和发行，史量才义正词严地拒绝了。他自恃《申报》机构在上海租界，国民党政府奈何不了他，所以常常对国民党政府的有关政治、经济举措旁敲侧击地予以批评。他不满国民党当局的“不抵抗”政策，在《申报》上全文刊载了宋庆龄的政治主张，还先后刊登了鲁迅、陶行知反对蒋介石政权的文章，撰写《剿匪评论》反对蒋介石围攻红军，发表社论同情学生抗日救亡运动等，正如他本人所言：“人有人格，报有报格，国有国格，三格不存，人将非人，报将非报，国将不国！”

这一场捍卫言论自由的斗争，并不是靠巧舌如簧的辩护，而是靠坚定的立场与人格的力量。著名报业人士徐铸成在《报海旧闻》中写道：蒋介石对《申报》的不听话大为不满，随即沉下脸来直露底色：“不要把我惹火，我手下有一百万兵。”史量才冷冷回答：“对不起，我手下也有一百万读者。”富贵不能淫、贫贱不能移、威武不能屈，此之谓大丈夫。史量才恰恰就是这样一位令人钦佩的报业家，他的人格成就了《申报》的报格，《申报》在他的手中得以发扬光大，发展成为当时中国影响最大的报纸之一，在中国百年报业史上放射出了夺目的异彩。这一句铁骨铮铮的回答见证了史量才的为人，也令他千千万万的读者为之动容，这遍地的光辉，属于史量才，也属于这个夕阳下的名人故居。

史量才故居是一座古朴的砖瓦房，历史的痕迹早已磨灭了它旧时的繁华。这座建于 20 世纪初的小小居所，似乎已默默地道尽了昔日的沧海桑田。它不同于杭州西湖北路上的秋水山庄，这座山庄是史量才仿照《红楼梦》中“怡红院”的格局为自己的爱妻沈秋水兴建的别墅。沈秋水原名沈慧芝，因少时擅长鼓琴、度曲，被一皇室贝勒看中携往京城，不料没过多久贝勒就去世了，沈慧芝只好带着贵重细软重回上海。举目无亲的她径直找到了在上海的一位故友家，故友正与一群好友聊天，遂将慧芝的财物交给其中一位朋友看管，自己陪着慧芝外出吃饭。深夜归来发现那朋友还守在原地，将财物交还慧芝后才离开。这位为慧芝独守财物的正是史量才，两人因此偶遇、相识、相知，最后相爱相随。史量才为她改名秋水，取庄子“秋水时至，百川灌河”之意，同时也满含“半野枯藤缠作梦，秋水文章不染尘”的意境。出于对西湖的喜爱，史量才选择在断桥边、葛岭下为沈秋水建造一幢别墅，1932 年落成后史量才命名为“秋水山庄”并亲书屋匾。整个山庄在造型、选材和色彩上可谓别具匠心，处处透着和谐相称。四根青石柱子贯通天地，不同于中国传统建筑中的圆形柱子，方方正正却又纤细曼妙，与细巧的白色栏杆两两相映，淑静恬美之意蕴呼之欲出。二楼的朱红色花窗乍看沿用了传统的样式，但图案多为抽象，与其他构件和装饰风格协调统一，摆脱了中国传统一味注重写实的窠臼，加上小溪、长廊、假山、庭院，整个山庄显得贵而不华，别有一番韵味。相比之下，史量才故居中西结合的楼阁式二进楼房要朴素得多，绕过刻着“福”字的照壁，便是朱红色的正屋，古色古香而又简洁大方的雕花木门，配以老式玻璃窗和二楼西洋风的铁艺花型楼梯扶手，倒也别具一格。在这一片小小的巷尾，史量才故居展示给我们的只有门厅、主楼、中墙门、二层砖木宅楼，仅此而已。但它却以朴素承载了史量才的生平事迹，以及政界要人为史量才所题的字，每日迎来送往，只为淡淡地铭记那曾经的存在，还有一记枪声。

1934 年 11 月 13 日，史量才携妻儿等人由杭州回上海，在途经海宁县属第四区博爱镇翁家埠附近时，遭到了国民党特务的枪击。后来，《申报》登出《史总经理遇难始末记》详细记述了当时惊心动魄的一幕："三时零五分，车经海宁与杭县交界处之翁家埠大闸口，遥见有一京字七十二号一九二九年式别克汽车一辆停于路旁，车旁复站有黑衣男子六七人，态度殊为可疑。迨相距一丈余时，忽闻吹哨一声，于是在车旁之六七暴徒，均以手枪及盒子炮，向史先生之汽车迎面射击，车夫黄锦才突见祸作，急俯身避弹，脚踏煞车，车划然止，适止于暴徒站立处。时子弹纷飞，车夫已首先中弹，邓君随亦着弹。史先生知事不妙，即挟夫人公子等，自车厢逃出，夫人踣地而伤，内侄女亦伤；其公子咏赓君反身向杭州方面沿公路拔步飞奔，三匪在后追赶，开枪数十发，幸均未命中。史先生则向乡间奔避，二匪从后紧追。行半里许史先生逃入一沈姓农家，一匪追踵入内，另一匪则先绕至后门守候，及史先生冲出后门，遂被该匪在足部先击一枪，时史先生犹忍痛行数步，至一个干涸之小塘旁，痛极倒地，二匪即向其头部连开二枪，一由口入脑，一由左耳穿入，遂遇害。"

遥想1926年，《京报》社长邵飘萍遭北洋军阀杀戮，年仅40岁；同年8月，《社会日报》主笔林白水也被军阀枪杀在天桥刑场，年仅 52 岁；而史量才的不幸遇难更为惨烈，时年 54 岁。原本他们都可以躲过被枪杀的厄运，只要笔下留情，只要甘当傀儡，然而，他们偏偏要做捍卫正义与坚守良知的报人，不屑荣华，不畏死亡，甚至不惜以鲜血祭热土，警醒后来人。闻一多在李公朴先生的追悼大会上曾说："你们杀死了一个李公朴，会有千百万个李公朴站起来！""我们随时像李先生一样，前脚跨出大门，后脚就不准备再跨进大门！"邵飘萍、

林白水、史量才他们正是以自己的生命践行了闻一多先生的壮志豪言，为“活着”平添了一份厚重的人生价值。

遗憾的是，抗战结束后，国民政府以附逆之名接管了《申报》，并强迫史量才之子让出51%的股份给政府，改组《申报》董事会，由政府委派杜月笙为《申报》董事长，创办了七十四年的《申报》由此彻底改变了其民营性质，完全被国民党官方控制。1949年5月27日，上海解放后，《申报》也继而宣布停刊，这份中国新闻史上创办历史最长、影响最大的报纸在历时七十八年，发行25600号之后也终成历史。

1982年，上海市委和市出版局做出决定，委托上海书店以影印的方式保存并出版了全套《申报》，再现旧中国百年之风雨，以慰史量才先生拳拳之遗怀。2000年，原江宁县人民政府则为其故居立了一块牌匾，上书“史量才故居”五个大字，以示缅怀这位伟大的报业家。

夕阳西下，余晖洒落，遍地光辉，似乎要将这满屋的敬重无限放大，却依然掩饰不住一抹淡淡的忧伤，游人渐行渐远，愈来愈稀，我独自徘徊在厅堂。这里，本该是安静的吧，或许，这方故土等待的只是那位故人的衣锦还乡，却断肠人在天涯。

图片提供 / 卢俊颖

华枝春满，天心月圆

——访弘一法师“晚晴山房”

文 / 符利群

李叔同

李叔同（1880.10.23—1942.10.13），又名李岸、李良，谱名文涛，幼名成蹊，学名广侯，字息霜，别号漱筒；后剃度为僧，法名演音，号弘一，晚号晚晴老人，被人尊称为弘一法师。生于天津，祖籍浙江平湖。音乐、美术教育家，书法家，戏剧活动家，中国话剧的开拓者之一。1895年，入辅仁书院学习。1901年，入南洋公学。1905年，东渡日本留学。1910年回国，先后任北洋高等工业学堂、浙江省立第一师范学校、南京高等师范学校音乐、美术教员。1918年，于杭州虎跑寺剃度出家。李叔同是中国传播西方音乐的第一人，所创作的《送别歌》历经几十年传唱经久不衰，成为经典名曲。

到“晚晴山房”那日，其实并未“晚晴”；恰相反，是“早晴”的日子。

不知是人间着意，还是天意如此，白马湖这地方，占了许多个“春”。那地方，有“北有南开，南有春晖”之誉的“春晖中学”，春晖中学的北门后，有座“春晖桥”，春晖桥堍，有条“春晖马路”，春晖马路往东延去，有个“春社”，春社往东……我们去的日子，是个“春”得不能再“春”的阳春日。

一路枚举下来，这白马湖，这春晖，这春社，想必是“春在枝头已十分”了吧。

与很多人一样，我知道弘一法师这名字，也是从“长亭外，古道边，芳草碧连天”开始。20世纪80年代的电影《城南旧事》中，愁云惨雾的老北京，令人鼻酸眼热的骊歌。镜头一个一个慢慢摇过去，冬阳、骆驼队、胡同、天桥、下雪、花儿落了……“晚风拂柳笛声残，夕阳山外山”，耳朵和心浸润着这样的歌长大。之后，顺理成章地熟识并喜爱了歌词的主人：李叔同。此人日后以佛印心，索性做了和尚，时称弘一法师。

晚晴山房居于春晖桥西，象山南麓，白马湖畔，真正的依山傍水，近则烟柳，远则云树，地理优势自不待言。门房如平常人家所设，漆木剥落，推开而入，吱呀作声，有如主人迎讶有声。小径两侧，栽植花木树草，浅灌木郁郁葱葱，偶有鲜艳花朵从碧绿枝叶间张望，探听人间虚实。高大者如香樟、女贞、苦槠、枫杨，华盖亭亭，仿若汲足了大师的性情，缄默沉吟，只管护定小小的山房，淡看白马风云，晚晴朝夕。

山房随象山山势缘坡而上，“近观山色苍然青，远观山色郁然翠”。西侧二十余级台阶延向其上的四开间平房，平房质朴古雅，黑瓦、白墙、红柱，此外无多花哨的声色。细木红漆栏杆围成了阳台，凭栏远望，白马湖半湖山影，一池云天。透过枝枝梢梢，西侧的春晖中学隐约可见，早晚上下学钟声随风飘送，声声入耳。

1929年秋，弘一坐在山房默诵经卷，静心修行，那湖山声色，校钟时鸣，甚至于春晖中学的琅琅书声，竟也赢不得大师移步下山的心思。曾经应聘过浙江两级师范学校音乐、图画教师的他，已将为人师表的责任，交付给了好友夏

丏尊、经亨颐，学生丰子恺、刘质平、徐仲荪等人，一头扎进南山律宗的研究与弘扬，潜心戒律，著书说法。明月耀心，他烛耀过自己的学生，他的学生，转而将人生学问耀向更多莘莘学子。从春晖中学出来的学生，多是明了“读书即生活，教育即创造”之学问理念。

赵朴初所书“晚晴山房”匾额高悬正中廊前门楣，两旁是“发心求正觉，忘己济群生”的对联，这位佛家大师的手笔亦是浑厚拙朴，力度有方。正厅是纯中国布置，靠壁正中设一八仙桌，桌侧左右两把太师椅，椅背桌档皆有精细的镂花雕琢，桌椅后设一案几，其色暗红朴旧。中堂是弘一画像，像中大师慈容宛生，嘴角微微含笑，眉宇眼睫处豁然开化，尘世间种种可得、可观、可疑、可惧皆已放下，世味日淡。身拥莲花，头悬明月。明月胜莲花几分皎洁，莲花赢明月几分清香。莲荷一向为弘一所爱，他在《题陈师曾画荷花小幅》中说过：“一花一叶，孤芳致洁。昏波不染，成就慧业。”画像两侧对联是大师赞喜的诗句，“天意怜幽草，人间重晚晴”。晚晴山房由此而得名。

1928年11月，其时乱世，刮起了一阵赶走和尚、没收庙宇、消灭佛教之逆流歪风。弘一好友及学生经亨颐、夏丏尊、丰子恺、刘质平、穆藉初、朱酥典、周承德七人发资为弘一筑屋。当年的《为弘一法师筑居募捐启》写着：弘一法师，以世家门第，绝世才华，发心出家……披剃以来，刻意苦修，不就安养，云水行脚，迄无定居……悯其辛劳……就浙江上虞白马湖觅地数弓，结庐三椽，为师栖息净修之所……

晚晴山房虽为弘一而筑，弘一却只到过山房三次。1929 年农历八月间，弘一邀永嘉惟净法师等小住晚晴山房，自煮饭菜，净心念佛。1929 年农历九月二十，是为弘一五十寿诞，母难之日。他在晚晴山房为母默诵《地藏王菩萨本愿经》为亡母超度。九月二十三，弘一的学生徐仲荪出资，买来鱼虾，由弘一放归湖中，时称“白马湖放生”。徐仲荪为辛亥革命光复会成员，徐锡麟烈士之胞弟，有“闲来写字街头卖，不受人间造孽钱”之名句傲世。弘一曾为此而写《白马湖放生记》一文，详尽记叙此事，“白马湖在越东驿亭乡，旧名强浦，放生之事，前年间也。己巳晚秋，徐居士仲荪适谈欲买鱼介放生（白）马湖，余为赞喜……”还详列了舍资者、佐助者、肩荷者、鱼市、品类、放生同行者，等等。

1918 年初春，西湖畔阴雨绵绵，寒冷刺骨，其时的李叔同已在杭州虎跑寺削发为弘一。其日本太太福基（或雪子，或枝子，真名迄今未证实）闻讯赶来，恳求他不要弃她遁入空门。

她泪眼相向，唤他：……叔同。他手捻佛珠，答道：叫我弘一。

黄炎培在《我也来谈谈李叔同先生》一文中写道，“船开行了，叔同从不一回头。但见一桨一桨荡向湖心，直到连人带船一齐埋没湖云深处，什么都不见。叔同最后依然不一顾，叔同夫人大哭而归……”1918 年的李叔同，放生的是半生人世浮华，放生的是彼岸的女子；1928 年的弘一，放生的是鱼虾。被放生的女子自此幽怨哽咽凝结终生。无忍则无济，有爱即有忧。被放生的鱼虾却得已重拾生命，欢欢喜喜入了白马湖。物类感恩，诸佛欢喜。

忽想起前段时间看友人文字，记述其同事无端入空门，在山西五台山出家，此后声息杳如黄鹤。千朝一日遇着，她切切问，他淡淡答。她称他俗名，他答已弃俗名，法号净隆。友人痛惜“这个（热爱运动，热爱学习新事物，曾留学法国）眉眼清秀高大俊美的大男孩，着一袭灰衫，深山古寺，青灯古佛，垂首低眉，谦和平静地诵经”。其同事并未遭遇情爱纠葛，亦非看破红尘，只是觉得彼世界比此世界更有味有清欢。

1931 年 2 月，弘一第三次也是最后一次来山房。他在上虞横塘镇法界寺佛前，发愿专学南山律宗。之后律己克行，皓首穷经，终成中兴断代达七百年之久的南山律宗第十一代世祖。

当他入世之时，是个擅书法、工诗词、通丹青、达音律、精金石、善演艺的“大玩家”；当他转身出尘，弘扬南山律宗，发掘南山深义，做和尚又做得堪为龙象。如丰子恺说，“由翩翩公子一变而为留学生，又变而为教师，三变而为道人，四变而为和尚。每做一种人，都做得十分像样。好比全能的优伶：起青衣像个青衣，起老生像个老生，起大面又像个大面。”

弘一看淡的只是人世间的爱别离、怨憎会，但未看颠人世间的是非皂白。抗战期间，眼见国土沦陷、生灵涂炭，年轻时深富爱国情怀的弘一倡导“念佛不忘救国，救国必须念佛”，并告喻众僧人弟子，“吾人所吃的是中华之粟，所饮的是温陵之水，身为佛子，于此之时，不能共纾国难于万一，为释迦如来张点体面，自揣不如一双狗子。狗子尚能为主守门，吾人一无所用，而犹腼颜受食，能无愧于心乎！”

大佛必有大道，大道必有大义，所谓深明大义，便是如此吧。

那年，购得一书，《索性做了和尚》。书中收录了弘一的信函、字画、各式影印照片。我正以弘一信徒而沾沾自喜着，还来不及细读，一个意外，此书转到了别人手中。以后一直隐隐心痛着，思量着何时再去买本来好好收藏。俗人如我，总想着将世间好物收为己有，却不知，尘世种种皆有因缘走向，非你莫属，非他莫沾。弘一往生后，赵朴初有语：无限珍奇供世眼，一轮明月耀天心。我看弘一，只是世眼看明月，观天心。若能沐些许光辉，已深情领略大师慧泽的吉光片羽了。

晚晴山房前的小花园，竖着“弘一法师纪念碑”，下脚已为草木深埋，芳草虽未连天，茂树虽未蔽日，春日催花发，仍是一蔚秀佳处。我心怀忐忑地扶着纪念碑，一边疑着此举是否唐突了法师，一边默念着“大师扰你了”，让人

摄下一张照片，权作与大师合影。虽则，已是相距近七十载的隔世形影。

其实就严格意义而言，晚晴山房只能算是弘一“旧居”而非“故居”，甚至于已非他旧居时所住山房。1931 年后，因长期无人居住，风雨侵蚀，草木凋零，山房渐趋破败，抗战期间终于轰然坍塌。1994 年，上虞市弘一法师研究会募集资金，依据旧貌，重修晚晴山房。赵朴初、冰心等题写匾联。其毗邻处分别有经亨颐的“长松山房”、夏丏尊的“平屋”、丰子恺的“小杨柳屋”，友朋故旧仿佛又重聚白马湖畔，杨柳树下，把谈诗法旧业，人世化境。

李叔同祖籍浙江平湖，生于天津，出家于杭州虎跑寺，圆寂于福建泉州。天大地大，四海为家，水迹云脚，漂泊无涯，何处才是他真正的“故居”呢？他自己早看淡了人世窠臼，世人又何须苦苦执着一个居留的名堂呢？

忽记起，除了那么多个“春”，李叔同还与欧阳予倩、谢杭白一手创办了中国话剧团体“春柳社”，演出话剧《茶花女》《黑奴吁天录》《新蝶梦》等，是中国话剧运动创始人之一。往生之际，弘一给挚友夏丏尊、刘质平、性愿法师留诀别书：“君子之交，其淡如水。执象而求，咫尺千里。问余何适，廓而忘言。华枝春满，天心月圆。”

1942 年农历九月初四，晚 8 时，依据天象，天心尚未月圆。

那轮明月，实是弘一法师。如他生前所作歌词：清凉月，月到天心光明殊皎洁。今唱清凉歌，心地光明一笑呵……

图片提供 / 符利群

世纪初的拜谒

——访马寅初故居

文/陈　瑜

马寅初

马寅初（1882.6.24—1982.5.10），名元善，字寅初。浙江嵊州人。经济学家、教育学家、人口学家。1904年，入北洋大学堂。1907年，赴美留学，获经济学、哲学双博士学位。1915年回国，先后任北京大学教授、经济研究所主任、经济学会会长。1929年，担任南京国民政府立法院经济委员会委员长、财政委员会委员长，兼任南京国立中央大学、上海国立交通大学等校教授。因批判国民党高官贪腐，1940年12月被当局囚禁。新中国成立后，曾任中央财经委员会副主任、华东军政委员会副主任、浙江大学校长、北京大学校长等职。因发表“新人口论”，1957年被打成“右派”，党的十一届三中全会后得以平反。马寅初对中国的经济、教育、人口等方面有很大的贡献，被誉为当代“中国人口学第一人”。

一百二十多年前，1882 年 6 月 24 日（光绪八年农历五月初九），在浙江嵊州浦口一间叫“马树记”的酒号（今马寅初故居），马家的第五个儿子降生了。按浙东民间的说法，孩子出生的这天恰好是马年马月马日马时，本又姓马，因此，乡间盛传：“五马齐全，必定非凡！”父亲马棣生给孩子取名寅初，字元善。话虽如此，但是忙碌的乡人或许没有料到，这个眉宇开阔、面容敦厚的马家老五，日后竟叱咤中国学术界数十年，在近百年的历史风云、政治变幻中以其忧国忧民、维护真理、刚正不阿的精神而永垂青史。

我沿着一条狭小逼仄的小街，来到一座朴素的门楼前，诧异于它的寻常。没有巍峨显赫飞檐翘角的楼宇，没有宽阔豪华的大门。简简单单的乌瓦粉墙，墙面有些斑驳，不过是一座略显宽敞的素净古旧的乡间老台门。它静默地伫立在料峭的春寒中，仿佛是一位身着青布大褂的老母亲在翘首守望远方的游子，沟壑纵横的老脸上写满沧桑与祈盼，额前似乎还挂着一绺花白的头发。跨过青石门槛，迎面照壁上写着马寅初简介。没有铿锵激越的颂扬碑文，我却分明从简略的文字中感受到 20 世纪那先天下之忧而忧、振衣千仞高标独树地提出新人口论的老人那睿智、慈蔼的目光正穿越时空而来，那振聋发聩的声音在耳边震荡，我顿时感到了一种作为同邑后人的诚惶诚恐。

故居是三进的砖木结构，坐南朝北，建于一条纵轴线上，每进之间设天井，楼高均为两层，硬山顶。第二、三进的二楼四周设回廊相通，俗称走马楼。我绕过照壁站在天井的石阶上，只见卵石铺就的天井中央醒目地放着两口大缸，四周一些小草和青苔正透过石罅冒出星星点点的新绿，依墙而立的一株老态可掬的木瓜树，矍铄自强中宣泄着不阿不屈、淋漓恣肆的气象。枝头绽放的鹅黄嫩绿正含笑迎来生命的又一个春天。我走近大缸，凝神细读缸上的文字，只见一缸上书“丽得其哉”，另一缸上则写“月明水中”，缸的四周皆有花纹，显得古朴典雅。我正疑惑它的用途，走近一须眉皆白的老者，看似本镇人，他说：“这一缸叫‘平安缸’，是旧时用来蓄水救火用的，另一缸则是马老母亲王太夫人用来养荷花的。”据说王太夫人酷爱荷花，因爱其素雅，常养此花。我不知道王太夫人是否知道周敦颐的《爱莲说》，但我知道她的儿子马寅初一定熟知“予独爱莲之出淤泥而不染，濯清涟而不妖”这样的诗句，这荷花是否从小就对他起了冶情励志的作用呢？抚摩着粗糙的缸沿，我仿佛看见夏日的午后，荷花清香四溢，亭亭净植，伴着荷花清香的或许还有浓烈醇厚的酒香，随着午后的一阵阵熏风在整座宅子里鼓荡、漫溢着，使人醺然而醉。香味引得木瓜树上的蝉声此起彼伏，几只翅膀上沾着菜花粉的蜻蜓、蝴蝶绕墙穿壁而来，围着缸沿盘旋不已。王太夫人正坐在门厅里缝衣补缀，稚龄的马寅初正绕膝诵读，周遭寂然，唯花香书韵令母子沉醉其中。或许那些壮怀激烈、忧国忧民的思想，正是在此时悄悄萌芽。

故居的三进皆中为堂屋，左右为厢房。二进是核心部分，左边是小客厅，右边是王太夫人的卧室。过厅里一张雕刻精美、古色古香的圆桌被一分两半，一左一右地依墙而置。旁人介绍说，这圆桌合时可宴客十来人，分时可作茶几，既不占地又美观实用。我深感主人的匠心独具。左边的客厅不大却布置得当，放置的几张太师椅和茶几都是雕刻着人物花卉、飞禽走兽，虽不华丽却显示着家道的殷实。父亲开朗好客，杂沓往来的客商乡邻常常令家中热闹而忙碌。或许正是出身商家，马寅初的心里从小就埋下了“实业救国”的理想种子，后来的种种人生际遇只是顺着这颗种子发芽开花而已。但也是因了这乡下作坊主的出身，子承父业的旧思想差点扼杀了一代名家。年事稍长，父亲便要马寅初辍学学生意。对于读书的向往，使马寅初产生了从未有过的叛逆，外面世界的风起云涌更使马寅初不甘困囿于乡下私塾中的四书五经，他一心向往城里的新学堂，面对父亲不断的训斥、罚跪甚至鞭打，倔强的马寅初奋起反抗。父亲马棣生见不是办法，想和儿子推心置腹地交流一下：“寅初，你现在已经不是小孩子了，爸爸也越来越老了，我希望你慢慢熟悉酒店的业务，长大以后好继承家业。”马寅初却明确表示：“我不愿意做生意。我要读书！”父亲见儿子忤逆，便厉声呵斥马寅初跪下。“跪下，我也要去念书！”马寅初仍然反抗。恼羞成怒的父亲，操起鞭子就在马寅初身上抽打起来。鞭子响亮的抽打声在宅院里回荡，不仅如此，马家奇特的“连坐”的教育方式，使马寅初在挨打之余还要遭受其他兄弟的冷眼和奚落。但他读书的心志却在一次次的暴打中越来越坚定。“打死我也不做生意！”马寅初强忍疼痛，不屈不挠。求学无望，和父亲抗争无果，竟然令马寅初不惜舍弃自己的性命。在又一次遭到暴打之后，他一头扎进了门前滔滔的黄泽江，幸好被人及时发现，才免遭遇难。或许就是这凛然一跃，反而冲开了命运的桎梏。恰在此时，父亲的老友张降生来马家访友，得知此事，觉得少年志气可嘉，怜惜不已，遂带马寅初到上海读书，由此揭开了他人生的新篇章。

俗话说：“三岁看到老。”这样的血性男儿注定了日后命运的跌宕起伏。我站在小客厅里思绪万千，自清朝末年以来，马寅初经历了中国一百多年的政治大变动。20 世纪初，国运式微，民不聊生。1899 年 17 岁的马寅初走出故宅负笈上海，从此人生之舟开始在时代的风口浪尖上搏击。他进入上海育英书馆，成绩年年名列第一。后又以优异成绩考入天津北洋大学。1903 年被送往美国公费留学，先入耶鲁大学，后入哥伦比亚大学。1910 年他在耶鲁大学获经济学硕士学位，1914 年又在哥伦比亚大学获经济学博士学位。取得这样优异的成绩，羁留海外无疑比归国要前途光明。1919 年，马寅初却怀着“强国富民”的理想返回祖国。他支持进步，崇尚革新，致力于中国经济问题的研究和经济人才的培养，他著书立说，成了中国最早研究西方经济学的著名学者。从 1927 年到 1945 年，马寅初以财政经济专家身份奔走大江南北，参与对国家财政经济问题的研究，寻找症结的所在，谋求解决的办法，全力保护中华民族的利益。学者的良知使他怀着一腔热忱在黑暗中奔走呼号，苦苦探求着振兴民族经济，救民于水火的道路。嵊州男儿自古以来就有一种疾恶如仇、劫贫济富的侠骨雄风，作为书生的马寅初狷介罡正、勇猛坚韧，是否也是受了乡土文化的浸染呢？无论是抗战期间被国民党反动派先后羁押于息烽集中营、上饶集中营，被软禁于重庆歌乐山的不屈不挠；还是抗战胜利后，在南京中央大学演说，公开抨击国民党政府的腐败与黑暗的慷慨激昂，那一袭蓝布长衫下的身影始终体现了一个知识分子的气节和风骨。

岁月和磨砺往往会消殆人的心志和意气。但对于马寅初来说，卓然超群的学养见识、不畏权势的胆魄精神和维护学术真理的尊严勇气，在他一百〇一年的生命长河中并没随年岁递增而减少。上苍给了他绵长的寿命、卓越的智慧的同时，赋予了他清醒的头脑、过人的胆魄。即便到了晚年，他的《新人口论》几遭批驳，面对气势汹汹的大批判大围攻，马寅初仍显示了一个学者的勇敢、自信、坚强和刚毅，这份无畏竟一如热血少年时对理想追求的执着和坚毅。他公开声明：“我虽年近八十，明知寡不敌众，自当单枪匹马出来应战，直到战死为止。”这样的操守不仅是一种智慧、一种品格，也是留给后人弥足珍贵的财富。有人说：“时代有时无知而缺乏自信，但历史不会有偏见。”政治往往带有人的情感色彩，具有鲜明的时代特征，科学却永恒、普遍、严谨，不以人的情感为转移。实践再一次被证明是检验真理的唯一标准。

徜徉在这样的老台门，看着一块块被鞋打磨得精光的阶石，一堵堵被蛀蚀的板壁，有阳光从板壁的缝隙中穿透过来，凝聚的光柱中有万千尘粒似精灵般在舞蹈。这光柱仿佛是一双锐利的眼睛穿透时光的重重皮壳，像剥开坚果一样，将人生的内核明晃晃地展现在你眼前：是浮尘一般逝去，还是像光束一样燃亮自己？这样熟稔亲切的空间里我忽然间感到了一种慌张和迷茫，这些跳动的欢快热烈的浮尘成了梦魇，而我挣扎着要从梦魇的束缚中逃离出来。

二进右边的厢房是马寅初母亲王太夫人的卧室。卧室朴素整洁，一张镂花的老式木床上铺着一条青花布被，床边放着两只木箱，一个衣橱，雕木装饰栩栩如生，坚固得没有走样，或许上个世纪再上个世纪也是如此，岁月替它们褪去了初妆的浓丽与艳泽，涂上了另一种光亮。时间的利齿没有在木头上留下太多的痕迹，却啃噬了比它价值更高的东西。母亲慈爱的胸怀是压抑在父亲严厉中的马寅初最温暖甜蜜的港湾。也许他一出世就要被抛入粗粝的风沙中，也许他命中注定要走一段荒芜孤寂的路，也许他注定要被遍布的荆棘刺得遍体鳞伤，但自从这个院落响起他呱呱的坠地声，母亲的心就紧紧地和他连在一起。每一次鞭笞斥骂都痛在娘的心头，每一次远行都为娘的鬓边增添几缕白发。从小，母亲这个五儿就比其他孩子更让她费心伤神。他不愿意承起家业的重担，却担起了振兴民族的大梁。作为母亲，王太夫人少了诸多儿孙承欢膝下的天伦乐趣；作为儿子，马寅初满怀难以侍奉慈颜的歉疚。因此，每逢还乡，马寅初必躬立于床前，默默怀念母亲，及至后来叶落归根，都长伴母亲身边（部分骨灰葬于其母墓侧）。屏气静息间，我仿佛听到王太夫人正坐在床前谆谆教诲。王太夫人虽目不识丁，但贤惠精干，治家有方，这样的品格体现在相夫教子上，就显得比一般女人多了一份睿智和大气。她对孩子严谨与宽厚并用，敦促与慈爱同施，使幼年马寅初顽劣之余仍奋发上进。我心中涌动着对母性光辉的崇敬，也充满着内心自我的比照。

走过小厨房便是马寅初的卧室，这里或许有着1917年留学归来时他和第二任妻子王仲贞初婚时的缱绻和甜蜜，或许也有着晚年返乡时的黯然和低迷。卧室的外间是可容几人的小型会客室，卧室内仅放一床一桌，临窗的桌上笔墨纸砚犹存，陈旧的文案似乎还留着摩挲后的余温。马寅初一生好学不倦，博览群书。不管是青春年少，还是耄耋老龄都诵读不止。多少次更漏灯残，多少个晨昏午后，他在此浸淫书中。无论寒冬酷暑，无论春光旖旎，总是俯仰其间，自得其乐。少年的心在此编织想象，在此慷慨激烈，在此出古入今，在此追来溯往，引经据典。少年的心志在此张扬，斗室已捆缚不住他，他渴望从这里走向更广阔的领域中去指笔如戟，去冲锋陷阵，写下历史的篇章。晚年的马寅初坐在窗前，夕阳的余晖洒在窗格上，把他的镜片也涂成一片灿烂的金黄，脸和书和谐地融成一幅从容淡定的画卷，一笔一画，起落间缓慢、沉静、严谨。他金钩铁划的篇章震烁了世人，也警醒了国人。留学海外时，马寅初撰写的论文《纽约市的财政》，就轰动了当时美国的财政界和经济界，被哥伦比亚大学列为一年级新生的教材。北京大学、南京中央大学、上海交通大学、重庆大学、浙江大学都留下他诲人不倦的身影。在其丰硕的著作中，尤以《新人口论》对新中国成立初期的经济建设产生了广泛而深远的影响。它正确地分析了我国人口增长速度过快的原因，论证了人口增长太快同积累、消费之间的矛盾，提出了控制人口生育的建议和措施。也因了这部著作的发表，马寅初遭受激烈的批判，1960 年 3 月被迫辞职，离开北京大学，回归故里后一直居住在这座老宅中。直到 1979 年 97 岁高龄，才得以恢复名誉。

穿过重新修葺的第三进回廊，越过天井，站在堂屋门口，里面的长条案几的上方挂着一幅寿星中堂。我转身回视层层而进的来处，环视整座宅第的一木一石，一桌一几，一俯一仰间忽然感到一种丰富的底蕴。这里曾是马家祭祀祖先的最神圣的地方，香火缭绕之处是族群血缘繁衍之地。某种意义上说，这里也是根，是魂，是血脉的源头。作为马家的儿孙，无论是“灯芯一根心中亮”的艰苦卓绝的求学生涯，还是因《新人口论》遭大肆围攻时的坚韧不拔，马寅初都体现出马家的铮铮铁骨。大多数人的一生只在自家族谱里签上了一个名号，有的人却让自己在皇皇史书里熠熠生辉。马寅初这位蜚声中外的经济学家，成就卓著的人口学家，桃李满天下的教育家，家喻户晓的爱国人士，一生历经了三个翻天覆地的大时代——清王朝、中华民国、中华人民共和国，经历了辛亥革命、“五四”运动、抗日战争、解放战争、社会主义新中国等几个重大历史阶段，生平跨越一个世纪，用自己的信念和风骨为马家、为嵊州、为中国乃至世界书写出了一代传奇。

有人说：“在中国传统文化中，故乡和母亲有着同样的含义，母亲孕育了你的血肉躯体，故乡孕育了你的文化灵魂。”反之，这个普通得就像整部江南诗词大典中一个毫不起眼的句点般的浙东小乡镇，这座庸常的江南民居，也因为孕育了这颗不凡的灵魂而一下子有了历史的张力和文化的气韵。这是一颗不灭的灵魂，一颗热情沸腾达于血液达于笔尖达于创造的灵魂。作为同邑后辈的我在此拜谒，马老那“达则兼济天下”的怀抱，那“横眉冷对千夫指”的孤傲，那“俯首甘为孺子牛”的热忱，不禁使我汗湿重衣、凛然而思：前有古人，后有来者，平庸凡俗如我，该拿什么去见我的先贤和后人？

花开正满枝

——访马一浮纪念馆

文 / 景迪云

马一浮

马一浮（1883.4.2—1967.6.2），名浮，字一浮。生于四川，祖籍浙江绍兴。思想家，新儒家早期代表人物之一，与梁漱溟、熊十力合称为“现代三圣”。1903年，留学美国，后游学德国、日本，研究西方哲学。抗日战争期间，任国立浙江大学教授。1939年，在四川东山创办复性书院，出任院长。新中国成立后，任浙江文史馆馆长、中央文史馆副馆长、全国政协委员。马一浮于古代哲学、文学、佛学，无不造诣精深；又精于书法，合章草、汉隶于一体，自成一家，丰子恺推崇其为“中国书法界之泰斗”。所著后人辑为《马一浮集》。

马一浮的学问，无论对他的同时代人，还是对后代学人而言，都是一座巍然耸立的山峰，越过它，固然不能，若能欣赏其朝云暮霞，也可算是难得罕有！一般的人——我指的是拥有学士、硕士、博士头衔的，大多也只能远远地望着，只见云岚变幻，莫辨东西南北。

在我的印象中，马一浮似乎什么书都读，汉宋经义、文史辞章、小说杂记；精通英、法、德、日和西班牙等国语言，他读亚里士多德、黑格尔、赫胥黎、达尔文、但丁、莎士比亚、马克思等人写的文学、哲学著作，那可都是原著啊；他治学的范围极广，哲学、文学、佛学、艺术均富涵养，尤其深研儒学、佛学，义理纯熟，知行兼善……丰子恺与马一浮的交缘极好，他有一句评马一浮的话，很是确当："无论什么问题，关于世间的或出世间的，马先生都有最高远最源本的见解。他印证古人的话，无论什么书，都背诵出原文来。"丰子恺的老师、也是马一浮挚友的弘一法师说得更好："马先生是生而知之的。假定有一个人，生出来就读书；而且每天读两本（他用食指和拇指略示书之厚薄），而且读了就会背诵，读到马先生的年纪，所读的还不及马先生之多。"这句话，弘一法师是对丰子恺说的，丰当时视为神话，后来与马一浮交往多了，才明白真有其事。

孔子弟子三千，贤者七十二，后来的徒子徒孙数不胜数，他们学了"经世"之术后，大多不甘寂寞，在名利场里讨生活。只有弟子颜回甘于淡泊，"居陋巷，一箪食，一瓢饮"，被后世视为真正的大儒。仿佛是一种呼应，两千多年后，在儒学末世的20世纪，学问和识见"直接孔孟"、被称为一代儒宗的马一浮，也摒弃一切名利诱惑，在西湖边的一条陋巷里静静地读书，对平淡的生活甘之如饴。

这条陋巷叫延定巷，其中的一间老屋就是马一浮的栖居之所。马一浮出生在四川，祖籍浙江会稽，但自1906年寄居外西湖广化寺后，就与杭州西湖结下了不解之缘，除避日寇西迁近十年外，其余时间都住在杭州。广化寺地近文澜阁，马一浮得以遍读阁内藏书，据说三年之中足不出户。

移居延定巷是在1917年，一直住到1936年。马一浮隐居在陋巷里，但名声响彻海内外，登门求教者络绎不绝，弘一法师、丰子恺等都曾在陋巷里与马一浮欢笑接谈。丰子恺还作有散文《陋巷》，详细记述他三次前往陋巷的感受。在丰子恺的眼里，这条陋巷与颜回住的陋巷是一模一样的，住在陋巷里的主人也是颜回一样的人物，有颜回一样的风采："我看见陋巷照旧是我所想象的颜子的居所，那老屋也照旧古色苍然。先生的音容和十余年前一样，坚致有力的眼帘，炯炯发光的黑瞳，和响亮而愉快的谈笑声。"

马一浮对陋巷也是依恋甚深，1946 年，马一浮一回到阔别十年的杭州，就前往延定巷老屋居住。不久，因他主持的复性书院在里西湖葛荫山庄（即今镜湖厅），遂移居。复性书院是一所培养儒学通才的旧式教育机构，1939 年创办于四川，马一浮应邀任主讲。马一浮回杭，书院随同迁来，以葛荫山庄为院址。葛荫山庄在里西湖畔，背依栖霞岭，西去岳坟只里许，与孤山北麓的放鹤亭隔湖相望；透过里湖大片的荷花和白堤的烟柳画桥，隐约可见外湖宽阔的湖面碧波荡漾。当年夏承焘过访书院，感院景清幽潇洒，曾赋《南乡子》一阕，中有"园绿当门湖一双"之句，正是实录。马一浮在此刻经、读书、写字，隐居的生活过得恬静而优游。

此后，他还住过积善坊巷、玄亭等处。1950 年，应弟子蒋国榜邀请，搬至苏堤花港内的蒋庄。蒋庄又名兰陔别墅，前身是小万柳堂。清宣统年间，蒋国榜从无锡著名的金石书画家兼收藏家廉惠卿处购得小万柳堂后，将老屋修缮、改建，又广植花木，气象一新，遂改名"兰陔别墅"。

这一年的 4 月，陈毅首次造访蒋庄，与马一浮畅谈，尽欢而散。马一浮自此接受公职，先被聘为华东文物保管委员会委员、浙江第一届人民代表会议特邀代表，后又被聘为浙江文史馆馆长、政协全国委员会特邀委员。陈毅虽为元帅，但一派儒雅，与马一浮甚为相得，曾数次欢谈，平时也有诗词唱和。1957 年，苏联领导人伏罗希洛夫来杭州，周恩来还特地陪同贵宾到蒋庄拜望马一浮，并在庭前合影留念。

马一浮在蒋庄安度晚年，除了参加少数几个会议外，一般都在湖光山色中读书、写字。1963 年，他 81 岁，眼睛视力已很差，临池多以瞑书。耄耋之年的马一浮有感于政府对他的关怀，也以诚相报。为把历年所作书法提供给专家评鉴，他将留存的屏联手卷三百五十七件（册）精品献给政府。全国政协特举办《马一浮书法展览》，中央新闻纪录电影制片厂拍摄短片广为宣传。他还请王星贤为藏书编目，准备百年之后献给浙江文史馆。

1966年，平地起风云，一场空前浩劫开始了。一代儒宗也未能幸免，浩劫初起时即被红卫兵扫地出门，家藏图书、字画被当作四旧，将欲焚之，幸有图书馆同志赶到，进行抢运，得以保全大半。马一浮一生悲苦，年轻时连遭丧父、丧姐、丧妻之痛，国家又逢多事之秋，一颗冰冷的心好不容易在漫长的时间和埋头学术的平静中获得安宁，在新中国的礼花中享受喜悦，临老又遭逐门之厄，真是痛何言哉。他只好避居安吉路，终日瞑坐。

但他毕竟是大儒，心境已不会轻易波澜，当时写下的这首诗已是大彻大悟："语小焉能破，诗穷或易工。百年驹过隙，万事水东流。尚缓须臾死，因观毕竟空。栋桡方欲折，谁与问鸿蒙。"

一年之后，马一浮因病去世，享年85岁。在自知将不久于人世时，他给这个多难的世界留下了最后一首诗《拟告别诸友》："乘化吾安适，虚空任所之。形神随聚散，视听总希夷。沤灭全归海，花开正满枝。临崖挥手罢，落日下崦嵫。"在诗中，我们看不到一丝一毫的怨意和对尘世的不舍，他几乎是怀着无比的欢悦和平静离开的，走向他心中的天堂。

只是，西湖边少了一个读书人。

铁肩担道义，辣手著文章

——访邵飘萍故居

文 / 景迪云

邵飘萍

邵飘萍（1886.10.11—1926.4.26），原名邵新成，字振青，号飘萍，学名锡康，后改作镜清。浙江东阳人。革命烈士、报人、《京报》创办者、新闻摄影家。1906年，考入浙江高等学堂师范科。1909年毕业后，任金华府学堂教员。1912年，因创办《汉民日报》被捕入狱。1914年，东渡日本，创办东京通信社。1916年，任《申报》驻京特派员。1918年，创办《京报》。1926年因发文揭露张作霖统治的黑暗，而被杀害。邵飘萍是中国传播马列主义、介绍俄国十月革命先驱者之一，是杰出的无产阶级新闻战士，也是中国新闻理论的开拓者、奠基人，被后人誉为“新闻全才”“乱世飘萍”“一代报人”“铁肩辣手，快笔如刀”等。

邵飘萍诞生在浙江东阳的紫溪村。

紫溪是一条蜿蜒于村庄的小溪，常年清流不断，灌溉着村里的沃土，哺育着世代的村民。据族谱记载，紫溪村读书成风，自北宋至清，获取功名者无数，有一年还同时出了二十四名秀才。明朝时出过一名御史，今天村里尚存的紫京桥、寺院等就是他留下的古迹。因此，小小紫溪村在周围的名气是很大的。这样的荣耀还在被不断创造，邵飘萍、邵逸轩、邵一萍、邵幼轩就是近代史上从该村出去的杰出人物，而邵飘萍是其中的佼佼者。

带着紫溪的灵气，2 岁的邵飘萍随父亲举家迁到金华，住进了原供参加科举考试的考生临时居住备考而今空着的芝英考寓。考寓为砖木结构的二层楼房，隔间小而多，楼前还有个小天井，父亲就借此开了一个私塾。私塾办得很成功，一批又一批门生考取了秀才，父亲的名气也越来越大，贫困的生活终于走到了尽头。近水楼台，邵飘萍刚到 5 岁，就在父亲的私塾读书。或许是为了得到祖先的庇荫，7 岁的邵飘萍被父亲送回紫溪的私塾读书，一年后才回到金华。邵飘萍也真是读书种子，天赋聪颖，加上学习刻苦，小小年纪，已是博闻强记，才华出众，竟时常被知府、知县请去作诗答对，颇受器重，“神童”之名传遍金华。14 岁那年，邵飘萍轻而易举地中了秀才，给邵家、紫溪和金华挣足了面子。第二年，父亲带他回紫溪拜客谢祖，此后，他再也没有回过出生地。

1906 年，21 岁的邵飘萍考入浙江省立高等学堂，同窗中有陈布雷、邵元冲、张任天等。当时，社会上有许多救国的理论，如科学救国、实业救国、教育救国等，邵飘萍则提出新闻救国。他喜欢写作和新闻，喜欢文笔犀利、鼓动性和感染力都很强的梁启超的文章，在校期间就曾为上海的《申报》采写地方通讯，并有意模仿梁启超的文风，以激烈言辞抨击地方豪绅的恶劣行径。1908 年，还与陈布雷、张任天办《一日报》，报道学校运动会的新闻，这是他初次尝试办报。1909 年，他自高等学堂毕业后，受聘任金华中学堂历史、国文教员，并被《申报》聘为特约通讯员。

1911 年，辛亥革命爆发，邵飘萍为民主革命形势所激，毅然辞去教职，来到杭州。正巧，浙江都督府组织日报馆，在原《浙江白话报》基础上筹组《汉民日报》，聘著名报人杭辛斋为经理，邵飘萍为主笔。邵飘萍自此正式进入新闻界，开始了新闻救国的艰辛旅程。在他从事新闻救国的十五年里，正是民主革命处于低潮、军阀割据的混乱年代，他“踔厉奋发，又尝饱经痛苦，举凡所谓穷饿、羁囚、逋逃、没落、兄弟妻子离散，人生所不堪之楚毒，殆无不以一身受之”。受大苦难才有大创造，这也是千百年屡试不爽的人生定律。邵飘萍在经受入狱、逃亡、妻子离散等苦难的同时，也为我国新闻事业的发展做出了奠基式的贡献：

1916 年 7 月，他出任《申报》驻北京特派记者，这是我国新闻史上第一个享有这一称号的记者。

1916 年 7 月，因感外国人设在我国的通讯社任意左右中国政闻，混淆视听，在北京创办“新闻编译社”，这是我国第一家自办的通讯社。

1918 年 10 月，自费创办《京报》及其副刊《小京报》，自任社长，“必使政府听命于正当民意之前，是即本报所作为也”。同时创办多种副刊，有《京报副刊》《戏剧周刊》《民众文艺周刊》《妇女周刊》《文学周刊》《电影周刊》《经济半月刊》和《社会科学半月刊》等，为我国报业兼办杂志之开端。

所著《新闻学总论》《实际应用新闻学》，是我国最早的一批新闻学著作。推动北京大学新闻学研究会的创立，并任导师，培养了一批具有民主思想的新闻人才，为我国新闻教育和研究之发端。

1920 年，他在避难日本期间，潜心研究马克思主义，所著《综合研究各国社会思潮》和《新俄国之研究》是我国最先宣传马列主义、介绍新生的苏维埃政权的书籍。

1923 年，在马克思纪念

日，《京报》发行《纪念马克思特刊》，免费赠送订户。在报纸上如此大张旗鼓地宣传马克思主义，除了中国共产党领导的报刊，当时只有邵飘萍主持的《京报》。

1926年4月24日，奉系军阀以“宣传赤化”罪名将之逮捕，26日遇难，他也因此成为我国历史上第一个为宣传马克思主义而献身的新闻工作者、革命烈士。

邵飘萍之投身新闻事业，完全是一份执着的理想所驱，他曾说：“余百无一嗜，惟对新闻事业乃有非常趣味，愿终生以之。”他创办《京报》时，亲书“铁肩辣手”四字悬于编辑室内，以“铁肩担道义，辣手著文章”的气概要求自己，要求同事。正是这种高度的责任感、正义感，铸就了他铁骨铮铮的新闻记者形象，凡是对国家、对人民不利的事情，他必在报上无情揭发而抨击之。这一份牢狱和贿金所无法改变分毫的胆识、坚定和勇敢，使他在当时的新闻界声名鹊起，“中国有报纸五十二年，足当新闻外交而无愧者……仅得二人，一为黄远生，一即邵飘萍”（教育总长汤尔和语），时誉可谓高矣。然而，这一腔爱国热血竟为当政者所不容，终于屠刀相向。一代英豪的溘然离世，不仅是新闻界的巨大损失，也是中国革命事业的巨大损失。

金华是邵飘萍成长的地方。1913年秋，他出狱后曾回金华老家，短暂停留后就再次返回杭州，旋即负笈扶桑。这是他生前最后一次回金华。1986年，邵飘萍铜像落户金华婺州公园。铜像高3米，为半身像，那英俊潇洒、坚毅沉着的风采一如当年。这次，他是永远不走了。

图片提供 / 冯　丁

寻钱玄同祖居，品鲍山风骨

——访钱玄同祖居

文 / 李凌婧

钱玄同

钱玄同（1887.9.12—1939.1.17），原名钱夏，字中季，少号德潜，后更为掇献，又号疑古、逸谷，“五四”运动以前，改名玄同，常效古法将号缀于名字之前，称为“疑古玄同”。浙江吴兴人。语言文字学家。1906年，赴日本留学，期间与鲁迅、黄侃等人师从章太炎学习国学。1910年回国，先后任北京高等师范及附属中学教员、北京大学教授、《新青年》编辑。钱玄同参与“五四”新文化运动，在《新青年》杂志上载文提倡世界语。著有《文字学音篇》《重论经今古文学问题》《古韵二十八部音读之假定》《古音无邪纽证》等论文。

“文章真处性情见，谈笑深时风雨来”，这是钱玄同先生在我心目中的形象。他没有章太炎那么狂妄，没有辜鸿铭那么疯癫，没有鲁迅那么尖锐，没有黄侃那么傲物，但他将这四大家的个性集于一身，形成自己与众不同的气质，追求真理，全力以赴，既不荷戟彷徨，也不屈膝妥协。

然而，这位在“五四”文学革命时期做出巨大贡献的大师级人物却不像鲁迅、胡适、茅盾这般为后人所熟知。如今人们凡到绍兴，必游鲁迅故居，鲁迅已经成为绍兴的文化品牌；一提起乌镇，人们很快就能想到茅盾。而此去鲍山，虽是盛夏却觉得异常冷清。先是到了道场乡政府，因是周末，仅有几个值班人员，问及钱玄同故居，大家面面相觑，反问我：“钱玄同是谁？前面有个英士墓，你要找的是不是那个？”于是，我解释了一番钱玄同是已故的杰出文人云云，祖籍在此。遗憾的是还是无人知晓，直到来了一位年近八旬、头发斑白、伛偻着身躯的老人，才略知鲍山此前是有一大户人家姓钱，并让我们往鲍山方向寻去。

从乡政府出来，我有些沮丧，不是因为千里迢迢赶到湖州却寻不着钱先生的故居，而是为后人甚至连当地人竟都对钱先生之故事一无所知感到惶恐。国人的文化教育何在？政府对文化的传承和建设做了些什么？农村在城市化进程中，又丢失了什么？在当今这个浮躁的社会，我们不指望出钱先生这样的大师，但至少还应该对时代保留一点清醒的反思吧。

顺着老人所指的方向，我们的车缓缓地向前驶去，正是晌午，却下起了淅淅沥沥的小雨。一路沿河，经过渔场、农田，只是粮田大多已荒废，盖起了新式楼房。远望鲍山，能见到东面山麓有一座寺庙，名曰宝峰禅寺，里面供奉佛、道、仙诸神。鲍山下的村坊蛮大，据当地人介绍东西分别叫小港里、朱家浜。至于钱家浜，早已湮没于历史当中，成了朱家浜的一部分。既然叫作浜，想必是临水之故。我们有幸遇到一户钱姓人家，据说，前几年湖州文物普查的时候，发现了一幢“钱玄同祖居”老宅。但是关于这个家族的历史，也不能说出个所以然，顶多知道有个大家耳熟能详的钱三强，其他的也都是张冠李戴了。

走近老宅，扑面而来一股泥土的气息，夹杂着雨后青草的香气，带着我的思绪向青草更青处蔓延。墙壁上脱落的石灰、石阶上横生的青苔、雨水从瓦楞间落下爬过的痕迹、屋顶上冒出的密密麻麻的草芥，无一不在诉说着这座古宅的苍老，谁会想到这里曾住着一户书香世家！唯一能透露出些许时代感的便是墙上朱红色的大字，字迹虽已斑驳，不过仍能依稀分辨出“伟大的中国人民解放军……”的字样。宅子的正门早已不复存在，碎石遍地，杂草丛生。屋内挂着一件破旧的斗笠，形单影只，墙边堆满生火用的柴梗，茅草散落一地，稀奇的是，老式的长椅子竟是悬架在房梁上的。这座宅子是孤立的，四周的房子虽不新，但墙壁都是粉刷过的，想来是有人住的。于是，在宅子附近待了一下午，想着兴许能逢着一位两鬓苍苍的老者，给我讲述一些我所不知道的故事，或者向我证实这就是钱玄同先生的祖居，可惜事情总不如人所愿。

“我近来颇想添一个俗不可耐的雅号，曰鲍山病叟。鲍山者确有此山，在湖州之南门外，实为先世六世祖发祥之地，历经五世祖、高祖、曾祖，皆宅居该山，以渔田耕稼为业，逮先祖始为士而离该山而至郡城。故鲍山中至今尚有一钱家浜，先世故墓皆在该浜之中，我近来忽然抒怀旧之蓄念，发思古之幽情……”这段话是在钱玄同晚年写给周作人的一封信中找到的，这一天恰好是他五十岁的生日，然而信中却流露出些许凄凉的光景。钱玄同自称“鲍山病叟”，是有其根据的，此时的他正被高血压、神经衰弱、血管硬化等多种疾病缠身，常年离不开药物。据长子钱秉雄回忆：“他（钱玄同）年轻时，晨起常用冷水低头冲颈部后端，常服西药‘拍拉托’来治疗神经衰弱……他四十几岁走路就要用手杖了，他怕路上果皮等滑脚，所以走路得很小心。他没有跑跳的习惯……游山玩水的事就更谈不到了。”

至于病叟前何以特加个“鲍山”，倒是耐人寻味。其实，细数钱玄同在鲍山待的时间并不算久，然而独独到晚年尤念念于心，想来许是人越是到了垂暮之年，越是对故乡、祖先和家族有一种深刻而执着的认知，也只有在这里才能得到心灵的慰藉。鲍山，现位于湖州市吴兴区。出湖城南门，沿东苕溪往南约九里，东岸为钱山漾，与其隔溪相望的就是鲍山。据史载，明嘉靖八年（1529年），湖州大儒唐枢曾“筑室鲍山，有二十余生往从游”。但在南郊群山中，鲍山并不引人注目。足以让鲍山名留史册的，是一个家族的肇兴。

钱玄同信中所说的钱家浜，就在鲍山脚下，今属道场乡道场浜村。钱玄同祖上世居于此，是贫寒的力农之家。钱氏家族的转折发生于清乾隆年间，鲍山钱氏的钱允凤入赘到了湖州南门的李家，入赘后经济条件的改善奠定了这一脉钱家崛起的基础。从第二代钱广泰（因李家已有人承嗣，得以改回了钱姓）取得初级功名，到第三代钱振伦、钱振常兄弟得中进士，经过三代人的努力，钱家幸运地完成了由农而士，由士而官的蜕变。而此后书香之风的传承和累积，终使钱家成为一个近代中国人才聚集的文化世家，成为与湖州望族“竹墩沈”并称的“鲍山钱”。

钱玄同的父亲钱振常是清代同治年间的进士，“喜骈俪，以文名于时……湛深经学，精于考据。治小学，能究文字之变迁”，曾官至礼部主事。光绪八年（1882年），效其兄故事，辞官南归，从此不出，以教书为业，晚年为绍兴、扬州书院山长，蔡元培曾是他的学生。钱玄同的哥哥钱恂和他太太单士厘，则是近世中国具有世界文化视野和背景的“新人”。

钱玄同出生的时候，他的父亲钱振常已经62岁，晚年得子，自是备受宠爱，同时也寄予厚望，教育相当严厉。钱玄同4岁开始习读《尔雅》（被后来的学者称为最早的汉语词典），因为站着念书背书，站得太久，两腿僵直，不能移步。一天下来，到傍晚，只好由仆人把他抱回内房去。这件事，给钱玄同的印象非常深刻，直到晚年还常常跟朋友、学生提起，他的双腿没有力量，害怕走路，全是小时候站着念书给站坏了。钱玄同在他父亲的严格管教下，4岁发蒙，5岁开始读《诗经》，8岁读《说文解字》，到11岁时已在家塾读毕五经，对《史记》《汉书》也已熟读。曾当众一字不漏地背出《史记》里的篇章，故有“神童”之誉。13岁通读《春秋左传》《春秋公羊传》，14岁开始读段玉裁、王筠、严可均等研究《说文解字》的专著，15岁读庄存与、孔广森、刘逢禄等研究《春秋》的著作。可见，中国传统文化对钱玄同的影响是骨子里的。

对于早年家庭教育的影响，钱玄同说自己能在读书和学问上有一点积累，实“庭训之力也”，甚至感慨道“由今思之，不肖放荡数年，至今日犹能稍归正路，何莫非幼时先子义方之教耶”。文字音韵学和史学成为钱玄同治学最有成就的领域，自然成了顺理成章的事。

父亲钱振常去世之后，长兄为父，钱恂承担起了对钱玄同的教育之职责，钱恂赴日之前，给钱玄同聘请了老师，钱玄同得以继续在家塾念书。钱玄同 16 岁时，他的母亲周氏也病逝了。在中国传统社会里，“守制”的人是不许参加科举考试的。钱玄同原来准备去应举，因为“丁忧”，为母丧“守制”，而不得不放弃“童子试”。但这也使钱玄同的人生和思想的道路出现了一个转机：他从书房里走出来，脱离了原定的读经书、做八股、考秀才这个轨道，进入了“新学”的广阔天地。

1906 年，钱玄同进入早稻田大学“清国留学生师范部”，研读日语和教育学，与章太炎、秋瑾等人交往甚密。第二年加入同盟会。1908 年开始师从章太炎学国学，研究音韵、训诂及《说文解字》，结识了鲁迅、黄侃等人。1917 年，已是北京师范大学国文系主任的钱玄同，向陈独秀主办的《新青年》杂志投稿，不久担任轮流编辑，跃居《新青年》四大台柱之一。钱玄同对新文化运动的贡献是不可或缺的。他力倡白话文；力主新式标点符号和汉语出版物汉字改竖排为左行横排；改革文字，使汉字化繁难为简易；鼓动新文学，催生鲁迅的小说名篇《狂人日记》；呼唤“德先生”和“赛先生”；编写新式国民教育教材（1918 年为北京的孔德学校编写的小学国语教科书，就属于当时最早出现的国语教科书之一）；引发中国古史学界的地震，在他的推动下，以顾颉刚等为主要学术力量的“古史辨”派改写了中国的上古史。这是一位一生都勇往直前的新文化运动的斗士，身体力行的教育家，关心国计民生的文化思想家，热心报刊编辑工作的文化活动家，不居所成、勇于开新的大学者。

在新文化运动期间，钱玄同的很多言论常被人诟病：偏激、好走极端。事实上，并非钱玄同一人，而是“五四”这一代人身上都多多少少有这样的印记。这是时代造就的，当我们面对强大的敌人时，新事物势必以最强烈、最有力的方式证明自己的存在和发展。随着时代的变更，“偏激”“好走极端”的思维方法也渐渐收敛。1922 年 4 月，钱玄同给周作人写的一封信中，表露了一种通达的思想：“……我们以后，不要再用那‘必以吾辈所主张者为绝对之是而不容他人之匡正’的态度来作‘訑訑’之相了。前几年那种排斥孔教，排斥旧文学的态度狠应改变。若有人肯研究孔教与旧文学，鰓理而整治之，这是求之不可得的事。即使那整理的人，佩服孔教与旧文学，只是佩服的确是它们的精髓的一部分，也是狠正当，狠应该的。但即便盲目的崇拜孔教与旧文学，只要是他一人的信仰，不波及社会——波及社会，亦当以有害于社会为界——也应该听其自由。……我——钱玄同——个人的态度，则两年来早已变成‘中外古今派’了……”可能是岁月使人的性情发生了转变，钱玄同的胸襟更开阔了，更宽容了，自由意识也更强了，于是思考问题的方法也就趋向中正平和。当然，还有另外一种可能：新文化人在言论和行动、公开主张和私下认知、思想议论和立身行事、新文化的潮涨之时和潮落之后，存在着诸多的矛盾和分裂。正如胡适所说：“我们在思想方面完全是西洋化了；但在安身立命之处，我们仍旧是传统的中国人。”

从钱家祖上离开鲍山的乾隆年间算起，到现在已有二百多年的历史了。相较钱玄同，人们可能对“中国两弹之父”钱三强更为熟悉，但很少有人知道钱玄同是钱三强的父亲，在钱三强 6 岁的时候，钱玄同就带着他参加“五四”运动中的游行，从小向他灌输“民主”“科学”的思想。然而，我们所能查到的钱三强的故居在绍兴，这也难怪鲜有人能联想到鲍山这一钱氏祖居。眼前这座老宅到底有几成可能是钱先生的祖居，仍要打个大大的问号。倒是村里几棵巨大的香樟树以及一座三面石头堆砌的河埠头，给我留下了深刻印象，它们见证着这个古村的历史变迁，见证着一个家族的盛衰。不过，这些已然不重要了，当人们提起“鲍山”时，若能想到“鲍山病叟”——钱玄同，这位风骨可鉴的国学大师，那么中华民族的文化之根便没有丢。

一派日月山川般的磊落明静

——访竺可桢故居

文／傅丽红

竺可桢

竺可桢（1890.3.7—1974.2.7），又名绍荣，字藕舫。浙江绍兴人。地理学家、气象学家、教育家、中国近代地理学奠基人。1905年，入上海复旦公学，后入唐山路矿学堂。1910年，公费赴美留学。1918年回国，先后任教于国立武昌高等师范学校、南京高等师范学校、国立东南大学、国立中央大学。1929—1936年，任中央研究院气象研究所所长。1936—1949年，任国立浙江大学校长，被尊为中国高校四大校长之一。新中国成立后，当选中国科学院院士，任中国科学院副院长，并兼任中国科学院生物学地学部主任、中国地理学会理事长、中国气象学会名誉理事长。

1966年10月，竺可桢致信“浙江省上虞县东关区人委诸位同志”，愿将“绍兴东关镇南岸大木桥下房屋一座，系我父亲竺嘉祥所建修，大约在1890年（前清光绪十六年）左右造成。……南屋上下四间、西侧屋上下六间、平房三间”，共占地四分一厘，“无条件送给国家”，起因主要是“我已光荣地被吸收为中共党员”。其时，“文化大革命”已在中国大地风云跌宕。此信由竺可桢的老家亲戚收到后交给东关区人委同志。信以小楷写就，一如既往的娟秀字迹在近半个世纪后依然十分清晰。

时隔两年，上虞县公有房产管理委员会东关分会回复，“该信已转交给我会处理”。又于1968年8月30日，发函给中国科学院，“……请贵院转知竺可桢同志，请他再补寄一份书面手续，并盖有竺可桢同志印章寄我会，以便我们前去接受房屋”。短短的一段话写在“上虞县财政局发文稿纸”上，条理分明、公事公办，没有我们想象的应该感谢的片言只语。

当年的9月12日，竺可桢在一张页首印着一段“毛主席语录”的信笺纸上，再次致信上虞县东关镇房屋管理委员会，“声明愿将祖产楼房一座，全部无条件送给国家。屋内虽住有我姐竺美凤全家，和二哥明祖（已故）子女，已与我姊及甥侄们说妥，只要东关房管处给另屋居住，随时可以迁让”，信尾工整地盖上了“竺可桢”的印章。东关方面接信后，于1968年10月12日，向竺可桢回信表示已派员将房屋接收，房屋建筑面积400.61平方公尺，另附设备清单，并注明归竺美凤等住户自装的晒台等设施不在接收范围内。

因为热爱乡贤竺可桢——这位举世闻名的科学家、教育家，围绕他的故居所引发的点点滴滴，也是我探求的兴趣。现存的竺可桢故居档案，包含了竺可桢的上述两封亲笔信，还有他的侄子竺士楷、儿子竺安等亲属的信件及东关方面的回信等。有意思的是，“文革”期间的通信，都以“毛主席语录”作引子。也难怪，据说当时词典中“洋葱”都是这样注的：“它具有叶焦根烂心不死的特点。”可见时代精神已深入到词典中，更何况人们的日常通信。

这些信件时间分别处在1966年、1968年、1969年和1984年这四个年头，内容分别为：一、竺可桢在 1966 年代表家族动议致信献出祖产（1966 年 10 月 15 日竺可桢日记记载“今天寄东关镇人委函一通，将东关南岸屋赠予人委，信由霞姊转交。”10 月 27 日，又记有“接霞姊信知东关房屋交东关人委函已送出。”）；二、1968 年上虞方接收成为公产（1968 年 9 月 11 日竺可桢日记记载“今日接到上虞县公有房产管理委员会东关分会 1968 年 8 月 30 日给中国科学院的一封信……我今天覆去一函，证实我的捐献……并打有图章于信后。”）；三、因为当时北京号召迁移人口“备战备荒为人民”，1969 年 10 月，下放到河南省西华县农业部五七干校的竺士楷，不得不将其家属转移到原籍地“竺家台门”，请求解决住房问题；四、1984 年因为房屋修缮小矛盾等杂事，中科院化学所的竺安又和东关方面信函往来，双方语气委婉，最后小事亦妥善解决。

信件的来往都围绕竺家台门展开，有实实在在的时代烙印。1968 年东关房管所接管后，将部分房屋划给范伟康（竺可桢甥）等居民居住，另一部分房屋

曾一度成为绣花厂厂房和自来水厂仓库。1988 年 9 月，竺可桢故居被公布为第三批县（市）级文物保护单位，次年 9 月，东关房管所将竺家台门交由上虞县房管所长期免租使用，以作竺可桢故居纪念馆。1999 年，上虞市文管所对故居进行保养性维修，开辟“竺可桢生平事迹展”，著名书法家沙孟海手书“竺可桢故居”。2011 年 1 月竺可桢故居被公布为浙江省文物保护单位。2011 年上虞市又作精密的规划，着手故居的进一步维修保护，拆了一些自有的房屋，扩大了天井，对房梁进行加固修正，对地板进行重铺等，并于 2012 年 8 月完成。

竺可桢故居静静地安置于江南小镇，每年都会有一批批的浙大学子虔诚地前来拜谒他们的老校长。随着这些年轻的脚步，也会有一些游人踱步进来。竺可桢故居承载了无穷尽的思想光辉，引发无数人的驻足流连。

那故居的起源呢？竺可桢在 1970 年的日记中回忆，其父母大约在 1870 年成婚，一百年间，门下的竺姓人氏发展到三十多人，慨叹“增加了 15 倍”，字里行间渗透着脉脉亲情。19 世纪末，从嵊县黄泽搬迁到上虞保驾山的竺父嘉祥，靠着辛勤经营所得，在东关米市街河对岸的大木桥下买下一幢坐东朝西的三间楼屋，后又添建了坐北朝南的两间楼屋，俗称“竺家台门”，由侧楼、正屋、披屋和一个天井组成。石板铺地，硬山式屋顶，小青瓦阴阳合面，下填望砖，平面呈长方形，通进深 31 米，通面阔八九十米，总占地面积 268 平方米，建筑面积 340 平方米。黛瓦粉墙，枕河而居，天井石板错缝铺就，北墙开设石库后门，门堂上设马头墙鸭嘴檐，乌漆实踏双开门，条石门槛坚又固，全屋充溢着江南民居的地方特色。1905 年竺可桢外出求学，离开了竺家台门。1908 年因家境艰难，竺父将台门典与昌记，昌记又转典给他人。直到 1946 年，才由竺可桢从沈光卿处赎回，转由竺可桢三姐美凤和二嫂丁氏居住。直至 1974 年 2 月去世，竺可桢也没有机会再回老台门，但这老宅一直是他与故土、与亲人的情感纽带。

竺可桢在 1966 年向当地政府捐献故居，原因似乎从信中一句“我已光荣地被吸收为中共党员”可得，而且 1969 年 10 月其侄竺士楷致上虞东关镇公所的信中有言“老家竺家台门……按照党和政府房产归公的政策，由我叔父竺可桢出信给你所划为公用”，似乎这些都成为捐献的缘由，但归根结底还是竺可桢永生不没的“不计利害”的崇高品质起了作用。这份品质也是有渊源的。

1890 年 3 月 7 日，竺可桢出生在这个台门内，上有三个姐姐两个哥哥，是排行第六的小儿，最得家人宠爱。1895 年，大哥竺可材中了秀才，当年考试位于马一浮之后，是一方人才，也是竺可桢的启蒙老师。大哥去湖北做师爷后，竺家请了当地颇具声望的章镜尘来家开私塾执教。1899 年，东关建起了最早的公立学校毓菁学堂，聘请章镜尘等地方名师。竺可桢在此学习六年，以第一名的成绩毕业。在最初的教育中，章镜尘对竺可桢除了学业传授外，还给了他深刻的人格影响，章师曾鼓励竺可桢学习莲藕纯洁坚贞的品德和气节，竺可桢后来就取字为“藕舫”，上虞市也多了一条以“藕舫”命名的城区道路，市民以此纪念杰出乡贤。

在这份大爱下，竺可桢的温暖性格也得到了体现。竺氏可谓大家庭，竺可桢的兄姐、侄甥等均受竺可桢的关爱照拂，当然这一份爱全是纯朴天然的。1939 年 10 月 11 日竺可桢日记记载“下午得丁祖炎电，知大嫂于上月廿三日在绍患痢病故”，慨叹“何老成凋谢之速！”1970 年 3 月 7 日竺可桢 80 岁生日，那天日记中写道“我兄弟姊妹 6 人，大的姊姊、哥哥 4 人统于 40 岁以前就去世。而我与霞姊（去年 3 月去世）统活到 80，这是毛主席和共产党卫生政策‘防重于治’之赐”，言语中充满了对家人的爱和对党对国的感恩之情。

由竺可桢出面献出祖产，想必是全家商量后决定的。其时，因为老家还有二姐竺美凤及其子女等亲属没有别的房产，他们早在 1946 年就开始居住在老宅内，而且也是受竺可桢委托代管房屋的。当时全然“裸捐”也于情不宜，所以竺可桢将房屋捐出后，请求政府对他的亲戚“给另屋居住”。后来其亲属也得到了优先租赁老宅的权利，当然他们也是一直克己谨慎，遵守承诺，按时交纳租金，直到迁于他宅。

延伸开去想到了竺可桢对友人的深情厚谊。“文革”期间，竺可桢的大多

时间被各地各单位的“外调”工作占去。因为当过十三年的浙大校长，而且正是浙大被誉为“东方剑桥”之时，竺可桢自述他任期时的学生、教职员进出高达两万名。即便被“外调”占用了无数宝贵时间和大量精力，即便偶尔也有心烦之时，也曾被朋友劝说何不推掉一些，可竺可桢对来人的取证调查，还是不辞劳苦，永远心胸坦荡，坚决挡住那些“欲加之罪”，体现了他“临事只问是非，凡事注重事实”的求是精神。

竺可桢的“极得人心、久而弥深”还可从他对学生的爱中得见一斑。在国民党统治下，无论是“于子三事件”，还是其他相对平静的校园生活，竺可桢对他的学生都适时采取了软中有硬、巧妙灵活的保护方法，这可从以下两则日记中来体会。1940 年 4 月 20 日，“……训导处姜伯韩、李相勖提出惩戒学生自治会代表孙翁孺、解俊民及史地系学生王树椒擅贴壁报，肆意攻击，主张开除。余以孙已四年级，解则神精失常，故结果各记大过二次。”这是竺可桢为解脱学生责任而故意说的借口。同年的 7 月 17 日，“……接教育部密件，谓浙大有中共所组之学会……余以为沈自敏、胡玉堂均喜信口雌黄，但并非共产党之流，因真正共产党往往不喜出头而暗中指使者。”这也是为学生开脱的借口，编者也注明了此处读者“不可呆看”。

最无私无畏的大爱，尽在七十多年前的片言只语中……

图片提供 / 刘育平

德情映青庐

——访何炳松故居

文/张　琪

何炳松

何炳松（1890.10.18—1946.7.25），字柏丞。浙江金华人。史学家、教育家、出版家。1903年，考入金华府中学堂。1906年，被保送浙江高等学堂预备科。1912年，公费赴美留学。1916年回国，先后任教于北京大学、北京高等师范学校，出任浙江省立第一师范学校、武昌师范大学校长。1926年，赴上海商务印书馆工作，历任史地部主任、国文部主任、编译所所长等职，同时兼任光华大学、大夏大学教授。1935—1936年，任国立暨南大学校长。何炳松在史学研究方面颇有建树，在教育领域鞠躬尽瘁，著述颇丰，著有《通史新义》《历史研究法》《浙东学派溯源》等。

浙江东部的金华城内，有一条名叫文昌巷的小巷，当年著名的史学家、教育家、出版家何炳松先生就出生在这条小巷的22号。整个建筑风格浑厚简朴，格局方正，这座宽敞的老屋曾一度作为国立暨南大学内迁接待站之一，抗战时期肩负着迎送、安顿从沦陷后的上海向内地转移大量师生员工的重任。在经历了炮火纷飞、风餐露宿抵达这个中转站之后，师生们相互握手拥抱，喜极而泣，整顿行囊，向着大后方的临时校舍进发，这也在一定程度上保护了国家未来的希望。

那一段荡气回肠的历史随着时间的前行逐渐模糊，说起何炳松，金华人也许会感到陌生。但在外界，何炳松这三个字却如雷贯耳，深受海内外有识之士的敬仰！这一方面是因为何老先生将自己的大半生交付给了国家教育事业和学术著作，另一方面可能和他本人踏实内敛的行事作风有很大关系。我曾两次寻访他的故居，去之前在网络上查找了一些相关的资料，也问过当地的朋友，至少在年轻一代中，对于这位伟大的教育家知之甚少。

金华是个多丘陵的地方，特别是婺城区，经常会有标识着“XX岭”的街道，坡度非常陡，据说自行车上下也比较困难。夏日的风吹来丝丝怀旧的味道，我坐在的士上，穿梭于楼宇之间，任时光缓缓流转。这座钢筋混凝土的城市，两年前还有不少老房子，十年前还没有如此宽阔的道路，百年前何先生是否走在古朴的小路上思索着他的办学救国。文昌巷的故居早已淹没在繁华之中，所有的遗物多数被转移到“何氏三杰陈列馆”中，还有一部分馆藏于金华市博物馆中。

东市街66号，几栋古朴的白墙青瓦小楼，安静地倚靠在临街一隅，不远处是金华市博物馆，另一条是古玩街，背靠金华著名的“太平天国侍王府纪念馆”。在这片专门打造出来的博物馆地域，“何氏三杰陈列馆”似乎只能被“顺便”发掘出来，百度不出它的电话，“114”不到它的门票价格。偶尔也能见到几个拿着相机东拍拍西照照的路人，探头探脑地询问看门老人：“要门票吗？”“里面是谁啊？”

其实这栋房子也算是小有来历，虽然不是何先生的真正故居，但是作为清代古建筑的代表，通面宽为25.52米，通进深为22.58米，为纪念何炳松、何德奎、何炳棣三位金华名人而设。茶色的竖匾上，李政道先生遒劲的题字透着岁月的裂纹。不得不说，除了这道门面，里面的一切都是修旧如旧，典型的江南旧居，古朴典雅的家具，简约实用，展品从几个角度展现了他们的童年及成才资料。在这方不大的宅子中，你确实能感觉到一种与世无争的平和，诚如带我过来的的士阿姨说的那样，这是个宜居的地方，也许只有像她这个年纪的人才能深刻理解这片土地的世事变迁，那个年代的荡气回肠。

何炳松一生，有两个“十一年”闻名于世，即担任上海商务印书馆编译所所长十一年，担任国立暨南大学校长十一年。特别是后者，暨南大学至今仍以何炳松所题的“忠信笃敬”为校训。其堂弟何炳棣说：“炳松哥任国内唯一的华侨大学——暨南大学校长十一年，抗战中任由上海内撤的十几所大学合并而成的东南联合大学筹委会主任，坚持在艰苦卓绝的战争环境中办学。”

国立暨南大学是民国时期我国唯一的一所以华侨为招生对象的大学，有着悠久的历史。其实早在抗战的初期，何炳松就意识到了战争的持久性，在上海租界内频繁搬迁、苦苦维持的这段时间内，他已经着手新校的选址、财务资料的搬迁、师生的思想动员工作。当时的上海犹如一座孤岛，四面楚歌，租界办学除了物质方面的困难外，还经常受到日伪的威胁。1940年3月9日，汪伪政权宣告成立，命令大中小学一律放假一天，以示庆祝。当时陷身“孤岛”的院校，大多慑于敌伪淫威，莫敢反抗。当时地下党同学曾去谒见先生，探询学校当局对此“持何态度”，何炳松回答说：“曹汉不两立，忠奸不并存！”拒不放假。在日军侵占租界时，庄严宣布立即停课，毅然将暨大内迁。作为一位公立大学的校长，既要保持民族气节，又要讲究策略，这是何炳松一贯的做法。但与此同时，他还担负着领导上海地区高校等文教单位的责任，必须注意隐蔽，保持低调。当时日伪为了胁迫知名人士出任伪职，无所不用其极，如果能抓到一位国立大学的校长，尤其是同时兼管东南文化事业的负责人，对他们来说，当然是一件喜出望外之事，而对于先生来说，危险程度也就大大增加了。

在接手暨大之前，这所学校已经历经了多位校长，也成了一所当时规模和影响较大的综合性大学。但暨大学生成分复杂，学校秩序混乱，学风不正，派系众多，1935 年，在各界友人的极力劝说下，何炳松临危受命，出任国立暨南大学的校长。为了从根本上扭转学风，把暨大办成学术空气浓厚的学校，何炳松本着“力谋全校人事之安定，力筹各项设备之充实”的宗旨，迅速采取了一系列果断措施，包括调整学校领导机构成员及公布学校组织大纲、大力选聘优秀师资、整顿校纪、严惩违规学生、大力推进学校的硬件建设，等等。他以在纪念周作报告、发布告示等形式及时与师生沟通，坦率地提出自己的观点。在首次开学典礼上，他直截了当地告诫学生：“暨大近年来名誉日堕，吾人亦不能袖手旁观，只加批评，而不负责任……因为要改革，不得不开罪于人，因此近几天还常有种种谣言的发生。”他谆谆教导学生：“现在国势阽危，国难严重，

许多人已经无书可读，在国家尚未灭亡之时，我们应如何发奋图强，努力奋斗，以拯救国家，以复兴民族！我们在有书可读之时，应努力读书，不要只在无书可读之时，空自追悔。”在正面引导与严厉惩治并举之下，学校很快面貌一新，社会各界也给予了好评。

先生早在青年时期就有投身教育之宏愿。少年时期他天资聪颖，学习刻苦，学业成绩优异，未及毕业即被保送入浙江高等学堂预备科，三年后入正科。据他的好友金兆梓回忆，先生从中学堂到高等学堂“无试不冠军”。1912 年从浙江高等学堂毕业后，何炳松被浙江省府以公费资送美国留学。1912 年冬，何炳松赴美。在美留学四年期间，起初在伯克利加利福尼亚大学学习法语、政治学和经济学。1913 夏考入了威斯康星大学，学习德语、史学和政治学。在威斯康星大学学习期间，被聘为历史系助教。从威斯康星大学毕业后，何炳松获得了政治科学士学位，进而他又考入普林斯顿研究院，专攻现代史和国际政治，毕业后获政治科硕士学位。在美期间，他还担任留美中国学生会副会长。从 1917 年应蔡元培之聘执教北京大学始，他先后在北京大学、北京高师、上海光华大学、大夏大学等校担任教授等职，从事教育与学术研究工作。

先生学术上涉猎极广，精进务实，上海商务印书馆编译所的几年是他学术的鼎盛时期。除了参加很多大型辞书的编撰和校订，主持一系列丛书的编纂等出版社日常工作外，他还努力译介西方学术著作，并撰写了大量论著，仅发表的部分就达论文几十篇，著译近十部，内容广泛，涉及历史、教育、文化等领域。这段时间他在史学理论方面的研究进一步深入，特别是对清代史家章学诚的相关研究。从 1930 年 5 月开始，他完成了写学术史的夙愿，在《东方杂志》上连续发表了《程朱辨异》长文，后来改名《浙东学派溯源》结集出版。先生在参与备受争议的“中国本位的文化建设宣言”中取得了令人瞩目的成果。不少有留学背景的学者，对传统文化往往贬多褒少，与他们相比，先生的可贵之处在于，作为深受西方文化浸润的学者，能在普遍盲从西方的情况下保持冷静，客观地对待祖国的文化遗产并进行重新审视。早在北京执教时，他就积极参与了历史教学问题的讨论，还是中华教育改进社之下的中小学历史教学研究委员会十名成员之一。1928 年，国民政府大学院组织中小学课程标准起草委员会，委托何炳松、顾颉刚、陈训慈三人负责起草《初中历史课程标准》，规定全国中小学培养目标和教学内容。商务印书馆的日常事务是非常繁忙的，尤其是国难后的复业时期，先生还因劳瘁过度引发肺疾，曾请长假疗养。因此，在公务之余以羸弱之躯专注学术，在诸多领域取得如此多的成果，实属不易。

先生将毕生心血献给了文教事业，虽身在异乡，却时常惦念家乡故土和家乡的教育事业。海外留学任北京几所大学的教授之后，他就回家乡任浙江省立第一师范学校的校长，之后虽然工作繁忙，但每年都要抽空回金华拜访长辈，为父母扫墓。对金华的山山水水、饮食小吃，以及金华佛手、金华火腿等特产，先生都很有感情，在家也经常说家乡方言。

经历一个动荡的年代后，社会给予了这位忠信笃敬、声教四海的教育家、学者一个公正的评价，一份迟到的荣誉。暨大众多学子为这位老校长重修了故居和位于金华尖峰山的墓，用对联、座谈会、书籍等方式怀念先生的高风亮节，先生的亲人们也捐献出不少珍贵的遗物供后人缅怀。世事无常，沧海桑田，不变的是学子对老师深深的敬仰和怀念，先生的德行涤荡世间之凡尘，坚忍而静默，大而化之无形，浩浩然长存于天地之间。

图片提供／张　琪

汉语修辞学宗师

——访陈望道故居

文 / 潘爱娟

陈望道

陈望道（1891.1.18—1977.10.29），原名陈参一，笔名佛突、雪帆、南山等。浙江义乌人。教育家、修辞学家、语言学家。早年就读于金华中学。1915 年，赴日本留学，学习文学、哲学、法律等。1919 年回国，先后任教于上海大学、复旦大学、国立安徽大学、国立广西大学。新中国成立后，任复旦大学校长、中国科学院哲学社会科学学部常务委员、民盟中央副主席、上海政协副主席等职。陈望道翻译了中国第一篇《共产党宣言》，担任过《辞海》总主编，撰写了《漫谈〈马氏文通〉》和《修辞学发凡》等专著。

陈望道出生于义乌城西夏演的分水塘村，村名早在清代已有文献记载。在这个四面环山、风光秀丽的小山村边，有一口不大的水塘，塘中的水从两边分流出去，西北一路流入浦江县境内，东南一路孕育了乌伤儿女，分水塘因此而得名。它就是给中国命运带来直接影响的人物、《共产党宣言》中文本首译者陈望道先生的家乡——分水塘。

穿过弯弯曲曲的乡村小道，我们来到了被左邻右舍农家宅院包围的陈望道先生故居。陈望道故居建于清宣统元年（1909 年），为前廊式天井院结构砖木建筑，呈“凹”字形布局，正室五间，其中明间面阔 3.60 米，次间面阔 3.50 米，梢间 3.35 米，通进深 8.25 米。前设弄堂，左右厢房各二间。总建筑面积 294 平方米。南面山墙为一字型照壁，明间辟石库大门，弄堂东西两头山面辟边门。建筑前面为一小花园，用鹅卵石铺路，四面围墙，南面辟单间屋宇式院门。西厢房西面有柴房一间，因年久失修，已不见踪影。建筑为二层楼屋。屋面为硬山顶，阴阳瓦，有望砖。明间梁架为抬梁式，次间及厢房为穿斗式。明次间牛腿雕刻较精细，檐柱上牛腿雕刻狮子滚球、山鹿，厢房柱上牛腿雕有回纹和人物。雀替、额枋等处雕有人物、花鸟虫鱼图案。厢房为格扇门、窗，格心镂空，间嵌梅花，中间雕有人物故事图案。由海峡两岸交流协会会长汪道涵题写的“陈望道故居”匾额挂在大厅中央，故居陈列着陈望道的生平简介以及众多名家的题字，其中胡乔木题的“向中国共产党先驱马克思主义传播者陈望道同志学习”最引人注目。

陈望道，原名参一，1891 年 1 月 18 日出生， 1915 年 1 月赴日本留学，先后在东洋大学、早稻田大学、中央大学等校学习文学、哲学、法律等，并阅读马克思主义书籍。1919 年，陈望道从日本留学归来，被浙江第一师范聘为语文教师。不久，学校发生风潮，陈望道因提倡思想解放，被当局打击而回到家乡。1920 年初，应上海《星期评论》负责人戴季陶、李汉俊等人的约请，陈望道开始翻译《共产党宣言》。为了安静地进行翻译工作，他躲进了经年失修破陋不堪的柴房。山区农村的初春天气还是相当寒冷，尤其是到了夜晚，刺骨的寒风会不时透过四壁空空的柴房向他袭来，冻得他手足发麻。柴屋内一块铺板两条长凳，既当书桌又当床。陈望道足不出户，专心致志地译书，就连一日三餐和茶水等也常常是由老母亲给他送来。母亲见他很辛苦，人也消瘦了，十分心疼。老人家想给他补补身子，就特地弄来糯米包了粽子送到书桌前，另外还在粽子边上放了一碟红糖，催促儿子趁热吃。过了一会儿，母亲在屋外问他还要不要再添些红糖，他连声答话："够甜，够甜了。"当母亲进来收拾碗筷时，发现儿子满嘴都是墨汁，红糖却一点没动。原来他一边译书，一边蘸着墨汁吃了粽子，还浑然不觉。这个把墨汁当红糖蘸了吃粽子的故事，至今还在陈望道的家乡分水塘流传着。就是凭着这样一种顽强的意志，陈望道完成了马克思主义经典著作《共产党宣言》的翻译工作。

1920年8月，《共产党宣言》中文译本在上海正式出版。这本有着划时代意义的《共产党宣言》中文译本，对于宣传马克思主义，推动无产阶级运动在中国的蓬勃发展，起了非常重要的作用，同时也为中国共产党的创立奠定了思想基础。陈望道、分水塘，也因此在历史的长河中留下了深深的印记。

除《共产党宣言》外，陈望道还翻译了《空想的和科学的社会主义》一书，以及《马克思底唯物史观》《唯物史观底解释》《个人主义与社会主义》《产业主义和私有财产》等许多介绍、研究马克思主义新思潮的文章，这些译文在传播马克思主义方面同样起了积极的作用。陈望道不仅是《共产党宣言》的第一个中文译者，而且参与了党的创立，1921年中国共产党成立后，他是党的上海地方委员会的第一任书记。

陈望道作为政治活动家，他的贡献是卓越的；作为学者，他在学术上的成就，同样为世人瞩目。早在"五四"时期，陈望道便成为国内最早提倡使用新式标点的学者之一。从20世纪20年代始，他陆续撰写了《作文法讲义》《因明学》《美学概论》《修辞学发凡》等著作，在逻辑学、美学、修辞学等多个领域均有独到的研究。在复旦大学等校任教期间，开设了修辞学课程，编了讲义并不断加以修订。30年代初，他潜心写下《修辞学发凡》一书，这是中国第一部系统兼顾文言文和白话文的修辞学书籍，奠定了现代修辞学的基础，被后人誉为里程碑式的著作。

陈望道是复旦大学在新中国成立后的第一任校长，他担任复旦大学校长二十五个年头，是这一世界名校任期最长的校长。在二十五年的大学校长生涯中，他倡导科研和新学风，主持修订《辞海》，为中国的文化教育事业做出了重大贡献。1955 年，他又当选为中国科学院哲学社会科学部委员，毕生从事进步语文运动和语文科学的教学研究，为简化汉字，推广普通话，制定和推行汉语拼音方案做了大量工作。

站在陈望道故居，凝视着大厅墙壁上的一幅幅渐渐褪色的图片，我们仿佛看到了先生从一个热血青年到史学大家的不同寻常的一生。这当中，有太长的路，太多的难以言说……

图片提供 / 潘爱娟

麒麟童与全恩堂

——访周信芳祖祠“全恩堂”

文／王　静

周信芳

周信芳（1895.1.14—1975.3.5），名士楚，字信芳，艺名麒麟童。生于江苏清江浦，祖籍浙江慈城。京剧表演艺术家、“麒派”创始人。六岁起学习京剧，七岁登台。1908年，在北京科班喜连成与梅兰芳搭班学艺。1909年，曾到俄罗斯巡回演出。新中国成立后，历任中国戏曲研究院副院长、华东戏曲研究院院长、中国戏剧家协会副主席、上海文学艺术界联合会副主席，第一、二、三届全国人大代表。周信芳既全方位地表达了京剧传统，又吸收地方戏、电影、话剧、芭蕾舞、华尔兹、探戈等多种表演方式的精华，对传统京剧加以创新，是京剧海派代表人物。代表作有《徐策跑城》《乌龙院》《萧何月下追韩信》《四进士》《扫松下书》等。

一、京剧大师

年轻人爱他的强烈，中年人爱他的生动，老年人爱他的深沉。北方人说他唱得带劲，南方人说他演得过瘾，各得其所。

——刘海粟

看他演出中往往令我突然感到呈现了凡·高的画面。在京剧演员中我之偏爱周信芳和赵燕侠，恐由于他们演出中都着力于情之感染。

——吴冠中

他创造的独树一帜的“麒派”艺术，在国内外享有盛誉。他在戏曲艺术上取得的辉煌成就，给我们留下了极其珍贵的艺术遗产。他为祖国戏曲艺术做出的伟大贡献，将载入戏剧史册，并且占有十分重要的篇章。

——周巍峙

刘海粟所爱的他，吴冠中所想的他，周巍峙所赞的他，就是本文的主人公，“梅芳麒韵”的“麒韵”周信芳。这里“梅芳麒韵”的“梅芳”，自然是四大名旦中的梅兰芳。

梅兰芳与周信芳，一个出生于北京，一个出生于江苏；一个露演于北京，一个露演于杭州；一个主演冰清玉洁的花旦，一个主演老气横秋的须生。这一北一南的两个艺人于1907年相会在北京的喜连成。喜连成，后改名富连成，时为全国第一大京剧科班。喜连成除招收学演京剧的学生，还外聘时有名望的童伶搭班学艺。对此，梅兰芳有这样的自述：“麒麟童是周信芳的艺名，我们年龄相同，都是属马的。在喜连成的性质也相同，都是搭班学习，所以非常亲密。”

之后的他俩，一个坐北朝南，一个坐南朝北，或遥相呼应，或擦肩而过，或同台合演，成为中国京剧史上的两位宗师。他俩用毕业的努力和全部的心血，书写了京剧二百年发展历史上光辉灿烂的一页。

1955 年 4 月，国家文化部、中国文联、中国剧协联合举办了梅兰芳周信芳舞台生活 50 年纪念活动，旨在祝贺他俩半个世纪以来的创造性劳动——继承并发扬了我国戏曲艺术的现实主义和爱国主义的优良传统，赞美他俩热爱祖国、热爱人民的精神，在祖国与人民最艰难、最困苦的时候所表现的民族气节和对人民的忠诚。1961 年，梅兰芳去世后，国家文化部又举办了周信芳舞台生活 60 周年庆祝活动。

周信芳生于江苏淮安，初登于杭州拱宸桥，成名于上海的舞台，而他又是宁波慈城人。一生北上南下，周信芳在大江南北的不少城市都留下了足迹，江苏淮安、上海、浙江宁波慈城都保留了他的故居。可以说，这些故居乃是这位京剧大师戏剧人生的见证。

在忽雨忽晴的春日，宁波市文联李浙杭先生带队的再寻麒麟童考察小组一行北上去江苏。与当年的周家父母北去淮安不同，我们走的陆路，坐的汽车，沿途虽也见运河，但不是遥望，就是跨越而过。手机遥控着我们车行的方向，终于在淮安城北一个名叫虹桥的地方，看到了向往很久的“周信芳故居”。陪同的淮安运河博物馆常贵章先生领我们屋里屋外走了一圈，考察了周边环境。想当年，周家父母的小船从不知名的小河拐入京杭大运河，摇啊摇，小船沿着京杭大运河一路北上，在船桅林立的清江浦，小船打弯，父亲周慰堂看母亲周许氏的肚子差不多要临产了，便将小船驶入清江浦。

腊月的时节，来清江浦的外地人开始忙碌，整理行李，准备启程回家，而周慰堂则在清江浦的南城外、虹桥东堍、文渠北畔的一间小屋内，等待着妻子的临产。1895 年 1 月 14 日，农历腊月十九这天，小屋传出婴儿的啼哭声，啼哭声高亢洪亮，似春雷划破寂静的天空。想必，当年喜得儿子的夫妇俩谁也不曾想到，那声音是上苍赐给那男孩的吃饭本领；更不会想到这间挡风遮雨的小屋竟会是人们瞻仰的名人故居。如今，无论站在矮墙外的虹桥上，还是坐在矮墙内的纪念馆，怎么也无法想象当年的情景：冬日的野外，死样的灰白；冬日的郊外，呼啸的北风，荒芜、寒冷……因为一个多世纪的风风雨雨，因为一个多世纪的时势变迁，已令人无法将眼前运河博物馆文化工程之周信芳故居纪念馆与一叶小舟、一间小屋联想在一起，自然而然地，历史的痕迹早湮没于求新求大的运动式改造之中。话虽如此，淮安的周信芳故居，仍旧是周信芳来到人间的第一站，只是没多久，他便随父母的戏船蓬转。

应该说，周信芳在上海演戏、生活了六十多年。在沪的日子里，他转台了十多个戏园，先后在南京路的大广里、爱多亚路的永吉里、淮海路的高福里、长乐路等处居住过。这些老戏园、老房子似一颗颗珍珠串联起这位京剧大师的生命长链，而长乐路 788 号是周信芳的生命长链中最为灿然的一环。

曾经通过百度搜索过周信芳在上海的故居，结果显示是长乐路 788 号，照片中的门牌下方挂有“周信芳故居”铜牌。辛卯年冬日的一天，在他孙女周羚的陪同下，我走进了长乐路 788 号。那是想象了数月的地方，我渴望从周羚的

叙述中了解孙女眼中的大师。我默默地跟随，借着手电筒的光线上楼，在二楼原来的主卧室，向大师的遗像默哀。“这是祖父最后的家，这里的一切还保留着祖母设计装修的样子，因为遭遇‘文革’的灾难时，祖父母已被赶到后楼居住……”我聆听着随大师祖父长大的周羚的叙述。

从卷帘门走出，碰上了四五个男人。那是操着北方口音的男人，一看到便问，墙内是周信芳故居吗？我点头示意，想必也和我一样寻寻觅觅而来？我好生奇怪，原来网络照片所示的铜牌呢，怎么不见了呢？

这幢葡萄牙式的三层洋楼约有700平方米，分前后楼，周信芳和他的家人于1941年前后搬迁于此。在这里，周信芳接受了告别黑暗走向光明的真理；在这里，他宴请了他的慈城老乡；在这里，他高呼日本人投降；在这里，他迎来新中国成立的喜讯；在这里，他接待革命的引路人、他的生死兄弟田汉；在这里，他严肃地说：“你们不要搞了，我对共产党没意见。”原来是大鸣大放的那年，周信芳率上海京剧院访问苏联回国的那天，当一些亲朋好友劝他向共产党提意见时而说的话；在这里，他还呐喊“我不同意”，那是他的最后抗议，也是遭受蒙难时的一段记忆，面对造反派“开除党籍、戴上反革命分子帽子”的宣布，周信芳犹如饰演徐策时高唱“湛湛青天”那般喊出正义的心声；在这里，他吻别相伴了大半辈子的妻子裘丽琳……尽管如此，周信芳的心里却惦记着、牵挂着全恩堂，一个让周氏父子魂牵梦绕的地方。1958年，儿子周少麟到宁波演出，这是儿子学唱京戏的首次登台，也是儿子首次回宁波的老家，父亲自然少不了叮咛，其中的叮咛之一便是让少麟到慈城祠堂——全恩堂去一下。

全恩堂只是周氏祠堂，慈城也只是周信芳的老家。严格地说，周信芳既不是出生于此，又没有在此生活过，却为何让周信芳如此牵挂呢？事还得从他父亲周慰堂的追星说起。

二、缘于“追星”

在京剧走向鼎盛的清朝同治年间，远离京剧发源地北京，属于南派京剧圈的宁波府慈溪县（今江北区慈城镇）发生了一起有关京剧的事件。这一事件影响了中国京剧史，也使浙东海边的一座小城出了京剧表演艺术大师。而这一切的一切都源于一个青年的“追星”。这个青年就是周信芳的父亲周慰堂，清同治十一年（1871 年），周慰堂出生于慈城周家，谱记是慈溪周氏，也称周御史房。

慈溪周氏于元朝初年从明州府鄞县迁居至慈溪，迁居始祖端三府公。周慰堂是端三府公的第十八世孙，是周御史房直系后代。周慰堂的父亲六谦公试图经商，而其祖父砼翁公刚以“吾家历代无白丁”阻止。之后的六谦公“始再弃商，青一衿焉”。

科举制度下，慈溪县考中两千四百多名举人，高中五百三十四名进士，这些科举名册中就有不少是周慰堂的先祖，那砼翁公的阻止也可理解，因为科举制度曾使多少家庭改换门庭，多少人改变命运。然而，六谦公的弃商读书并没有让年幼的周慰堂看到光明的前景，不到 16 岁的周慰堂在慈城一布店当了伙计。

这之前，京剧南下至上海后，再南下登台杭州，又南下在光绪七年（1881 年）登台于宁波江北岸的馥兰茶园，那是上海咏霓茶园京班在宁波的一次演出。十七年后，宁波城隍庙立一块“勒石永禁”碑。碑刻的文字是：“禁止串客、花鼓、倭袍、昆、乱、词调进庙演唱。” 城隍庙禁演昆剧等戏，唯独尊重京戏。这使得来自天津的“大四喜”班喜登郡庙戏台，戏班的表演轰动当时宁波的城乡。

宁波城北的慈城，早在明代已是戏文之乡，时至晚清，流行的戏剧剧种就有徽班（京戏）、绍兴大戏、新昌高腔及余姚傩簧等。那时的慈城市井风俗：“午前开肆，午后闭肆，击鼓吹箫，讴歌唱曲，凡戏翫（义、音同‘玩’）无不为。”

在布店当伙计的周慰堂自然而然地被讴歌唱曲所吸引，先看戏文，后在戏班帮忙。这样的一看一帮激活了他的艺术细胞，开始学唱戏文。有一次，春仙班登演小城，与往日的看戏学唱、帮忙打杂一样，青春期的周慰堂在春仙班亦是如此。可不久后，周慰堂就专找春仙班的台柱——许桂仙学唱戏文了。富有

戏剧性的是许桂仙突然生病，无力上台演唱。救场如救火，班主就让每天盯着许姑娘学唱的周慰堂顶替，饰演戏中的女主角。谁知，这次临时的顶缺，竟让台下的观众看不出破绽，当然周慰堂也找到了自我。当春仙班演完离开慈城时，周慰堂竟然悄悄地跟随春仙戏班，跟随他暗恋的许姑娘离开了家，离开了慈城，并在之后与春仙班一起登台演戏。

登台演戏在今天是很正常的事，而在清光绪年间，即 1889 年前后的慈城，却掀起了轩然大波。因为在科举出仕的体制下，慈溪周氏有三十八人被授予顶戴花翎，如今巍立在永明路口德星桥畔的世恩坊就是曾经显赫的昭示。慈溪周氏有“乐善好施、周家重义”的名望，世恩坊和与其遥遥相对的显宗祠，曾是周御史房在慈城的两大地标性建筑。

这么显赫的家史，这么清白的御史房，周氏族人怎么会允许其子孙周慰堂“由儒而伶”，侮辱门楣呢？尽管民间有“习为倡优者”的风气，但毕竟是“良家子不耻为之”。没多久，周氏族长终于启开平日里不常开的祠堂大门，在向列祖列宗叩拜后，宣布：将周慰堂逐出祠堂。

而此时的周慰堂却跟随春仙班，做了“二路旦”，于浙江、江苏一带水陆舞台演出。不久与许桂仙结婚，从此过着草台班子那种风里来雨里去的漂泊卖艺生涯，并在清江浦虹桥畔生下了儿子周信芳。

三、 七龄童生

初为人父的周慰堂只是按家族的排行，替儿子取名信芳，字士楚。当小信芳长到牙牙学语时，周慰堂千方百计联系上了在江西临江府任职的族人金箴公，于是，小信芳带着信去了江西。

按辈分金箴公高周慰堂一辈，是小信芳的从祖父，彼此是慈溪周氏显宗祠御史支族同人。慈溪周氏似乎与江西有特别的缘分，自静庵公任江西监察御史后，静庵公的儿子坦庵公又任江西监察御史，转江南安庆府知府，尔后还有五位周氏族人在江西先后任同知、知县、典史等职。或许是这一缘分，已是江苏候补道的金箴公又去了江西，这样就有了小信芳跟随从祖公的一段经历。而这一经历使蒙学的小信芳从金箴公身上看到周御史房的家学与儒风，像一颗种子埋进随父母蓬转的小信芳心田。随着时代的风雨催化，继而成为周信芳初期奋斗的标杆和动力。

如果不是金箴公“丁忧”离开江西，那么周信芳的人生之路也许不会是这样。偏偏是金箴公“丁忧”，父亲“榻中”，让小信芳在吃肉喝奶的年纪没了肉与奶。也许上苍“冶炼”大师总是那么残忍。

摇啊摇，周慰堂的小船不得不又停泊在杭城北关外的运河上，一个靠近名叫拱宸桥的地方。不久，周父领着儿子跪拜在他的戏友、文武老生陈长兴的跟前。

领儿子拜师，周慰堂又悄悄地叮嘱了一番。这使得小信芳明白了“师父领进门，修行在自身”的道理。不久，陈师傅带小信芳进了拱宸桥的天仙茶园。第一次串演的是《黄金台》，这出戏也是陈师傅教的开蒙戏。小信芳将戏中的田法章演得稚气可掬，动人可亲，是年才 7 岁（虚岁）大，遂取艺名“七龄童”，时为1900年。

小信芳10岁那年，周家父子送陈师傅北上，也离开杭州到了上海。小信芳在上海又以“小童串”艺名在上海的天仙茶园为他人配戏，曾为南派京剧的“红生泰斗”王鸿寿配戏，因而当王鸿寿组建满春班时，小信芳搭上了满春班，第一次正式搭班闯荡江湖。当满春班接到汉口天一茶园的戏单，小信芳一同前往。与以前演出不同的是，这次在天一茶园的演出，小信芳用“七龄童”艺名，开始单挑登台唱正戏，第一台打炮戏还是《黄金台》。同是《黄金台》，但这场《黄金台》却是周信芳演艺生涯的转折点。这一转折昭示着周信芳童年客串艺术生涯的结束，“七龄童”艺术之路的开端。因为麒麟童源于七龄童的艺名，至于七龄童到麒麟童是怎么转变的，周信芳自己叙述：“是一位八十多岁的北方老先生，把七龄童误写作麒麟童。”

真是无巧不成书，打那以后，周信芳的艺术随麒麟童之名而饮誉大江南北。尤其在江南，麒麟童三个字，成为群众戏曲生活中向往的名字。

如果翻阅20世纪40年代前上海、宁波等地的旧报纸，会发现那个年代戏码的演员艺名多带“麒麟”两字。有的是麒麟与姓氏的搭配，有的是麒麟与年龄的搭配，有的是借麒麟的谐音，也有干脆用“麒麟童”，只是调换了这三个字的次序，如40年代中期，宁波天然舞台有位名叫童麒麟的，连续演了一年多。

周信芳说过“观众对我是很好”。的确如此，20世纪20年代末，上海的观众看到梨园界的傍麒麟童现象，出于爱护他的目的，就给他加上“老牌”二字，以资识别。这样，周信芳又多了一个艺名——麒老牌。

20世纪20年代的上海，麒派艺术逐渐形成，并影响了京剧艺坛。为此，有学者研究称：从20年代后期起，活跃于杭嘉湖地区的众多水路京班都效法麒派，真可说是“无生不麒”。就京剧艺术而言，周信芳是初登杭州，成长于上海的京剧艺术大师；就生命轨迹来看，无论是淮安，还是上海，对周氏父子而言，无非是异乡客，因而让父子俩牵挂的，仍是他们血脉的根——杭州湾南塊的一座小城。

四、认祖归宗

二十余载的春华秋实，二十余载的喜怒哀乐，二十余载的戏剧人生，曾以“小童串”艺名露演的麒麟童，终于享誉大江南北。1916 年，在担任上海丹桂第一台后台经理之后，周信芳做出陪父亲认祖归宗的决定。

这期间，已经有族人为此从中斡旋，一是他的从祖父金箴公，一是他的族堂伯周仰山。金箴公由公务员转型为实业家，历任上海总商会总理、第一任总理等职，后擢任沪海道尹。在金箴公任旅沪宁波同乡会会董期间，已介绍周慰堂父子入会。入会后，周信芳备受宁波老乡关注，入选《宁波名人点将录》。这点将录对应中国古典小说《水浒》中一百〇八将的名字和绰号，其中周信芳是铁叫子乐和，蒋介石是出林龙邹渊，虞洽卿是大刀关胜。这么一排，周信芳的名望显而易见了。族堂叔的帮助更是直接，时任慈溪周氏显宗祠族长的周仰山，在他任职族长后的第一次祠董会上就提出让周慰堂认祖归宗的意见。

认祖归宗，或许有人会说，多么古老的想法，或许有人更会不屑一顾。然而，认祖归宗，在旧时的中国人心中，却是十分神圣的事情，尤其是对被逐出祠堂、年近半百的周慰堂来说，他要荣归故里，他要落叶归根。而这种心情没有经历过的人很难体会，也很难理解。周慰堂很幸运，周信芳不仅理解他，而且还通过自己的努力为父亲铺就了一条认祖归宗的路。

那是周信芳出生二十多年来第一次踏上祖先的故土，也是周慰堂追星漂泊了三十余年后的第一次回家。按事先的约定，周慰堂兴冲冲采办敬供祖宗的物品，采办敬送族亲的礼品。然而，这次回宁波的认祖归宗因种种原因没有如愿。在回上海的轮船上，父子俩商定自己建个祠堂，来免除不必要的纠葛。这是周信芳第一次来宁波，时间应在 1918 年 8 月。

周信芳第二次来宁波的时间是 1921 年 12 月。丹桂第一台的戏码在麒麟童的名字上方刊印了“由甬回申”的字样，并且这之前的九天连续没有麒麟童的戏码。这日期正好是农历冬至节，慈溪有冬至上坟的习俗，想必周信芳是陪父亲来宁波扫墓，并考察建祠堂的园地。

周信芳向好友胡梯维叙述过第一次演于故乡的情况：年终，赴宁波半月。而这正好是重建全恩堂碑记落款的 1925 年。这一年是农历乙丑年，腊月二十四，上海的戏班封箱停演后，周信芳陪父亲回慈城半月，举行了周氏全恩堂的开堂仪式。

由此全恩堂成了京剧大师周信芳在浙江宁波的故居。壬辰中秋，一个秋高气爽的日子，我循着大师当年的足迹，走进了大师故里慈城——这一江南小镇。上林湖那陶瓷的碎片，慈湖畔那木屐的朽木，是小镇“七千年文明史，二千年建城史”的见证。而镶嵌在棋盘式街巷间的黑瓦白墙的老屋，还有古县衙、孔庙、城隍庙，却不是县城的传统格制。通往清清堂的唐代甬道上，那块铭有“咸通”文字的砖头恰似一千二百年县城史的印记，因而就有了江南地区唯一保存得较为完整的古县城之说。近年来，慈城还被戴上了“中国慈孝文化之乡”“国家 AAAA 级景区”“中国历史文化名镇”“中国环境优美乡镇”“中国年糕之乡”以及“宁波市 7 个卫星城之一”的桂冠。而大师的故居就在这一古县城的西北面，地名叫作秧田弄的巷子口。

据说，周信芳故居原由台门、全恩堂、后楼及厢房组成，数十载的风风雨雨过后，故居仅存全恩堂。一幢典型的祠堂建筑，硬山造抬梁式结构，堂的门楣三开间，不知出于何故，正门用砖和水泥砌成了半堵墙，若不是墙壁凹进的那方石碑刻着“江北区文物保护单位——周信芳故居”几个字，实在很难让人想到这一建

筑就是京剧大师周信芳故居。心似乎有点莫名的疼痛，不知是为大师，还是为什么。我们总追逐着远处的光环，却无视身边的珍珠，不知是否是我们这代人的悲哀？我仰视故居，无言相对。

从全恩堂的右侧，经一小屋我进入故居。借着正门半墙上的光线，全恩堂裸露在眼前，家祠的气息荡然无存，唯有同样镶嵌在墙体间的两块石碑诉说着这里曾是周氏祠堂。石碑一大一小，大的上刻“重建全恩堂碑”，小的刻着“祠堂禁条”。轻吟碑记：

今存慈者，唯三溪公之后而已，虽春祀秋尝享祀不忒，然堂宇多历年所风雨飘摇，不无栋折榱崩之虞，而度度匮乏俭啬祭礼，以缮葺者已非一次。清光绪二十六年庚子，诚行椿田慹焉忧之，出资重修。今阅二十余年，又复垣破瓦堕，神龛木主朽腐蠹蚀，势又岌岌。椿田继配沈氏，承椿田遗志，命子均德昆弟撤而新之。经始于乙丑三月，至五月而落成。凡费白银五千圆有奇。规制如旧，而坚固倍之，乌乎其可嘉也。已诗曰：先民有作，无弃尔劳，念兹皇祖，永思克孝。愿世世子孙，以椿田夫妇之心为心，继继绳绳，无恭所生，庶几保世，兹大永永弗替，乌乎尚其念之哉。

原来全恩堂重建也有八十余年。八十余年的沧桑，八十余年的风雨，如今故居仍旧巍然挺立，而屋顶的炊烟不见了，昔日灶下做饭的人也过世的过世、远走的远走了，连堂前旧梁下的雏燕也已长丰了羽毛高飞了，唯有屋顶上长出的茅草随风摇曳着，这情景让人觉得有些凄凉。而在走出全恩堂的那一刻，我耳边仿佛回响起了鼓乐，那难道是周氏全恩堂举行开堂仪式的鼓点？一个人记忆着一个地方，一般有两种可能。一是留下一个人的生命痕迹，一是留下一个人的感情痕迹。慈城是周氏父子的故乡，那是与生俱来的记忆。

周慰堂终于认祖归宗。父亲那漂泊了三十八年的心得以回归，做儿子的周信芳喜出望外，上台献艺表演了拿手好戏，只可惜这次回乡演的是什么戏，找不到文字的记载。有记载的是周信芳还特邀宁波的“新庆丰”甬昆戏班去慈城演戏三天，剧目有《雁翎甲》《西川图》等。

认祖归宗后，上海的周信芳每年在年夜饭前总要挂轴画，这是他的祭祖，也是他的女儿周采芹笔下父亲的祭祖：这种画平时都是卷起来收好的，只有每年大家准备好要吃年夜饭的时候才挂出来，轴画被挂了起来，一家也可以高高兴地大吃一顿了。

认祖归宗后，周慰堂所做的事还很多，比如祭列祖列宗，祭拜父母，每年的扫墓。有一年，周慰堂发现周御史房的祖墓荫木被盗，便将偷盗族人告上了慈溪县的法庭。据《时事公报》记载，三名偷盗族人被各处罚金二百银洋。

1944 年 12 月 26 日，周慰堂在上海去世，周采芹记录了当时的情景。

那个会变戏法的可爱的老人离开了我们。父亲一定很伤心。

可是那个持续了几天的祖父的丧礼却让我对民间习俗大开眼界，那可真是个热闹的场面。中国人把生死看得很开，最重要的是要把死者热闹而风光地送到阴间。我没有目睹爷爷的下葬，他的灵柩要被运回宁波老家，埋进祖坟。

翌年的清明节，周信芳运送父亲灵柩再来宁波慈城。周慰堂葬进了周御史房在慈城的祖墓——夏家岙（今白龙山公墓附近），落叶归根。

如果说，淮安是周信芳的出生地，来到人间的初始之地，上海长乐路是他生命的最后驿站；那么慈城就是周信芳的血脉之根、艺术之源。如果没有父亲周慰堂当年的追星，没有父亲送他拜师学艺的决定，说不定就没有周信芳登台学艺的可能；尤其是父亲当年的教诲，周信芳不会忘记父亲在他拜师学戏之初的教诲："吃到老学到老，倘若后台有人指出你的错误，你须垂手站立，恭恭敬敬地听完他的指教，就是跑龙套的来说你，也要如此，你不可轻视他是跑龙套的，他虽然站在两边，但当中的好角色，比你见得多，他既来说与你听，一定有好处来教授，俗语说一字便是师，怎好傲慢无礼。虽则往往也有不合之处，那就在于你自己去选择，听见了好的意见，下次就改一下，不好的自然也就是不采用了，但是当时不准和批评的人理论，埋没人家好意。"可以说，父亲的这一番教诲让周信芳受用终生。从某种意义上说，父亲周慰堂是周信芳的艺术引路人。从这座被风雨侵蚀的全恩堂、从这位大师的艺术成就，遥想周氏父子重建全恩堂的心情，不难看出这对慈城游子感恩祖先、感恩家乡的情怀，这就是当年为什么取名全恩堂的缘由吧，即全恩盖笃于亲亲之义。

图片提供／王 静　李玉祥

兰荷香中自芬芳

——访潘天寿故居

文／张　婷

潘天寿

潘天寿（1897.3.14—1971.9.5），原名潘天授，字大颐，自署阿寿、雷婆头峰寿者、心阿兰若主持、寿者。浙江宁海人。画家、教育家。1915 年，考入浙江省立第一师范学校，受教于经亨颐、李叔同等人。1923 年起，先后任教于上海美术专科学校、新华艺术专科学校。1929 年，赴日本考察美术教育。1944—1947 年，任国立艺术专科学校校长。新中国成立后，历任中国美术家协会副主席、浙江省文联副主席、中央美术学院华东分院副院长、浙江美术学院院长，第一、二、三届全国人大代表。1958 年被聘为苏联艺术科学院名誉院士。潘天寿擅画花鸟、山水，兼善指画，亦能书法、诗词、篆刻。著有《中国绘画史》《听天阁画谈随笔》等。

我曾经去过潘天寿纪念馆，但这次去潘天寿故居，却是大姑娘上花轿——头一遭。潘天寿故居位于浙江宁海县桃源镇冠庄，是一座典型的清代四合院建筑。1897 年初春，在这座古朴宁馨的院落里，诞生了一个男孩，这是这户人家的长子，父亲大喜之下给孩子起名为“天授”，寓意这个孩子是上苍赐予他们的。这个孩子就是后来的一代国画大师、美术教育家的潘天寿，只不过当时他还使用着父辈给予的名字，“潘天寿”这个名字是他在上海美专任教时自行改的。

这里不得不提一下，潘天寿的生日也颇为有趣。他出生于农历二月十二，在民间这一天被认为是花神生日。他在百花生日那天出生，看来天生就要与艺术扯上关系吧。潘天寿也颇为得意这一点，在他以后的得意之作上都有他亲自篆刻的“百花生日生”之印。诗、画、墨、印自古便是绝配，观赏潘天寿的画，着墨浓淡相宜，气势雄浑磅礴，题诗随兴洒脱，但最玲珑剔透、包罗万象的还得算是他独创的篆印。

潘家算得上是书香门第，母亲在闺中识过字，但可惜因为要嫁为人妇来不及接受更多的教育。所以在自己的孩子出生以后，母亲就将这种希望寄托在了潘天寿身上，给他讲故事，教他背诗文、剪纸人、做灯笼，通过这样温柔、宁馨的女性关怀给幼年的潘天寿送去了关于美的理念，母亲可以说是潘天寿在美术上的启蒙老师。也正因为母亲传授给他的民间艺术的内涵，使得后来的潘天寿在艺术层面上更加倾向于民间那种淳朴、淡然的风格，内秀于中。然而好景不长，在潘天寿的生命中占据重要位置的母亲，竟因为宁海农村反洋教运动惊吓而死，这一年潘天寿才 7 岁。母亲的亡故随着国破家亡的历史编进了少年潘天寿的心里，从此他开始用审慎的目光来打量这个社会，这为日后绘画中用笔的凝练沉健打下了坚实的基础。一个家庭失去了它的女主人，使得她的孩子格外独立。潘天寿成年后除了在绘画上卓有成就以外，还为捍卫传统绘画的独立性竭尽全力，奋斗一生，并形成了一整套中国教学的体系，影响深远，这或许能与当年生母早逝扯上些许关系。

谁都知道潘天寿是中国现代少有的国画大师，他博采众长，不拘一格，不受传统的绘画风格约束，取各流派之长，形成了自己独特的风格：笔意凝练、苍古，结构平衡中又有突破，着墨浓淡互渗，清秀灵远，精妙而意长。气势恢宏，不同凡品，每一件当真都是收藏家和画者为之疯狂的不二之作。但很多人不太了解的是，潘天寿的绘画情结来自于一本叫作《芥子园画谱》的书，这是他无言的美术启蒙老师。为了这本中国绘画入门书，懂事的他硬是省了几个月的零花钱才把它给买下来。有了这本书以后，他如获至宝。母亲死后，父亲只是一味督促他要用功读书，却很少给他美学上的启迪。这本书使他又想起了年幼时承欢母亲膝下、听母亲讲故事的年月，从此每天课余，他总是要临摹几幅，就是在这数年如一日的临摹中，他逐渐积累了画功，打下了良好的中国画基础。渐渐地他不再满足于这尺寸之间的临摹，而且也看到了在列强侵蚀越来越严重的家乡，一切都被打上了“洋”的烙印，中国传统绘画也被打压在西方洋画之下，于是少年潘天寿有了这样的念头：不再为个人涂鸦的兴趣而作画，而是立志要做个中国画家。这与徐悲鸿、张大千这些画家当年的心境何其相似。《芥子园画谱》让潘天寿长了不少知识，但是这本印刷粗糙的画谱当初却没少让他走弯路，因为画册质量实在太不过关，根本没法让潘天寿细细临摹，尽管这对他以后在作画时少受技法的拘谨大有益处。潘天寿可以说是个天才，中国画坛上无师自通的人不少，但是无师自通能成长为一代宗师的人却不多。除了潘天寿身上的那一些天赋和幼年时母亲对他的影响外，我看到的，竟是一个少年苦心求学、饱含血泪的凄怆背影。拥有良好国画基础的潘天寿以第一名的成绩考取了浙江第一师范，这是个重视美术教育的学校，潘天寿入学后的第一堂课是静物写生课，这是他生平第一次接触西方美学，他没想到，在这儿，他的艺术修养将上升一个层次。这个一直在艺术殿堂外徘徊的孩子，终于受到了上苍的眷顾。

潘天寿喜欢画鹰、荷、松、四君子、山水和人物，每作必有奇局，结构险中求平衡，形能精简而意远，勾石方长起菱角，墨韵浓、重、焦、淡相渗叠，线条中显出用笔凝练和沉健。他精于写意花鸟和山水，偶作人物，尤善画鹰、八哥、蔬果及松、梅等。落笔大胆，点染细心，墨彩纵横交错，构图清新苍秀，气势磅礴，趣韵无穷，画面灵动，引人入胜。潘天寿尤其喜欢画荷，不管是《晴霞》《朱荷》还是《新放》，清一色都是“映日荷花”，这大概与潘先生生活在秀美的江南水乡有着密不可分的关系吧。从那些怒放着的吐露生命气息的荷花中，我们依稀能看到潘先生对生命的热爱和心中的豪迈乐观之气，联想到他日后的遭遇，真是让人唏嘘不已。潘天寿最难能可贵之处，便是他一直提倡要有大胆的创造精神，他认为画贵在有自己的奇思妙心，否则一样的幽草闲花，千百人画出来还是一样的幽草闲花；另外，治画要严谨，若是没有深厚的美术功底，在绘画上也很难上一个新的台阶。这也是潘天寿作为一代中国画大师的独特人格魅力之所在。

潘天寿除了画技高明之外，更难能可贵的地方是：爱才惜才，不惜引进日后成就可能会反超自己的后生。其中他与陆少俨的一段友情就颇让人回味。陆少俨是当代与黄宾虹、李可染齐名的“当代山水三杰”之一，为人豪放，有言必说，又因为秉性耿直，口无遮拦，1957 年因言论遭遣，被打成“右派”，成了上海画院“编外人员”，被剥夺了作画的权利。但陆氏偏是个离不开丹青的人，为此他终日想着何时能重新拾起画笔。陆少俨曾指点过美院学生姚耕云作山水画，并将自己画的一部分杜诗册页赠给他。姚耕云回到浙江美院时请时任院长的潘天寿题字，潘天寿一看之下认为此画属上品，笔墨灵气逼人，实属难遇之作，认为作画者当属良才，当即决定去拜访，并请他来浙江美院执教。但此时已被戴了四年“右派”帽子的陆少俨却给他出了个大难题，是用，还是不用？不顾老同学丰子恺的提醒，潘天寿大义凛然地决定用，为此他多次据理力争，终于得到浙江美院党委的支持，可以说，潘天寿改变了陆少俨的一生。而陆少俨也深知知恩图报，在潘天寿纪念馆筹建之时，慷慨捐赠四幅佳作，换来巨额资金，解了燃眉之急。潘天寿这种特立独行、不惧世俗压力的人格十分值得世人钦佩，世上不会缺少杰出的画家，但品德高尚的人却永远嫌少。

风云变幻无常，谁又能料到，曾经对中国画坛做出杰出贡献的潘天寿竟然在“文革”刚开始便惨遭人祸。

1968年，浙江美院“打潘战役”达到高潮。浙江美院——这个最该让潘天寿痛恨而又世情无常的地方——他在这里曾连任多年院长，广受人尊敬和仰慕，然而现在在那些围着他批斗的人中间就可能有他的学生，这如何不让他心凉，不让他悲愤！1969年年初，潘天寿被押往家乡宁海县等地游斗，回杭州途中在一张香烟壳纸背面写下了最后一首诗：“莫此笼縶狭，心如天地宽。是非在罗织，自古有沉冤。”表明了最后的心志，潘天寿于1971年9月病逝，晚景极为凄凉。有人说他在光明来临之前的阴冷黑暗中死去，但其时离重见光明之日甚远。

我们无须去评论“文革”有多么惨烈，只需记住，潘先生铮铮人格，一如他笔下的兰竹梅菊。

图片提供/周　益

当代茶圣

——访吴觉农故居

文 / 陈荣力

吴觉农

吴觉农（1897.4.14—1989.10.28），原名吴荣堂。浙江上虞人。农学家、农业经济学家、社会活动家。1916年，毕业于浙江甲种农业专科学校。1919年，赴日本留学，入日本农林水产省牧之原国立茶叶试验场，从事茶叶研究。回国后，曾任上海市园林场场长、上海商品检验局茶叶监理处处长等职。新中国成立后，曾任农业部副部长、全国政协副秘书长，中国农学会名誉会长、中国茶叶学会名誉理事长等职。吴觉农是我国现代茶叶事业复兴和发展的奠基人，最早论述了中国是茶树的原产地，创建了我国第一个高等院校的茶业专业和全国性茶叶总公司，又在福建武夷山麓首创了茶叶研究所，为发展我国茶叶事业做出了卓越贡献。所著《茶经述评》是当今研究陆羽《茶经》最权威的著作，他本人则被誉为当代“茶圣”。

今日的古镇丰惠虽然早已建造了新式的农贸市场，但一到下午，东大街上的沿河集市依然不减既往的热闹和生机。从四乡八邻赶来的男女老少，或在连绵不绝的摊位、排档间亢奋地辗转穿行，或在栉比鳞次的店铺、作坊前悠然地穿行驻足。而此起彼落的叫卖、吆喝，充塞于耳的嘻嚷、嘈杂，更使下午的东大街喧嚣得如同一条鼎沸的河流。如果不是偶尔有流行歌曲从拥挤的店铺中格格不入地传来，置身下午的东大街，你会不由自主地产生时光在此停滞的错觉。

与东大街的热闹和喧嚣形成鲜明反差的是与之相接的西大街。其实也仅仅只是过了一个济富桥头，那嘈杂的市声便忽然像调小了音量的喇叭，那拥挤的人流更倏忽如关了闸门的水渠，而且越往西去越发地清冷和稀疏起来。其实清冷和稀疏也是好事，至少它能让我们在西大街一幢貌不惊人的街屋前仔细地观望和探寻，让我们能静静地站在那间普通的老宅里悠悠地缅怀和沉思。事实上即使西大街再清冷再稀疏，有了这幢貌不惊人的街屋，有了这几间普通的老宅，它的丰繁和厚实便足以与东大街的热闹和喧嚣相抗衡。因为在这幢貌不惊人的街屋中曾诞生过一个卓越的乡贤，在这几间普通的老宅里曾成长起一位杰出的伟人，他就是功殊华茶、誉追陆羽的当代“茶圣”吴觉农先生。

1897年4月14日，吴觉农出生于上虞丰惠西大街11号的一户吴姓家庭。吴觉农的父亲叫郑忠孝，按常理吴觉农应该姓郑的，但家境赤贫、做过雇工的郑忠孝，因无钱娶妻直到三十多岁才入赘吴家做了上门女婿，所以吴觉农一出生便随了母亲吴阿凤而姓了吴，并有了一个叫吴龙山的乳名。老实巴交的郑忠孝一年四季除了精心耕种家里的六七亩田地外，一向寡言少语，相比之下，家中里里外外的事情基本上由活泼能干的母亲吴阿凤张罗。除活泼能干外，吴阿凤还以慷慨热心、善交朋友著称，因此在整个西大街上，吴家虽不属富裕更谈不上显赫，但是颇具人缘和受人尊重。父亲的忠厚勤恳和母亲的热心慷慨，在少年吴觉农身上自然留下了颇深的印记，这也是吴觉农九十二年的人生中一贯勤恳踏实、善交朋友、乐于助人的天然基因。

或许也正是凭了母亲的热情能干和持家有方，在家境并不富裕的情况下，7岁的吴觉农即入当时丰惠有名的私塾承泽书院念书。这在当时同类家境的孩子中，是一个难得的幸运。进了私塾，乳名大都不能再用，开蒙的塾师便给吴觉农重取了一个名字，叫吴荣堂。从7岁入承泽书院开始，此后的七年中吴觉农先后在巽水小学和县立高等小学念书。在同学们中间，少年时代的吴荣堂因个子高挑受人瞩目，而更令同学和老师叹服的是他一贯优异的学业。1911年，14岁的吴荣堂在小学的毕业会考中，夺得全县会考第一名。如果说老式私塾的熏陶开蒙，给聪慧的吴觉农打下了传统国学的功底，那么新式县立小学的系统教育，更让追求进步的吴觉农在进入一个全新天地的同时，树立了到一个更广阔的世界去求知求索，实现人生抱负的理想和志趣。

少年时在故乡学校求学的日子，是美妙和快乐的。而在这种快乐中，与同校同学胡愈之的交往和友谊，更充满了真诚相知的温暖和勇于创造的新奇。吴觉农和比他大一岁的胡愈之，是巽水小学和县立高等小学的同学，照一般人看来两人有着诸多的不相谐：一个长得高挑，一个身材矮小；一个家境贫乏，一个书香世家；一个家住县衙前的西大街，一个宅立南门外的敕五堂。然而这样的不相谐，只是世俗的目光而已，不仅少年时期、学生时代，在此后各自不同的漫长人生历程中，他们都是肝胆相照、最为亲密、最可信赖的知己和战友，这种真诚无私的友谊一直延续到他们生命的终结。彼此都十分优异的学业成绩，或许是他们最初走到一起的动因，而渴望求知、追求进步的共同理想和抱负与坦荡踏实、不懈进取的高尚品格和行为，无疑是他们携手对风雨、肝胆照一生的最大缘由。

从县衙前西大街的吴家到南门外的敕五堂，其路径况似一个直角，而直角两条边的连接处正是位于东大街东端的县立高等小学。近百年前的那些中午和傍晚，人们往往可以看到背着书包的两个少年，一高一矮亲密并肩地说着、走着，高个子少年有点瘦削，而矮个子少年则长着一个前额凸出的脑袋。他们或由东大街向西大街走去，或由西大街向敕五堂走去，偶尔他们也会停下来争论一些什么，但很快他们又互相笑笑，兴致勃勃地并肩走去了。应该是一个春天的傍晚，矮个的少年忽然对高个子少年说："看过《申报》《时报》吗？我们家都有的，我们也来办一张报纸如何？""办报？办报是怎么回事？""办报就是把家里和我们身边发生的有趣的事、有意义的事记录下来送给大家看。""能成吗？""能成，我叫我弟弟他们也一起参加，人多力量大。"矮个少年充满信心。高个少年对这个比自己大一岁的同学一向佩服，办报的新鲜更让他好奇，于是兴高采烈地回答："那好，我们就办报，你们负责编，我来分送，我就做一个报童。"

不久后的一天，上虞县城唯一的一份报纸——主要记录家庭里三日内发生的一些故事和时务，手抄在黄草纸上的报纸《家庭三日报》——在敕五堂悄然面世。而每期报纸出来，那在熟悉的亲友和同学中间欢快地分送着报纸的高个子少年，则况似一只春天的燕子。由《家庭三日报》到六七十页的《家庭杂志》、每周一期的《后偲园周报》，几个十多岁的少年这样的编报、送报竟坚持了三年多。其实无论是那个叫胡愈之的矮个少年，还是那个叫吴荣堂的高个子少年，当时都不会想到，他们这一充满创造的举动，竟创下了近代中国报业史上的两项纪录：近代中国最早的家庭报纸和第一批年龄最小的办报人。

做了一千四百多年县城的古镇丰惠，地处山青水美的虞南，兼具丘陵之秀和良田之沃，向有浙东富邑之称。而悠久的历史，丰厚的文脉，又使得耕读传家的民风格外浓烈。然而即使是这样一个富庶之地，在清末民初，许多百姓依然难以摆脱衣食常忧的窘境，即使是居住在镇上的人家亦大都如此。这就使得不少贫民子弟，纵有就学入仕的志向和雄心，但因经济的原因，在稍有一点“识字眼”后便不得不放弃继续深造的念头。尽管有能干热情的母亲作支撑，但因家境的贫寒，小学毕业会考拿了个全县第一的吴荣堂，同样难逃辍学的命运。这一年吴觉农 15 岁。

辍学在家的一年里，吴觉农主要帮着父亲料理家中的六七亩田地。也就是从这时开始，他同一种植物，一种与中国老百姓日常生活有密切联系、在中国文化中富特殊意味的植物结下了不解之缘，这种植物叫茶叶。以产水稻为主的丰惠，茶叶的种植并不多，丘陵间、地角旁，三三两两的茶垄，更多地只是满足农户待客或自用的消费而已。然而就是这些三三两两的茶垄，让吴觉农对这种泡在水里依然能焕发第二次生命光彩的植物，产生了浓厚的兴趣。一年辍学料理田地的经历，也让吴觉农对农事的艰辛和中国农民的艰难，有了直接的感知。改良品种、提高品质、实现农民增收的朴素愿望，如同一粒春天的种子，在 16 岁的吴觉农心里悄然萌芽了。虽然辍学后的第二年，吴觉农赴杭州报考浙江省甲种农业专科学校的一个重要原因是可以免费入学就读，但从深层次看，与这种萌芽也不无关系。

西大街 11 号的吴家，背依贯城蜿蜒的街河，一道向河而去的小小石埠，在给日常生活带来饮用洗涤便利的同时，也让枕河人家的出入行走多了一番独特的风情。就在这道至今旧貌依然的河埠上，1914 年秋天，17 岁的吴荣堂跨进一条漆黑的乌篷船，逶迤远去。

初入浙江省甲种农业专科学校，主攻茶业的吴荣堂便做了一件颇具意味的事情，将自己的名字由吴荣堂改为吴觉农。1989 年 9 月，逝世前的一个多月，吴觉农在北京民族文化宫作他一生中最后一次公开谈话时，曾讲了这样一段话："我将自己的名字改为觉农，为什么叫觉农呢？我的一生中，最关心的是农民的生活和他们的生产。现在农村里，茶农有许多困难，希望你们到农村看看，帮助他们解决困难。特别是帮助茶农搞好科学种茶和制茶，增加经济收入，使茶农一天一天地富裕起来。中国茶业的前途是很有希望的，茶叶发展了，中国茶文化也会兴旺起来。"

如果说将自己的名字由荣堂而改为觉农，标榜了 17 岁的吴觉农人生志向的话，那么浙江省甲种农业专科学校四年的学习生活，对吴觉农一生的影响更是显而易见的。在这里他不仅系统掌握了茶叶的栽培、制作知识以及华茶的历史和现状，成为近代中国最早的少数茶业专业人才之一。而且更重要的是，通过与一大批当时中国优秀的进步知识分子，如俞秀松、叶天底、杨贤江、郁达夫、宣中华、夏丏尊、刘大白、朱自清、陈望道等的亲密交往和接触，他受到了当时中国最先进的思想和文化的熏陶，确立了从社会和历史的角度来认识茶学，以振兴华茶而振兴中华民族的信念和追求，并因此走上了一条与同时代许多学人所走的埋头科学实业救国大大有别的道路——以投身民族解放的进步事业推动华茶振兴的道路。而这恰恰是吴觉农的人生之所以波澜壮阔、倜傥峥嵘，吴觉农的功绩之所以名垂华茶、誉追陆羽的最大缘由和机杼。

1919年，从浙江省甲种农业专科学校毕业且又留校做了两年助教的吴觉农，以优异的成绩考取公费赴日留学名额，入日本农林水产省静冈县牧之原国立茶叶试验场，专业攻修茶叶科目。在日本的三年留学生涯，给吴觉农提供了从另一种视角来进一步认识、审视华茶地位和振兴途径的平台，他后来在国际茶学界产生重大影响的文章《茶树原产地考》和《中国茶业改革方准》，就是从这时着手撰写的。从 1922 年自日本回国到 1937 年抗战爆发这一段时期，吴觉农先后去安徽鞠湖第二农校任教、筹建安徽祁门茶场和上海振华茶栈，并长期在当时中国经济和文化最活跃的大都市上海定居。其间，吴觉农一方面从事茶叶的教育、研究和出口检验工作，一方面积极投身于新文化和民主进步运动。他先后与陈翰笙、薛暮桥等发起成立了“中国农村经济研究会”，创办了《中国农村月刊》，发表了《茶树原产地考》《中国茶业改革方准》《改良中国茶叶刍议》等文章，并与胡浩川合著了《中国茶业复兴计划》，且率先提出了创办国家茶叶公司的构想，这一切毋庸置疑地奠定了吴觉农振兴华茶重要先驱者的地位。而被毛泽东主办的广州农民运动讲习所选为参考教材的《中国农民问题》一文的发表，参与开明书店和《新女性》杂志的创办，尤其在“四一二”反革命政变中与好友胡愈之、郑振铎、章锡琛等人联合发表抗议信的义举，更使吴觉农成为当时进步知识分子的优秀代表。

抗战爆发后，吴觉农辗转浙江、香港、重庆、福建等地，先后任国家贸易委员会茶叶处处长，中国茶叶公司协理、总技师及技术处长，中国茶叶研究所所长；与同仁筹建了复旦大学农学院茶叶系和茶叶专修科，并任系主任，创立了“东南茶叶改良总场”。1939年，吴觉农在重庆加入了“中国民主革命同盟”。抗战胜利后，吴觉农携全家返回上海，出任兴华制茶公司总经理，后又任合众公司董事、上海现代经济通讯社董事长。1948年7月，吴觉农与人合作在杭州创建了之江机械制茶厂。1949年2月，吴觉农和夫人陈宣昭策反在日本留学时的朋友汤恩伯起义，未果。同年7月，又北上北平参加中国人民政治协商会议第一届全体会议，参与了新政协《共同纲领》的制订，并与有关茶人商讨成立中国茶叶公司之事，擘画全面发展中国茶业的蓝图。

新中国成立后，吴觉农出任农业部副部长兼任中国茶叶公司首任经理，并于1949年11月加入中国民主建国会。在此后长达四十年的岁月中，作为振兴华茶、发展新中国茶叶事业的奠基者和主要领头人，著名社会活动家和进步知识分子的杰出代表，吴觉农长时间担任全国政协副秘书长、常委，民建中央常委，中国农学会副理事长，中国茶叶学会名誉理事长，中国农学会名誉会长等职。十一届三中全会以后，吴觉农的生命中迎来了第二个春天。1979年，他邀请钱梁、陈君鹏、陈舜年、冯金炜等人，开始撰写他准备了几十年也盼望了几十年的茶学巨著《茶经述评》。《茶经述评》历时八年，几易其稿，于 1987 年 5 月由农业出版社正式出版，旋即引起轰动，被誉为茶学里程碑式的当代“新《茶经》”。在撰写《茶经述评》的同时，1985 年，吴觉农又主编了《中国地方志茶叶历史资料选辑》一书。1989 年 10 月 28 日，吴觉农在北京逝世，享年 92 岁。

从 17 岁考进浙江省甲种农业专科学校开始，吴觉农与茶叶结下了整整七十五年的不解之缘，无论在创办新兴茶叶试验场、茶叶研究所，还是在建立茶叶商品检验机构、机械制茶企业，抑或在开展高等院校茶叶专业教育和茶叶自主出口贸易等各个领域，吴觉农都是当之无愧的开创者和领导者。而在华茶历史、现状、发展前景的正名和研究，茶叶种植、改良、制作技术的求索和引领上，吴觉农同样是前无古人后无来者的巨擘和旗手。陆定一在《茶经述评》序中说：“吴觉农先生毕生从事茶事，学识渊博，经验丰富，态度严谨，目光远大，刚直不阿。如果陆羽是‘茶神’，那么说吴觉农先生是当代中国的茶圣，我认为他是当之无愧的。”

离开故乡的七十五年里，故乡始终如一片碧绿的茶园一样，扎根和葱郁在吴觉农的灵魂里，而每当征途坎坷或人生转折之际，故乡更成为吴觉农汲取生命养料的土壤、扬起精神风帆的码头。1923 年，从安徽鞠湖农校辞职，在上海靠卖文为生的吴觉农，回到故乡上虞，在四明山麓的泰岳寺，办起了浙东的第一个茶场，并由此迈出了他人生中由对茶叶的理论研究为主，到理论研究与实践推动相结合的重要一步。1935 年，吴觉农从浙江省建设厅争取了五千银圆的农业赈款后，即在曹娥江畔的蒿坝，创办了茶园面积达一千余亩的浙江蒿坝茶场。1937 年，抗日战争爆发，吴觉农再次由上海回到故乡，带领一批年轻的茶人，在紧靠上虞西南的嵊县三界龙藏寺，办起了浙江茶叶良场，并在此出版了《茶人》刊物，集聚了一大批投身抗日的茶人，竖起了中国茶人抗日救亡的旗帜。而对故乡来说，这恰恰也是一个赤诚的游子对故乡最自觉、直接的奉献与回报。泰岳寺茶场的创办，拉开了上虞大面积集中种植茶叶的帷幕；蒿坝茶场的创立，更为上虞成为浙东的重要茶叶产地奠定了技术和品种等多方面的基础；而吴觉农在三界浙江茶叶改良场举办的茶叶培训班，不仅为上虞、为浙东，更为浙江、上海等地培养了一大批优秀的茶人和振兴华茶的骨干。从这个意义上来说，如果故乡真的是一片碧绿的茶园的话，那么吴觉农无疑就是出色的开垦者和辛勤的农夫。

新中国成立后，吴觉农一共回过两次故乡。第一次是 1961 年 12 月，吴觉农偕夫人陈宣昭回到上虞，先后到下管、丰惠、章镇等茶区视察调研。针对当时上虞毁茶种粮、茶叶单产不高等情况，他提出了不少建设性的意见和建议，并帮助国营上虞茶场引进了毛蟹、福鼎等优良茶叶品种。第二次是时隔二十二年后的 1983 年 9 月，已经 86 岁的吴觉农在杭州参加“茶与健康”讨论会后，又一次回到故乡。他不顾年事已高，深入到汤浦、章镇等地考察指导，召开茶农座谈会，亲自听取意见。当时茶叶销路困难的问题较为突出，他对如何提高质量打开销路，利用自然资源发展新茶园提升品质等，提出了许多高瞻远瞩的意见。此次故乡之行，86 岁的吴觉农一直沉浸在故乡的养育深情和父老乡亲真诚以待的感动里，临别前他情不自禁地口述七绝一首："难忘茶乡养育恩，朋辈戚友人人亲。曹娥江水深千尺，不及父老赐我情。"

此后，因年事的关系，吴觉农再没有回到上虞，但对故乡的深深眷恋和牵挂，始终萦绕在他晚年的岁月里。为春晖中学60周年校庆寄来照片、写信祝贺，参加在京虞籍乡亲座谈会，与挚友胡愈之一起将毕生藏书捐赠给家乡的图书馆……如果这一切是一个游子对故乡赤诚之情的必然的话，那么逝世一年以后，吴觉农的骨灰终于回到故乡龙山的怀抱，则更让家乡拥有了一方振兴发展华茶的图腾。

传说是由太平军驻扎时的马棚改建而成的西大街11号，在大院、台门众多的古镇丰惠，真的是有点不大起眼。每次在那几间老屋前逗留，我总有一种不可抑制的恍惚，感觉那简陋、普通的老屋就像一只素朴、粗犷的青瓷茶碗。如果真的是一只青瓷茶碗的话，那么九泉有知的吴觉农再回到西大街11号，我想他想做的或许就是成为一片茶叶，在亲情化成的水里，尽情地舒展、开放。

图片提供 / 刘育平

人间正道是沧桑

——访张闻天故居

文 / 童涵冰

张闻天

张闻天（1900.8.30—1976.7.1），原名张应皋，也作荫皋，曾化名洛甫，字闻天。江苏南汇人。杰出的无产阶级革命家和理论家、忠诚的马克思主义者、中国共产党早期重要领导人。1925年加入中国共产党，同年被派往莫斯科中山大学、红色教授学院学习。1930年回国，担任中共中央宣传部部长，后任临时中央政治局常委。1934年10月，参加长征并出席遵义会议。遵义会议后，被推举为党的最高负责人。新中国成立后，先后任驻苏联大使、外交部第一副部长。1959年被错定为反党集团成员。"文化大革命"中受迫害，于1976年7月1日含冤病逝。1979年8月，中共中央对其冤案予以平反昭雪。主要著作编为《张闻天选集》。

生命如流水，只有在它的急流与奔向前去的时候，才美丽，才有意义。

——张闻天

又是一年春时节，当光阴与我们一同熬过了肃杀的寒冬，凭着记忆里关于江南春日的残迹，那因冻寒而紧蹙的眉头也稍可疏朗。江南的春，是柔的，是雪肤上隐约的粉红；江南的春，是浅的，是碧波没有心机的透明；江南的春，当然是温柔的，是每个江南人脸上和悦的神色。而每个江南人的心里都住着自己的江南，张闻天也不例外。多年后，在妻子刘英的记忆里，他始终是那个性格文静，从不急躁，说话从不讽刺、挖苦别人的江南人。在江南的细雨柔风之中张闻天一如南国的气候一般温厚，但这与怯懦无关，在信仰的征程上很少有人比他走得更加义无反顾。

1900年，张闻天出生在上海南汇施湾镇邓三村的张家老宅之中。那是一座典型的一正两厢式三合院瓦房，有正屋五间，两侧厢房各两间，西厢房外侧，另有杂用房四间，共十三间。为了迎接这个新生命的到来，苍老的旧宅被翻修一新。父亲请来村子里相熟的亲朋好友一同分那碗“三朝面”，并请村里的秀才为孩子取名“应皋”——取《诗经·小雅·鹤鸣》一章中“鹤鸣于九皋，声闻于天”之意，寄托了家族对于这个孩子的殷切期望。而“闻天”，是他的字。

那是一座颇具江南特色的民居，东与海为邻，南与杭州湾相连，黄浦江豪居西端，北面则朝向长江口。房屋坐北朝南，主要为砖木结构，五间正屋，两边厢房各居一侧，西厢房外另有杂用房四间，张氏族人用来聚会议事的孝友堂建在正屋中央。右侧是卧室，其间陈列着印花夏布蚊帐、开门厨、梳妆台等具有江南特色的家具，书桌上张闻天儿时使用的笔砚依旧安静地守候着。屋脊上刻有官吏的图案以示主人不凡的身份。天井稳坐于故居中心，前有门亭相掩，其名曰秀才亭，上悬匾额乃陈云同志手书；后有河沟围护，碧竹、苍树俱全。现在我们见到的砚台沟，就是在大自然的造化下由这条河沟逐渐形成的。宁静

的小河旁 只小船默默地等待着新的航程，河沟旁仍闲置着人力踏脚水车。入眼的景象皆充满了江南乡村的气息，在这片空地上留下了张闻天儿时烂漫的回忆，孩童追逐嬉戏的笑闹声仿佛犹在耳畔，南国温柔的土地为他封存了生命柔软静好的印迹。

沧桑的屋宇见证了中国大地上时刻上演着的兴衰成败，但它却依旧恬淡从容，岁月带走一个又一个的故人，而它却要在这片土地上忠诚地守护着那些动人的故事。

1985 年 9 月 19 日，张闻天故居被列为市级文物保护单位，并于 1989 年初由市文管会进行全面修缮。2001 年，它又被定为国家级文物保护单位。在中国的历史高速推进的今天，我们需要这样一座老宅为我们珍存那些峥嵘的岁月。

张家世代务农，父亲张芹梅的一生都浸泡在乡野的平淡与质朴之中，但他却没有忽视对孩子的教育，希望他们皆能学有所成，光宗耀祖。

1906 年的中国正处在巨变的前夜，不到 6 岁的张闻天被父亲送进了私塾，先生便是当年为他取名的秀才张柱唐。张闻天学习十分刻苦，在短短的半年时间里便已熟读《百家姓》《千字文》等，这使得张芹梅的期望又真切了一些。光绪三十三年(1907 年),张家祠堂私塾顺应时代的要求正式更名为“养正小学”，课程内容也由四书五经变成了“西学”，那年，张闻天 7 岁。12 岁，他进入高小，15 岁开始了在职业学校的学业，17 岁考入南海工程专门学校。十三年呕心沥血的时光为张闻天日后的革命事业奠定了牢固的基础，更是一段慈父为期望播种耕耘的辛劳岁月。

1925 年，张闻天迎来了人生中至关重要的一年。是年春，由于传播先进思想而遭军阀驱逐的张闻天终于决定投笔从戎，在上海加入了中国共产党，开始了他为革命事业奉献与斗争的岁月。同年，张闻天被派往苏联深造。碍于组织纪律，张闻天并没有告知父亲自己将要出国的消息，直到父亲来苏州为儿子送棉衣之时才得知他已出国。古训“父母在，不远游”，张芹梅当时的心情不难想见，沉吟片刻之后，他失声痛哭，那眼泪是苦涩与辛酸，是对爱子的不舍，也有一些伤感，为那耕耘的时光默默哀悼。

离别的不舍也许会随着时间慢慢淡去，但张芹梅在那寂苦守候的时光里想必也从未猜到这一次竟是永别。1958 年，张闻天在新中国成立后第一次回家，距离那年一别已隔了三十三个春秋。4 月 12 日，张芹梅的忌日，百感交集的张闻天面对父亲的遗像深深鞠了三个躬，那些哺育与培养的恩情，以及对于老人的责任，永远都是张闻天生命中不可弥补的缺憾。

长征是中共党史上至关重要的一段，而于张闻天个人而言，这段经历亦是意义非凡。长征途中，在毛泽东的竭力撮合下，张闻天与同有留苏经历的刘英结为连理。自此，两人相濡以沫，互相扶持直到走向生命的尽头。1935 年的遵义会议被认为是中共史上伟大的转折点，会议通过了由张闻天起草的《遵义会议决议》，并由毛泽东出任政治局常委。在张闻天等人的努力下，“左”倾错误得以纠正，共产革命重现生机。同年，在日军侵略意图日渐昭然的情况下，中共中央政治局在瓦窑堡召开会议，制定了抗日民族统一战线的政策，由张闻天起草的《中央关于目前政治形势与党的任务决议》解决了党自遵义会议以来没能解决的政治路线问题，再次显示了他在党内所发挥的重要作用。瓦窑堡会议的重要性远不止于共产党内部，而是关乎整个中华民族的命运，而那些关系到民族生死存亡的决议都是在子长县内下河滩田家院的窑洞里做出的。在那里，左起第二孔窑洞便是张闻天的居室。在那些艰辛的岁月里，既没有物质的犒赏，也缺乏精神上的慰藉，就连未来或许也那么渺茫，而支撑他一路走来的只可能是一样东西——信仰。

中国共产党与苦难的中华民族一同走过了动荡，从抗日战争到解放战争，无数共产主义的信徒凭借着对信仰的忠贞以及血液中流淌的历史使命感，他们发散生命的热力给予这个古老的国度以崭新的面貌，张闻天就是他们中的一员。

建国的喜悦只是暂时的，百废待兴中的国家迫切地需要治疗多年战争留下的创痛，断壁残垣的国土并不能浇熄人们对未来的渴盼，在喜悦的余韵里，人们迫不及待地投入到新中国的建设中去。一切都如火如荼地进行着，热烈却安详，激越却安谧。如此平静的时光，任谁都会暗自感激现世的静好，但太平的美好里却潜伏着危险的暗涌，它只是乍现，悄悄地酝酿着……

为了接替病中的王稼祥，张闻天于 1951 年 4 月赴苏联出任驻苏联大使。异国的空气并无法舒缓他的情绪，他的心时时记挂着祖国的建设与未来。如果要说爱好，可能只有书能使他暂时忘却生活的困扰。据他的秘书何方回忆，闲暇时，张闻天常在何方的陪同下流连在莫斯科的各色书店里，他的涉猎范围之广令当时的何方大为惊叹，直到现在何方家的书架上还有当年在莫斯科购买的图书，这些书里珍藏着往昔的回忆。

1955 年 1 月，张闻天回国，并于 2 月 1 日正式担任外交副部长一职，专心工作与研究的张闻天并没有嗅到危险正在悄然逼近。1959 年 7 月 2 日至 8 月 1 日，党中央在江西省庐山召开了政治局扩大会议，继续纠正“左”倾错误。起先会议气氛一派和谐，大家各抒己见，反省教训，规划未来，但与会人员明显分为“左”“右”两派并且各不相让。7 月 14 日晚，国务院副总理兼国防部长彭德怀就当时的“左倾”错误写信给毛泽东，开门见山地指出了大跃进所带来的一系列问题，并指出其实质即个人崇拜、缺乏民主。在 7 月 23 日的大会上，毛泽东认为彭德怀的信体现了“资产阶级的动摇性”，是犯了“右倾机会主义”错误。于是，会议的氛围骤变，庐山会议也由原来的“纠左”演变成“反右倾运动”。危险的信号时时在与会人员的脑海里闪过，张闻天当然也察觉了气氛的异常。

张闻天的发言是在 21 日，尽管在会前便得到了田家英、胡乔木等知情同志的劝告，但张闻天依然坚定，他引用韩愈的话说，“物不平则鸣。脑袋里装了那么多东西，心里有那么多话，能够不说吗？我是共产党员，应该讲真话。”灵魂里炽烈的正义感使张闻天无法沉默，即使是飞蛾扑火，却也不乏凄艳的悲壮。整整一个上午，张闻天对大跃进的弊端做出了深刻而细致的分析，从容而沉静。作为一名党员，他无愧于心。

两天之后，灾祸如约而至。

8 月 2 日，在八届八中全会上，毛泽东点名批评张闻天；8 月 11 日，张闻天等人被撤职；8 月 18 日，张闻天下山，神色颓丧，脊背佝偻——他的政治生涯，结束了！

灾难就像是开闸的洪流，接踵而至。“里通外国”的罪名令一向十分坚强的张闻天难以承受，从未见丈夫流泪的刘英第一次看见他痛苦的泪水。而她自己也被扣上不揭发“里通外国”的“严重右倾”的帽子，被撤销党内一切职务并且开除党籍。他们的儿子张虹生也被冠以“右倾”的罪名，退学送往新疆建设兵团农一师参加劳动。

张闻天在死寂之中无奈地接受长期考察，但这种孤独很快就被“文革”的狂潮冲散，无休止的迫害压在张闻天病弱的肩膀上，很难想象儒雅文弱的他如何能承受这样的打击。挤公交车去接受批斗，在烈日下长时间站立，被人们揪斗，他常常狼狈地回到家里，却不曾向家人透露丝毫的苦涩，何况肉体的痛楚还在其次，精神上的折磨才是挥之不去的梦魇。但张闻天始终没有倒下，没有消极的反抗，也没有无奈的挣扎，他依旧相信明天，拥抱希望，在他的心灵深处总是闪耀着一点强烈的光亮——信仰。

据张闻天的夫人刘英回忆，从 1969 年

5 月 16 日起，他们在北京景山后街的寓所接受“监护”，居住的房子只隔了一堵墙，但却始终不能见面，即使是每天一次的放风时间都被无情地错开。那时，张闻天担心小个子的妻子拿不动拖把，总会将拖把洗净晾好，待到妻子过来的时候便可以轻松地完成劳动任务而免遭斥骂，而妻子也总把丈夫浸在盆子里的衣服搓洗干净。如此咫尺天涯的岁月，他们总共度过了漫长而又辛酸的 523 天。1971 年，化名“张普”的张闻天忍受病痛的折磨开始秘密进行工作，后来那些被称为“肇庆文稿”的论文就是在这期间完成的。

1974 年 10 月 18 日，在写信给毛主席表示希望返回北京的请求遭到拒绝后，张闻天又于同年 10 月再次写信给毛泽东：“希望回到北京生活和养病，除此之外，没有其他要求了。”虽然回答仍然是否定的，但总算被允许从广东肇庆迁往无锡，这也使他稍感宽慰。于是，1975 年 8 月 23 日，张闻天同家人离开肇庆迁往无锡汤巷 45 号。这是一座单门独院的西班牙式两层小楼，庭内植有龙柏、玉兰等花卉，环境清幽。张闻天的居室位于二楼东面，仅 12 平方米，里面陈设十分简单，一桌、一椅、一柜，还有一张单人沙发和一张躺椅。由于张闻天多病，屋里还备着氧气瓶和一些必要的急救药物。屋内没有暖气，这对于病弱又年迈的张闻天而言无疑又是一种考验，但他却拒绝了工作人员要为他换房的建议，坚决不搞特殊化。张闻天的生活十分俭朴，内外衣都是旧的，出门时的棉衣更已是 20 岁的“高龄”了，但他却从不在意——他真正在意的事情，始终没有改变。

“流放”中的张闻天并没有放弃自己的信仰，时刻关注着人民的命运和国家的前途。他每天 5 时起床洗漱，5 时 30 分到 7 时打扫庭院、散步和收听新闻，这样的习惯从肇庆开始，从未变过。妻子刘英说他喜欢散步，整齐的步履仿佛是他在行走中逐渐清晰的思路，他还会在散步时同百姓们聊天，体察民情，然后将这些信息经过分析融入自己的论文。在无锡期间，张闻天最重要的理论成果便是《无产阶级专政下的政治和经济》，为我们留下了宝贵的精神财富。

1976 年 1 月 9 日清晨，在广播中得知周总理逝世的消息，张闻天如遭雷击，悲痛的情绪在全身蔓延，他禁不住潸然泪下，默默地为老战友送行。此刻的张闻天不仅怀念着故去的友人，他的心里更充满了对国家命运的深深担忧。4 月 7 日，在得知邓小平被撤销党内一切职务的消息、看到关于处理四月初数百万群众到北京天安门声讨“四人帮”的文件《天安门广场的反革命政治事件》的报道后，张闻天再也无法承受如此巨大的打击，于第二天清晨突发心脏病，心绞痛和肺水肿的接连发作消耗着这个伟大的共产党员的最后一丝生命。5 月 22 日，医院发出病危通知：张普的心脏有随时停止跳动的危险。弥留之际的张闻天与妻子约定在死后将二人存款作为党费上交。7 月 1 日下午 7 时 30 分，历尽苦难的张闻天病逝，享年 76 岁。此时，“文革”尚未结束，故去后的张闻天依旧只能使用“张普”这个化名，他的骨灰盒被锁在无锡公墓办公室的一个木箱里面。他的死讯也由北京方面拟定，在南京《新华日报》第三版的右下角仅以 78 字草草了结，首都各大报纸则纷纷保持缄默，一生忠诚的革命者结局竟是如此草率而仓促。

但历史终究要还他真相，在 1978 年 12 月召开的中共中央十一届三中全会上，纠正了对彭、张等人的错误评价，并于 1979 年 8 月 25 日在北京人民大会堂为张闻天召开了隆重的追悼大会，由邓小平致悼词：“张闻天同志的一生，是革命的一生，是忠于党忠于人民的一生。”为了更好地缅怀和学习这位杰出的无产阶级革命家和理论家，中共无锡市委党史工委 1990 年 9 月 12 日开放张闻天的无锡故居，展出珍贵实物七十二件，照片二百余幅，再现了这位共产党员传奇的一生和不朽的功绩。

张闻天的人生充满了艰辛与坎坷，但他却可以执着地支撑到生命的最后一息，这是对信仰最虔诚的膜拜。正如他自己所言：“我相信，我将永远相信，人生随时到处充满了黑暗，但在这黑暗的中间，时时有一点点光明在照耀着。……（我）将认真地开始做一个无私的光明的找求者。”

图片提供 / 童涵冰

最忆林风眠

——访林风眠故居纪念馆

文/萧　耳

林风眠

林风眠（1900.11.22—1991.8.12），原名林凤鸣。广东梅县人。画家、艺术教育家。1919年，赴法勤工俭学，先在第戎国立美术学校进修西洋画，后转入巴黎国立高等美术学校。1925年回国，任北平艺术专科学校校长。1928年，在杭州创办国立艺术院，并出任院长。新中国成立后，任上海中国画院画师、中国美术家协会上海分会副主席。林风眠倡导新艺术运动，锐意革新艺术教育，请木匠出身的画家齐白石登上讲台，聘请法国教授克罗多讲授西画，并提出了“提倡全民族的各阶级共享的艺术”等口号。代表作品有《春晴》《江畔》《仕女》等。

一个星期天的上午，去南山路上的西湖美术馆看了个画展，正是三月春雨绵绵时，无处可去，又嫌街上市声太闹，就到美术馆的小书吧坐了下来，又在旁边的咖啡吧点了杯美式咖啡，在架上取下一本厚厚的林风眠画册，一页页地翻看下去。不觉之间，看了许多的仕女画。蓝衣仕女、绿衣仕女、白衣仕女、紫衣仕女、黑衣仕女，或抚琴，或执团扇，或手心捧花，或吹箫吹笛，有慵懒地倚榻斜靠的，也有三两仕女翩然起舞的，看了令人欢喜。那些画上的美丽女子，仿佛都是从洛水边走下来的洛神，又好像是在西湖的柳荷边生长的前朝的姑娘，轻轻曼曼妙妙，婉约柔美清秀，美得像梦一样，静寂的表情，与这现世间隔着轻纱，她们在纱的那边，而我却在这边。

那些轻烟淡愁中的女子，也许有一个是钱塘苏小小，或是苏轼的朝云，白乐天的小蛮，抑或是孤山的冯小青，湖上泛舟的柳如是。一个千年的西子美人梦又被翻腾起来。再往下看，也是女子，不过是肉色的裸女，比古典仕女画中的女子稍稍的丰腴，有些马蒂斯油画里的裸女的影子，又比马蒂斯画中的裸女安静出尘，少了些欲望的气息。这正是林风眠的东方情调了。

埋首在一幅幅的仕女画中，没喝几口的咖啡也凉了，小书吧里的人来了又去，我只沉浸在那一个簪花照水般的幻梦之中，也不愿问时间过了几点。

喜欢林风眠，先是念到这名字，林——风——眠，犹如听到轻风中的耳语一般，于是就喜欢了。看过的他的画，几乎全部是喜爱的。22岁时，他自己改掉了“凤鸣”，要叫“风眠”，这自取的名字一定寓意着他自己的人生观吧。林风眠先生长达九十一年的乱世人生，曾经历过无数血雨腥风，惊涛骇浪，生离死别，最后这一切都化作了画布上的衣裾、清风中的耳语。

林先生一生留下的话语很少，不过他

有他的“画语”，知己者读画，读着读着便读到了他的心。

离西湖美术馆不远处，同一条南山路上，就是中国美术学院，中国美院的前身名叫国立艺术院，后改为国立杭州艺术专科学校，首任校长正是林风眠。校址就在从前的哈同花园，这是上海犹太大亨哈同送给中国太太罗迦陵的别墅，就在白堤上，取名为罗苑。豪宅别墅辗转成了校舍，也算雅事一桩。那一年林风眠29岁，受蔡元培先生邀请，从南京来到了杭州办学。他27岁从法国回到中国，27岁时，他已经是年轻的国立北京艺术专门学校校长。直到抗战爆发，他随学校内迁到重庆，林风眠在杭州度过了一生中最美好的十年时光。

林风眠这个人是很有意思的。看他的性情、他的画作，都让人觉得先生与江南杭城最是相得，他是该永远属于杭州的。他在杭州有真正意义上的家，他的旧居就在杭州植物园边上，今天已辟为林风眠故居。那十年的杭州时光，他办校，教书，作画，一边与西湖比邻，享受着湖光山色，也画着西湖的四时风景，家庭生活平静美好，身边有第二任妻子——法国女子爱丽丝，刚到杭州时，他们的掌上明珠林蒂娜正牙牙学语，蹒跚学步。在故居展厅看到一张老照片，正是杭州的夏天，一家三口站在这所房子前的一颗肥大的芭蕉边，蒂娜还是个十岁左右、活泼可爱的女孩，每个人脸上都是笑意，那真是不错的时光啊。

今天的林风眠故居，在杭州依然是个清幽的好地方，林先生一家生活过的房子，就在密林掩映中，从早到晚与鸟语花香相伴。这十年也是他一生中最入世的时光，有阿波罗太阳神的精神支撑着他，于是他积极地搞艺术运动，提倡中西画风交流融合，教出了赵无极等一大批优秀的学生，还主持了第一届杭州西湖博览会艺术馆的筹备工作，他学校的画展还风光地办到了日本。

看“五四”运动后到抗日战争前短短数年，无论中国的文学还是艺术，都像一个青年欣欣向荣的青春期一般，前途灿烂，如果没有炮火的惊扰，这个青年也许将迎来自己的黄金时代。但一个艺术的黄金时代，就这样破碎了。

此后十年，林风眠辗转数迁，法国妻子和体弱多病的女儿留在了上海，八年后，一家人才得团圆。杭州植物园的家也历尽劫难，面目全非，房子曾经被日本兵当成马厩使用，留在家里的大幅油画作品被日本人用来遮雨，残破得剩下些破布条。此时，他的入世心也渐渐淡了，抗战期间北京和杭州两处美术学校合并后，他辞了校长之职，只想教书育人，清心作画。再归来杭州任教时，那曾经的愉悦心情，再也不复当年了。

那时的林风眠喜欢起画秋天了，恐怕与欧阳修作《秋声赋》是一般的心境吧。从他留下的《杭州秋色》画中，你看到的是蒙蒙秋色中的无言忧伤。秋天的西湖上，黄树，小桥，孤舟，一切寂寥而落寞，又无边无际。人生的秋天，大抵也是如此吧。

林风眠的身世，从小就带着苦难的印迹。有人说少年不识愁滋味，而林风眠从童年到青年，就已跌宕得令人一唱三叹。他出生于广东梅县山村的一个石匠家庭，孩提时，林母在家中备受虐待后，与人私奔又被抓回，差点惨死在封建族规之下。骨肉连心，跟母亲有心灵感应的林风眠在那危急时刻，提着刀冲出被关的屋子，疯狂地扬言要杀光所有人，才保住母亲一条命，但母亲转而被家里卖掉，从此他再也未见亲娘。长大后他曾再三寻访母亲下落，只知母亲被卖了又卖，最后在一座尼姑庵当佣人，后来就死了。母亲命如草芥，林风眠此后一而再地画《宝莲灯》，画沉香劈山救母的故事，令人心酸地寄托着他的哀思。

本来石匠的儿子再聪明有才也只能当石匠，但忽然好运从天而降，一张彩票扭转了林风眠的命运。他靠着中奖得的一千大洋，去了法国留学，从梅县小山村到了枫丹白露大街，在法国和德国学画，然后这位英俊潇洒的中国青年遭遇了他一生中最重要的爱情。他遇到了贵族出身的德国小姐艾丽丝·冯·罗达（Elise Von Roda），她是一名柏林大学化学系的毕业生，这段异国恋冲破阻力修成正果，艾丽丝美丽，钢琴弹得好，又爱艺术，年轻的林风眠深爱这位缪斯，但很快爱情梦碎：艾丽丝生产时死去，几个月后婴儿也死了。这是他人生中第二度的生离死别。

新的爱情或许是为了填补感情留下的巨大创伤，一年后他又有了一位法国妻子——爱丽丝·法当（Alice Vattant），她是他在法国国立第戎美术学院的同学，一位标准的法国美女，跟着他漂洋过海来到动荡中的中国，三十年婚姻生活，一起待过北京、南京、上海、杭州，养育了他们的女儿林蒂娜。一直到 1955 年，上海的氛围越来越紧张，林风眠处境艰难，一家人在上海生活不下去了，法国妻子带着女儿和女婿离开中国，去了巴西，这一趟分别直至重逢，不料竟隔了二十余年之久。

看过一幅林风眠以法国妻子为模特留下的画像，画中的爱丽丝优雅端秀，黑色卷发，大眼睛，藕色的长裙，倚在床边。曾有人对这位法国女人颇有微词，抨击做妻子没能与丈夫患难与共，我觉得这对爱丽丝是偏颇不公的。对一个从小生长在西方世界的法国女郎来说，爱丽丝脑子里没有嫁鸡随鸡、嫁狗随狗的中国式妇训，她只能是出于爱情，才会不远万里来到落后动荡的中国，和丈夫一起经历了中国的沦陷、中国的内乱。林风眠作为一位有爱心的丈夫，心里一定是深怀着对异国妻子的歉疚的。如果不是出于对丈夫、对家庭的感情，爱丽丝早在风华正茂时就可离开丈夫重新开始人生了，而不必等到在上海走投无路的 1955 年，才带着他们的女儿离开中国，去了女婿的国家巴西定居。他们都没想到别后风声鹤唳，团聚竟是二十年后。我愿相信这对异国夫妻之间，有一种对婚姻相守的默契，所以谁也未想过要离婚。分别后，林风眠曾将一句“我是有老婆的”挂在嘴上，这便是一个艺术家男人的夫妻之情了。

爱丽丝死于 1982 年，当时林风眠已 83 岁，在他们的最后几年，林风眠状态仍佳，便在香港和巴西之间来往居住。在林风眠故居，这一家人在巴西团聚的“全家福”挂在墙上，无言地诉

说着一个跟欧洲、亚洲和南美洲有关的悲欢离合的故事。

林风眠经历了“文革”时五年悲惨的牢狱之灾，总算坚忍地熬过，这位可爱的老人，为自己的熬出头哈哈大笑。一出狱，他就给日夜思念的女儿寄了张照片，那照片是他和一直挂在家中的林蒂娜的肖像油画的合影，后题：“人生难的是欢聚，唯有离别多”。一个跨国家庭几十年的风雨悲欢，尽在此言中了。

让我看得忘了时间的一幅幅方形的仕女画，人物原型都是他美丽非常的女儿林蒂娜。蒂娜非常美，是那些仕女画的灵魂，是茫茫孤独和黑暗中的幽光。那远在异国的母女，还有晚年客居香港的林风眠，是否曾午夜梦回，回到有他们三人最快乐时光的那个杭州家中，回到烟柳画桥的西子湖畔？

图片提供／萧　耳

农家院走出的科学家

——访严济慈故居

文 / 卢曙火

严济慈

严济慈（1901.1.23—1996.11.2），谱名泽荣，学名寓慈，后改作济慈，字慕光。浙江东阳人。物理学家、教育家、中国现代物理学奠基人之一。1918 年，考入南京高等师范学校。1923 年，赴法留学，获博士学位，曾在巴黎大学光学研究所和法国科学院大电磁铁实验室从事科研工作。1932 年，参与创建中国物理学会。1935 年，当选法国物理学会理事。1949 年，参与筹建中国科学院。1955 年，当选中国科学院院士。曾任中国科学院应用物理研究所所长、中国科学院东北分院院长、中国科学院副院长、中国科技大学校长，全国人大副委员长、九三学社中央名誉主席。

一

东阳市地处浙东丘陵西缘、金衢盆地东侧。浙江腹地的大盘山脉、会稽山脉在东阳境内逶迤起伏，演变成中、南、北三条山脉，由东向西延伸，使东阳成为多山的丘陵地区。大盘山脉的中条山脉，将东阳分成语言、习俗、文化心态差异明显的北乡和南乡。中条山脉和南条山脉之间，有一条东阳南江，南江在湖溪、横店、维风、南马一线弯弯曲曲地在山山沟沟中流转。江宽几十米，遇到一连几天的大雨，江上便波涛汹涌，水流呈泥黄色，挟裹着泥沙，像脱缰的野马，势不可当。多日无雨，江变成涓涓细流，人畜可以从江中蹚水而过。假如遇到久旱无雨的年份，江水便会断流。为了抗旱，农人便在江滩挖出一个一个的深潭，让水渗涌出来。再肩挑手提，或驾起水车，把水踩上江岸的农田里。东阳的山地是贫瘠的，没有得天独厚的优势资源，七山一水二分田，人多地少，学艺谋生的人很多，以致几乎挨家挨户都有木匠、泥水匠、油漆匠。

在相当长的历史中，东阳南江人在这种环境里过着自给自足的小农耕织日子。

一方水养一方人，南江流经横店小镇，在离南江一箭之地处，有一个约三十户人家的下湖严村。我国著名物理学家、教育家、中国现代物理学奠基人之一严济慈就诞生在下湖严。

严济慈，1948 年被选为中央研究院院士。1952 年后，任中国科学院东北分院院长；1958 年后，任中国科技大学校长、研究生院院长、中国科学院副院长、中国科学院主席、九三学社中央名誉主席、中国科学技术协会名誉主席、中国科学院学部主席团名誉主席等职；1983 年起担任第六至第七届全国人大常务委员会副委员长，是享誉世界的科学家、教育家、社会活动家。

严济慈是农家走出的科学巨匠，他的家庭可称为儒农世家。严济慈高祖这一辈，信奉“不为良相，则为良医”的格言，高祖父开了一间中药铺，取名“惠元堂”。先是开在一个叫寿塔头的地方，后来搬到离下湖严村三华里的后岑山。

后岑山是一个有几百户烟灶的小市镇。小镇虽小，但每逢农历一、六便有集市。每逢市日，方圆十几里的农人都会前来赶市。农人们肩挑或独轮车推，把自产的粮食、蔬菜、畜禽、小农具、小家什等物品摆放在镇街的两侧，有的席地而置，有的临时搭个简单的摊位，卖掉后，再买回自己需要的东西。每逢市日，整个小镇上熙熙攘攘，比肩摩踵，人行其间，犹如穿梭。由于医德医术都受人称道，来买药诊病的农人不少。医术代代相传，到曾祖父这一代时，于清同治年间（1862—1874 年），在下湖严村建了一幢小小的三合院。小三合院坐北朝南，总占地面积 176 平方米，三合院规模虽小，但建造得精致高雅，砖木结构，黛瓦翘檐，工艺细佳。正面中间为堂屋，共有六扇门，门上半部用细木格拼成美丽的透风栅眼，中间饰有人物花草雕花板，雕花板是地道的东阳木雕艺人雕凿的人物、花卉图案。堂屋东西两旁为正厢房，厢房前走廊上的檐柱饰有牛腿，牛腿用材为香樟木，雕刻工艺精细，人物形象精美传神。厢房前有一天井，天井周围镶有条石，台基较高。三合院正面不开大门，用青砖砌成一照壁，上画水墨彩画。中间一幅为教育儿孙读书，两边两幅劝解人们友好睦邻。三幅画之间各夹有“春馆栽丹牡”“夏池放绿荷”“秋园开白菊”“冬岭发红梅”等四幅花草小画。小三合院与富裕大户人家的豪宅深院相比，相距甚大，但在小小的只有三十户人家的下湖严，却是首屈一指的。

严济慈祖父严惟约，字端東，号简山，是武秀才。祖父兄弟三人，都是读书人。叔祖父严惟伦，号清波，一生没有考取功名，就在严家祠堂里教蒙馆。祖父严惟约考科举，在县里顺利地考中秀才，但到金华府试，却屡试不中；1887 年 35 岁时，再次赴金华府试。由于几次府试都未中，严惟约对此次府试，虽怀有希望，却信心不足，加上长期苦读，竟在途中生病，不治而亡。此时，严济慈的父亲严树培才 11 岁。祖父去世后，全家靠祖母支撑着过了一段时间。

父亲严树培，又名道范，长大后掌握了祖传医术，经营着后岑山的惠元堂，是一名乡村郎中。乡人称他为树培先生，有的干脆简称他叫“培先生”。由于当时中国社会在鸦片战争后成为帝国列强的殖民地半殖民地，清王朝腐败无能，

多个丧权辱国的条约加重了农村经济的凋敝，各种苛捐杂税压得农人喘不过气来，严树培仅靠务农行医和经营惠元堂，已无法维持一家的生计，于是又从事经商活动。他到杭州向卖火腿的铺子借钱，挨家挨户去收购金华火腿。当地民俗，几乎每个农户的家里都养有“金华两头乌”猪。到年底春节前，把猪杀了，自腌火腿。有“金华火腿出东阳，东阳火腿出上蒋”的说法。因此，东阳产的火腿，是地道的金华火腿。除贩卖火腿外，严树培也贩运草籽。草籽是紫云英的种子，紫云英种在田里是作绿肥用的，每当深秋晚稻收割后，播上草籽，长成紫云英后，在第二年春插秧前，将紫云英耕掉插上稻秧苗。严树培从杭嘉湖地区的平湖收来草籽，运到东阳卖掉。他也到诸暨贩棉纱，到杭州贩煤油。由于缺少本钱，所需的本金，向人借高利贷，利息要两分。因此，经商赚钱也不易。

出身于书香门第的母亲金庆龄，是离下湖严村有二十华里路的金宅村人。金家是个大家族。外公兄弟五人，本人是廪生，四个叔外公都考取了功名。金庆龄嫁给严家后，由于家境的窘迫，在操持家务的同时，不得不亮出从娘家带来的织得一手好布的技能，长年累月地纺纱织布。自金庆龄来到严家后，屋里长年累月传出嗡嗡嗡的纺纱声或唧唧砰砰的织布声，充满着勃勃生机。

在小三合院东正间，金庆龄很快怀孕了，于1898年生下了女儿严景湘，到了1899年金庆龄的肚子又慢慢大了起来，全家上下都希望能生个胖小子。可到了1900年正月一出生，又是一个女的， 给严家蒙上了一层暗淡的气氛。尤其是严济慈的祖母，早年守寡，重男轻女的思想特别严重，认为女孩不能传宗接代，反增添了一张吃饭的嘴，加上如果喂奶带孩子金庆龄就不能操持家务和纺纱织布，因此常常有意无意地埋怨金庆龄不争气。金庆龄是个非常要强和敏感的人，面对冷眼，她感到心寒。左思右想，决定将这个出生没几天的女儿送给人家做童养媳。

金庆龄发誓要给严家生个男孩，但生男生女不能自己做主，在万般无助之下，只得求冥冥中的神灵庇佑。下湖严村东头，有个朱相公庙。严树培夫妻经常前去烧香祈祷。“朱相公”何许人也？有人认为是南宋年间曾四次到东阳横店石洞书院讲学的儒家大师朱熹，也有人认为是元朝时大医学家义乌人朱丹溪。在19世纪末20世纪初，东阳特别是南乡一带，无论村子大小都建有庙宇，这种庙宇小的只有单间房，俗称“命保殿”，是乡人祈祷四季平安、风调雨顺之处。其实，严家与许多村民一样并未搞清朱相公是何方神灵。

金庆龄思子心切。日有所思，夜有所梦，一天晚上，金庆龄做了一个梦，梦见天空中一条大蟒蛇飞入自家屋宇。她从睡梦中惊醒过来，心中忐忑不安，不知是凶是吉。她把这事告诉别人，懂解梦的却说是吉梦，将得贵子。金庆龄将信将疑。

金庆龄又怀孕了！生下第二个女儿同年的农历十二月初四（1901年1月23日），金庆龄忽然腹痛，且一阵比一阵剧烈，知道自己又要临产了，便让家人到附近村里请来了接生婆。那时，附近没有医院，农家女人生小孩，都不去医院，而是请接生婆上门接生，接生婆多是已有小孩的中年妇女。在她们的帮助下，女人生产也较为顺利。

随着婴儿嘹亮的一声啼哭，在小三合院东正间一张东阳传统的木雕花床上，一个健康方正的男孩诞生了！

期盼终于得到了实现，全家人都沉浸在一片喜庆的气氛中。严树培夫妇给男孩取乳名为“朱银”，因在得子前，曾多次到村东头的朱相公庙祈祷。出生后，应将宝贝儿子“过继”给朱相公。又给他取谱名为“泽荣”。在以血缘为纽带的封建宗族社会里，一个家族中男人的取名是有约束的。在若干年前，就由家族里德才兼备的族长主持研究确定以后若干代的子孙名字中的一个字。同一辈分的家族成员，男人都必须用上这个字。下湖严严氏家族，到严济慈辈，人名中的一个字就是“泽”字，称为“泽字辈”，严姓名字中有此字的，就表示是同一辈分。在下湖严村，严济慈谱名“泽荣”，村人皆知。根据推算，严济慈为严子陵的第六十一代孙。

祖母和父母亲都视严济慈为掌上明珠，严济慈从小没有让全家人失望，他的一颦一笑、一言一句，处处显示出他聪慧的个性，就像一块有待雕琢的璞玉，透露着令人无限喜爱的韵味。

二

朱银最早的启蒙教师是自己的母亲，课堂就是小三合院。

子女与母亲的距离往往是最近的。人在母体中孕育，出生后又与母亲形影不离，依偎在母亲怀抱里一天天长大。金庆龄对自己的宝贝儿子朱银，百般呵护，悉心培育。她具有大家闺秀的学识，又有温柔灵巧、操持家务的慧勤。在

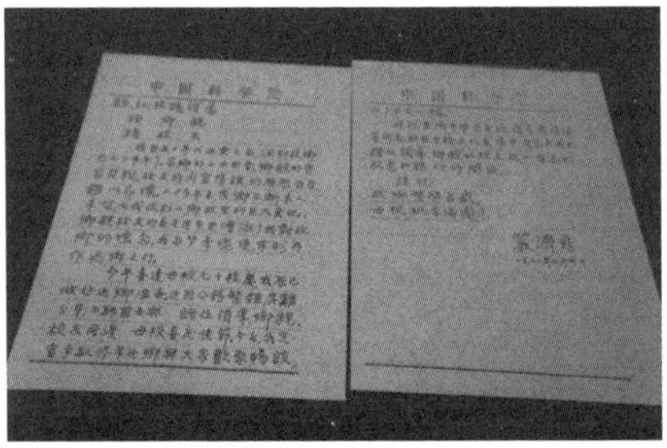

长年累月灶里灶外、纺纱织布、赶集卖布补贴家用的同时，挤出点滴时间，教小朱银数数，识字。小朱银在母亲怀里牙牙学语时，母亲扳着朱银一个一个稚嫩的手指，教他数“一二三四五”，一只手有五个手指，

这是小朱银对数产生的最早概念。待朱银稍懂事，母亲便常用手指蘸水，在桌上凳上写字，让他辨识。有时，用木棍在沙地里划着细沙教他识字。那时，农村中识字的人不多，具有文化素养的母亲更是罕见。幼童早期的启蒙，教育了具有求知本能的朱银，像是幼苗获得了及时的甘霖。

对儿子的培养父亲严树培也没少花心思，他早就觉察到儿子朱银聪慧可爱，有培养前途，在五六岁时就教他学会了打算盘。那时，下湖严村小，人不多，信息比较闭塞。严树培识书懂医，比不识字的村农有更开阔的视野。他含辛茹苦、节衣缩食养育子女，盼的是能子承父业，惠元堂中药铺能后继有人，能免去儿子田间劳作的辛苦，让他有一份轻松、收入高的行当。严父抱着这个期望，在儿子 7 岁时，将他送进了位于村东南设在严氏宗祠的私塾。

东阳人叫私塾、小学、中学等都为书堂。由于东阳是一个丘陵地区，有山有水，具有大江南的山地景致。但山多地少，人口众多，外出做木匠、泥水匠、油漆匠谋生的人很多，有的农人闲时在外打工，忙时回来抢收抢种。也有的长年累月在外打工，只在过年的时候回家与家人、亲戚、好友相聚。俗话说，在家千日好，出门一时难，长年在外劳苦艰难不用说，所赚的钱也相当有限，靠外出打工维持生计过上好日子的人并不多。这样，有许多人便把培养子女读书当作摆脱贫困的重要途径。在明末清初，尊师重教在东阳逐渐形成一种风尚。即使地处偏僻的数十户小村寨，往往也办一个书堂。

在 20 世纪初，书堂有蒙馆、经馆之别。蒙馆以教识字为主，经馆程度较高，研读经、传、诗文，同时学做八股文。经费由村民共同摊派，或由宗族承担。塾师膳食，或有学生各家轮供，或只供柴米，由先生自炊。清末民初，东阳的“书堂”数量冠全省，最多时有五百多个。

下湖严的书堂是蒙馆带经馆性质的，有三间大房子，旁边有一块供儿童玩耍的空旷之地。

小朱银进私塾时，外公特意给宠爱的小外甥取学名“寓慈”。这个学名，一直沿用到进县城读书时止。

巧得很，私塾的老师是寓慈的本家——祖父的弟弟严惟伦，号清波，一生没有考取功名，是一位博学的太学生。私塾上课，不分年级，进行个别教学。启蒙教材是《三字经》。等能背诵《三字经》后，再教授四书、五经、四史、千家诗或唐诗。教学方法是填鸭式的，即每授一课只要学生识得其形，并能读出其音，便续授新课。有的学生，能读能背，但仍不理解全文含义。悟性高的儿童，识得字形后，逐渐理解了全文的含义，能融会贯通，创造性地应用，打下较深厚的中国古文化基础。

父亲严树培排行第二，上有一个姐姐，下有一个妹妹和两个弟弟。祖父去世后，生活就显得比较艰难，在寓慈 7 岁入私塾那年，父辈三兄弟都分了家。严济慈的父亲分得小三合院东头正屋一间（也就是严济慈出生的那间），另有板筑土屋一间半和 37 秤地（16 秤约等于一亩）。严树培肩上担子很重，他种田、卖药，还要外出做生意，不停地劳作，才能让一家人填饱肚子。严济慈上有两个姐姐（一个出生不久就送人了），下有一个妹妹、一个弟弟，全家六口人挤在一间房子里。

9 岁那年，下湖严村人严鑑创办了时化小学，是全县七十所私塾改成的小学之一。严维伦的私塾也并入其中。当时小学从县城里请来了好几位教师。寓慈转入了时化小学接受新的知识。

寓慈从小就对数字显示出了异于常人的运算能力。9 岁时，他课余时间就在父亲开设的惠元堂学管账。当时农村的中药铺都赊账，买药时不付钱，看病抓药都记账。到年底，把米谷豆麦粜了，有了现钱，才来还账。乡村里有欠债不过年的习俗，在农历腊月年关来临前，欠账的自动前来还账，有时也派店里的伙计前去收账。还账最集中的日子是腊月二十六日到大年夜之间。寓慈多半在柜台里帮助父亲算账。来了一个还账的，父亲翻开账册，报出诊病抓药的明细账，寓慈灵巧的手指把算盘珠子拨得噼啪响。开始父亲有些不放心，经寓慈算过的账还要再核算一遍，发现每笔账算得十分精确，无一差错，便放心地按他算出的数目收账。来还账的人见这么一个小孩子，竟能将算盘打得噼啪响都

啧啧称奇，觉得有些不可思议。

就在同一年，父亲去杭州做生意，在书摊上看到一本从日文翻译过来的《笔算数学》，想到儿子对数字计算有特别高的天分，平时节衣缩食的严树培，为了培养儿子，便拿出跑生意赚来的辛苦钱，将这本《笔算数学》买下带回。寓慈果然对此书产生了浓厚兴趣。他从未学过数学，在当地也找不到可以请教的老师，就自己一道道题反复演算，逐渐弄懂了一个个定理，竟啃懂了全书的所有定理。一个9岁的孩童对从未遇到过的数学题能无师自通，也令人拍案称奇！

三

1912年，寓慈插班东阳县立宏道小学读书。这是他第一次较长时间离开下湖严小三合院故居。

父亲帮他挑着生活用品，俩人徒步从下湖严小三合院出发，沿着满是碎石、杂草的泥土路，经后岑山，过廿里牌、槐堂、寿塔头等村镇。

经过寿塔头村时，父亲告诉他，高祖父初开惠元堂中药铺时，就在这寿塔头村。因离下湖严村较远，后来才搬至后岑山。

过了寿塔头，要翻过一座高高的南午岭，这南午岭，有大小二岭，海拔高八百多米，是东阳县城向磐安、永康方向去的必经之地。山岭陡峭，长满松树、山楂树、柏树、灌木丛，春天时火红的杜鹃花一簇簇生在灌木丛中，像绿野中燃起的一把把火炬，十分壮观。父亲和寓慈 ，一前一后向上攀缘，不觉汗水涔涔，气喘吁吁。

翻过南午岭，离东阳县城就不远了，山间小径也平坦得多了。父亲边走边叮咛，要他学习要用功，生活要自理。由于县城离下湖严有三十华里，他住在学校里，自己做饭吃。老师将他的名字“寓慈”改为“济慈”，他自己也觉得这个名字挺好，一直沿用，后来成为远扬国内外的响亮名字。

1913 年，原东阳官立高等小学堂移入广益初等小学堂，在其原址上成立东阳县立中学。广益小学是清光绪三十一年（1905 年）吴允让创办的两等小学堂，初等四年，高等三年。广益初等小学堂与官立高等小学堂合并后成立东阳县立第一高等小学，东阳县立宏道小学并入东阳县立第一高等小学。科目有语文、算术、常识等，二年级开设英语。英文教师为东阳枫树下人徐文熙。小学即设英语课，这在私塾八股文填鸭式教学方法仍然盛行的当时，具有时代的先进性。

四

严济慈聪慧的天性终于得以显现。1914 年 2 月，下湖严严家小三合院喜气洋洋，贺客盈门。三合院堂屋板壁正中张贴着一张红纸报单。严树培忙着摆席宴请贺喜客人，严济慈那稚气未脱、充满青春活力的脸上，也是喜不自禁。原来，严济慈在 1913 年 12 月以全校第一名的成绩，完成了小学全部课程。当时的小学毕业生，国文基础比较深厚，临毕业，同学之间往往作旧体诗词相赠。小学毕业后，年龄大一些的人谋划着从业。有的去做小学教师，有的进机关、军队担任文书，还有的在地方上做绅士。严济慈一则年轻，二则不满足小学文化程度，便去报考东阳县立中学，结果以成绩第一名荣登榜首，引起全县关注。当即有报人将大红纸报单，快速送往下湖严的严家小院。

科举考试时，各省学政于考试后揭晓名次，称为“出案”。凡县试、府试、院试第一名称为“案首”。清朝末年推行维新，停科举，废县学，兴办高等小学堂。虽然科举已废，但人们把考入县学第一名的学生，仍视为“案首”。当大红报喜单送达下湖严村时，村人和严家的亲朋好友竞相祝贺。

严树培的脸上虽也洋溢着快乐，心里却心事重重。送走贺客后，严树培脸上的笑容消失了，他愁眉紧锁，长叹了一口气。原来，就在严济慈小学即将毕业的 1913 年冬，他做生意受了坏人两次坑害。一次是从杭州走水路运煤油到东阳，中途被人做了手脚，把煤油倒走换成了冷水；另一次是去诸暨贩洋纱，被小偷窃去本钱。严家经济本不宽裕，这两次意外事故，使得严家生活更加艰难。严济慈是父亲的得力帮手，他一去就少了一个人手。同时，上中学开销大，令拮据的经济状况雪上加霜。但父母亲理解严济慈的志向，决心省吃俭用供他继续求学。当时，家里已有兄弟姐妹五人，父母亲决定只培养他一个，其余的姐姐、妹妹、弟弟连私塾也不让上。父亲为供他上学和生活，劳作奔波得更辛苦了。母亲种地，带弟妹，没日没夜地纺纱织布，补贴家用。

五

1914 年春，东阳县立中学开学了（当时新生是春季开学）。新生入学时，富家雇人挑行李，穷人则由家人陪送。严济慈虽然年纪比同学要小一些，却谢绝了父亲的陪护，认为自己小学就在东阳上了，上中学更可让父母亲放心，坚持自己挑行李离开下湖严小合院，赴校报到。翻山越岭的三十里路，严济慈挑挑歇歇，坚持着挑到了学校。路人见年纪这么小的一个学生，却独自挑行李上学，都投以赞赏的目光。

由于东阳县立中学当时缺少住校条件，父亲后来把他安托在卢淳元家。这卢姓人家，与严家是世交，每逢过年时，都互相携着礼物走访拜年。

有时，严树培也到卢家来看他，并给卢家带来下湖严产的索粉。因为下湖严索粉比其他地方产的索粉味道好。

在东阳县立中学，全班共有四十六个同学，其中有后来成为北伐名将的金佛庄。国文老师为卜文、郭炳文。卜老师是秀才、留日学生。严济慈的勤奋学习精神有增无减，中学四年，他几乎年年都是第一名，每年暑假，严济慈都回到下湖严小三合院。

东阳中学校读书时，社会较为混乱，严济慈曾遭遇匪祸。那是 1914 年 10

月10日，天还未明，严济慈正在熟睡，突然传来的嘈杂人声把他惊醒，只听有人大声高喊“土匪来了！”原来是仙居的匪首王元清、天台匪首周永广率三百余名匪徒进东阳城抢粮食。枪弹雨下，县政府被焚，囚犯被放，商贾被抓。由于东阳县立中学的校舍在县政府东隔壁，因此受匪祸波及。严济慈赶紧穿好衣服，惊慌之中翻墙而跳，不小心把脚摔伤，但仍坚持跑到郊外躲了起来。土匪在县城盘踞一天后，逃出县城。向南逃窜时经过后岑山，严树培闻讯后到学校找他，学校因匪乱停课一周，严济慈在回下湖严半路上遇到前来找他的父亲，随父亲回到下湖严养伤一段时间后才回校上课。

六

由于家境贫寒，母亲除养育子女操劳家务外，还长年累月地纺纱织布。严济慈从小就是一个孝子，看着母亲整日辛劳，生怕她支撑不住，竭尽全力帮她做些力所能及的活。读书回家，田间劳作回来，他几乎都陪侍在母亲身旁，帮做纬锭，接经纱。母亲也最疼他，说读书伤脑筋，让他出去会会小伙伴，一起嬉戏，他却说，我能做的，就让我帮着妈做吧！

严济慈会许多农活，拔草、放牛、锄地、车水、插秧、割稻等，那大多是到田间劳作时，父亲手把手教会的。有一年夏天干旱，他踩水车到夜深才回到小三合院，还在织布的母亲见他又饥又渴的样子，疼爱地说：“朱银，水缸的钵头里有粥，去盛一碗来吃吧。”水缸钵头盛粥是东阳地方一种防饭菜变馊的办法。就是将水缸装满阴凉的井水，将粥等食物盛在陶瓷制作的当地叫“钵头”的直径四十公分左右的小缸里，把钵头浮在水缸的井水里，食物就不易馊坏。干到深夜的严济慈，确实有些饿了，可弟弟一听说有粥，马上喊：“妈妈，我也要吃。”严济慈考虑到若盛了两碗，次日早餐就不够吃了，便说：“妈妈，我不饿。”拎起茶壶喝了几口凉茶，饿着睡了一个晚上。

1918年，严济慈以全校毕业考试第一的成绩毕业于东阳县立中学校；7月，赴杭州应试，获全省第一名；参加南京高等师范复试，又获第一名。1918年9月，叔祖父严惟伦卖掉祖产，供给盘缠，入南京高等师范，选商业专修科。从此，严济慈才离开了东阳下湖严小三合院，由于学业教业繁重，直至1931年1月，严济慈才回到离别多年的下湖严小三合院探望父母亲。当时，严济慈已获得我国第一个法国国家科学博士学位。

在下湖严小三合院西约四十米处，有一幢1937年落成的二层楼房，这是严济慈用他的稿费和在上海南京等地的四所大学授课获得的工资而建造的。该屋当地俗称“十三间头”，楼房正中开大门，门楣上有石刻“客星照耀”四字。东西两边开小门，小门上石楣分别刻有“枕史”“蓆经”两字。“客星照耀”讲的是严济慈祖先严子陵与汉光帝的一个典故。“蓆经”的“蓆”也是枕的意思，古人的枕形似小箱子，内可藏经史等书卷和贵重物品。“枕史”“蓆经”都是重视读书，重视历史文化传承的含义。这幢楼房是严济慈委托胞弟严济火建造的。1937年春在新屋落成之际，严济慈曾偕夫人张宗英和儿子回来，并在新屋前拍摄了一张全家福照片。只可惜，由于长年在外奔波，严济慈未曾在此屋内久居。

从下湖严小三合院的农家，哺育出了享誉世界的科学巨匠。这是东阳和浙江的光荣和骄傲，值得载入千古史册。下湖严严济慈小三合院和“十三间头”，已于1991年11月被东阳市人民政府列为重点文物保护单位。

图片提供 / 李俏红

三朝元老，邮坛宗师

——访张包子俊故居

文 / 桑民强

张包子俊

张包子俊（1901.3.19—1994.6.13），浙江杭州人，祖籍安徽歙县。集邮家、集邮活动家、邮商。1925 年冬，在杭州发起筹组新光邮票研究会。1928—1945 年先后任该会副会长、会长、主席理事，并数度担任该会会刊主编。抗日战争爆发后，张包子俊为维持新光邮票会的组织活动，于 1938 年 2 月将该会从杭州迁至上海，从而保证了该会的继续发展，使之成为 20 世纪 40 年代有重要影响的集邮社团之一。1982 年，发起成立杭州集邮协会，并出任会长。中华全国集邮联合会成立后，连任副会长。发表的文章主要有《光复纪念票样票谈》《新疆邮传志》《集邮不必信从变体》《国宝之选择》等。

据说，在20世纪20年代至40年代，在杭州严衙弄悠长的巷子里，有一户门上贴着一个硕大的大龙邮票的人家。全国无数爱好集邮的人们被其吸引、召唤，寻寻觅觅，纷至沓来。其实，大门上倒未必贴着大龙邮票，但这户的主人早年确实是因集大龙邮票而声名鹊起的集邮家，他叫张包子俊。

这是张包子俊的故居。他在这里诞生，在这里生活了将近九十年。张包子俊一手创办的新光邮票会——泱泱大国集邮文化三股水源之中最长、最醇香、漂着花瓣最多的一股，就从这里涌出，然后流向中华大地、世界各国。

一、在故居诞生、成长的中国邮坛一代宗师

张包子俊的故居位于浙二医院对面的茅廊巷与清泰街之间的严衙弄，为曾祖父所造。张包子俊祖籍安徽省歙县，其曾祖离开家乡到杭州来开米行，从此落户杭城。严衙弄8号，是典型的古宅深院，进入大墙门，是天井，左侧一排平房，当年众多会员们曾在此聚会活动，切磋邮学，拍卖邮品，热闹非凡。穿过天井，有一小墙门，小墙门内又有天井、院落及一排居室。右侧又有一小墙门，进此小墙门，便是张包子俊先生的旧居。

如此数道墙门，真乃曲径通幽。踏进小墙门，是一个九平方米的小天井，天井里一年四季花木葱翠，假山盆景点缀其中，更觉雅致精巧。此天井左侧即为张包老寓所之客厅，客厅后为张包老及其亲属之卧室，客厅的布置典雅、朴实。玻璃柜里，放置着那一年张包老率中国集邮代表团出访印度时，印度友人赠送给他的印度仕女塑像。墙上则悬挂着他从海南岛探亲带回来的大龙虾标本以及一些名家字画。写字台旁的铁皮柜里，放置着张包老的部分集邮册。

张包子俊先生生于清光绪二十七年（1902年2月初），浙江法政专门学校毕业。他将近一个世纪的人生跨越了清、民和新中国三个不同历史时期。朱高峰称他是“三朝元老”，生于清朝，集邮于民国，服务于新中国集邮界。

张包子俊9岁开始集邮。当时父亲在浙江都督府仟职，其友收发员汤老伯曾用光复共和一元以下邮票组成二尺大“寿”给祖父祝寿。张包子俊见而心喜，向父亲索得后浸洗邮票，从此与邮票结下不解之缘。早在1917年，张包子俊先生就已经开始收集航空专题信封。

1925年冬，张包子俊、李弗如等一批热爱集邮的年轻人在杭州发起成立了新光邮票会。张包子俊在原杭州严衙弄8号自己家中腾出五间房子，作为“新光邮票会”的会所，挂出了新光邮票会的牌子。1926年出版会刊《邮票新声》，1928年增出第二种会刊《新光月刊》。张包子俊历任副会长、会长，后将会刊扩充为《新光邮票杂志》，陆续出至15卷。

20世纪初的中国民众，对“集邮”知之甚少，在一篇《集邮动机》中张包子俊介绍说：当一百年之前，全世界人士突然增了一种新的集藏，这种集藏的嗜好居然引起了上自总统帝王下到贩夫走卒的同情，原来是在寄信之后，在信封上一张张剩下的废邮票。当一八四〇年五月六日，英国皇帝接受罗兰·希尔爵士的建议，而实行以邮票作为寄信劳力代价之后，就有不少人士惊奇于邮票的功用，遂于无形中把已经使用过的邮票拿来收藏起来。至于收集邮票的渐盛时期，却迟至一九一四年之后。原来那时候，欧美各国因战事关系，都发现通货膨胀的现象，有钱币的人，多受了影响。唯独收集邮票的，因为邮票遭遇战事而减少，又因为它在全世界均有收集家愿意收藏，形成通货的缘故，反而抬高起来。在那时更有许多战壕里的士兵，拿着可以藏在背包里的邮册，随时取来欣赏。现代史上英国温沙公爵和美国罗斯福总统，即便在书旁午睡的时候，也都要常常抽出一些时间来研究一回邮票。所以现在全世界人士的集邮热，不仅仅是娱乐的寄托、友情的联系，更成为储蓄习惯的养成，和研究史实的实验品了。

1937年，杭州沦陷，张包子俊宁肯受穷受困，也决不继续在旧政府部门与汉奸为伍，毅然辞职，赴上海经商。日本鬼子蛮横地闯进他位于严衙弄8号的居处，将其藏在家中的许多珍贵邮票、邮册扔弃于天井之中，甚至当作引火柴禾烧毁。

抗日战争期间，张包子俊避难于沪，在日寇的铁蹄下，他和老辈集邮家王纪泽、马任全等人筹划了以新光邮票会的名义主办的邮票展览会，借邮展之机展示方寸中的民族文化、民族精神。该邮票展览会纪念封贴使用孙中山像邮票、烈士像邮票，希望唤醒民众，怀念辛亥革命，坚持民族气节。其中的一个邮展尾日的纪念实寄封上面贴着七枚烈士票，并由展场临时邮局用纪念戳销票。此封见证了新光邮票会即使在沦陷区仍坚持集邮活动，也见证了张包老和老一辈集邮家的大无畏气节。

抗战胜利，在沪的老一辈邮友欢欣鼓舞。一日在菜馆相聚，观摩邮品，王纪泽用镊子夹一枚大龙票，在讲票上的变异时，一不小心跌落在汤碗中，大家哈哈大笑，说这是“油余大龙”。然后大家提议各出一道以邮票命名的菜肴。各人开动脑筋，分别说出了用邮品命名的菜肴总共十道，分别是：纪念冷盆（小全张）、煎黄念块、对剖胶菜（倒盖）、光复全鱼（错体）、暂作古老肉（变体）、炸红印花、共和蟹粉（无齿）、万寿大汤（水印）、清炸小龙、登极全鸭（老版）。

杭州清泰第二旅馆与张包子俊关系密切。清泰第二旅馆创建于清宣统二年（1910 年），是当时杭州第一流的旅馆。1916 年 8 月 16 日，孙中山先生来浙江，在杭州逗留至 8 月 20 日，就是在清泰第二旅馆下榻的。1928 年 7 月 12 日深夜，鲁迅先生和许广平女士由许钦文陪同，从上海乘火车到达杭州，并在许钦文的全程陪同下，在清泰第二旅馆住了五天。

1933 年，张包子俊先生的父亲张包焯辞去在浙江都督府的任职，专心经营清泰第二旅馆。其间，许多知名人士，如邵力子、沙千里、沈雁冰、于子三等，均下榻过该旅馆。

抗战胜利后，张包子俊从上海返回杭州子承父业，任该旅馆的经理。他一面从事旅馆的经营管理，一面和钟韵玉、钱叔安等集邮家共同努力，恢复了新光邮票会杭州分会。张包子俊还特意将该旅馆的餐厅作为新光邮票会每星期六（后改为每星期日）举行邮票交换等活动的聚会场所。新光邮票会拥有大量心系邮会、学藏丰富的会员，邮会的骨干中多是像张包子俊这样既有着满

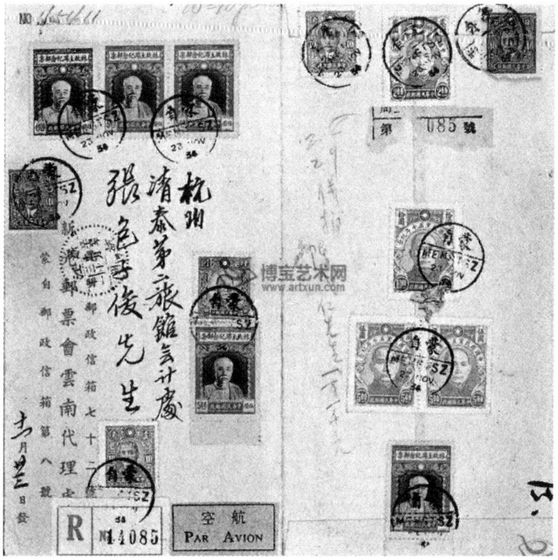

腔热情和积极奉献精神又长于实践的组织者和活动家，加上每星期定期举办的邮票交换、拍卖、聚会等活动，邮会因此形成了强大的凝聚力，赢得了国内外诸多集邮者的信任。据张包子俊回忆：“在一九三六年会员已逾千人，至一九五〇年达四千余人，影响遍及国内外，不少都市设分会或通讯处，远至新西兰、菲律宾、美国、比利时及国内各处。其中人才辈出，皆为今昔知名人士，如永久会员周今觉、赵善长、姜治方、黄光城、倪宜祥、居洽群、陈爱群、张承惠、孙君毅、史济宏等。”新光邮票会成为中国 20 世纪 20—40 年代持续时间最长、会员人数最多的民间集邮团体。

新中国成立前，如果到张包子俊住处去串门，总见一位穿长衫的中年儒雅之士，一边在品茶，一边在欣赏邮品，其姿凝神，其乐融融；有时客厅里高朋满座，畅淡邮票之逸事。新中国成立后张包老把一部分苏联邮票捐献给当时的“中苏友谊馆”。1982 年全国集邮联成立，张包子俊担任了中华全国集邮联副会长。1986 年，张包子俊率中国集邮代表团出访印度。

20 世纪 80 年代后，我国的集邮文化活动得以迅速恢复和发展。张包子俊在故居客厅中，和一些杭州的集邮同好们多次聚会，商谈筹建杭州邮协的方案。后又在此客厅中频频会见来访的各地邮友、青少年集邮者、港澳台及海外集邮人士。邮电部副部长、全国集邮联会长朱高峰等邮电部、集邮联的领导，也曾到这古宅深院的客厅里看望过张包老。在这客厅临窗的写字台前，张包老曾不厌其烦地拆阅、回复过成千上万封各地集邮者们给他的来信，解答他们提出的各种集邮问题，并为一些邮刊、邮协题词祝贺。

二、从故居中走出一头老黄牛

1991 年 5 月 25 日，浙江省集邮展在嘉兴市博物馆举行。开幕当天张包子俊和基础民二老到参展的集邮展柜前参观，张包老风趣地对基老说：“我们两人都属牛，今天两头牛又在一起了！哈哈，我是老黄牛，你是小黄牛。现在看来当好老黄牛也不容易啊！因我们吃的是青草，挤出来的是不是牛奶不能保证！”基老笑着对张包老说：“小黄牛向老黄牛学习，甘心情愿当好小黄牛，这叫不用扬鞭自奋蹄！”说着，二老相对哈哈大笑。

老集邮家盛澄世也属牛，比张包子俊年轻 12 岁。在张包子俊的感召下，也耕耘不止。浙江集邮协会创办后有一张内部报纸，张包子俊和盛澄世同为《浙江集邮》编委十余载。张包老发起创办“西湖集邮茶座”，盛澄世积极参与筹备工作，为了茶座活动有固定的场地，多方联系，得到了省政协联谊俱乐部有关领导的支持，将“茶座”活动安排在该俱乐部内。还有不属牛的老前辈们，也发扬老黄牛精神，共同为后代拓出一块集邮的好地。

《中国集邮名家辞典》编委会聘请张包子俊担任总顾问。编委会将编好的样书送他过目，张包老看后，给主编捎去了一封言辞恳切的信：

> 收藏家辞典我只翻了一翻，居然有我二片（两篇）。其实我不能说集邮家，只是一个活动家。但听说辞典里没有孙君毅、钟笑炉，这些大大著名的集邮家未列入，使人大失信心，认为是不值一看。既称为名人辞典，不论死的活的，只要在世有所作为（的）都该列入。
>
> 现在集邮名人辞典将出版，我预料缺点很多，华邮专家（和）

在英、美、德、法的华裔比，绝大多数无简历。应在书的序言里写一点道歉的话。

张包子俊　1993.8.15 病中

张包老在与重病抗争时亲笔写的墨宝，满溢着自律、谦虚及对邮友们的怀念之情，领头老黄牛的虚怀若谷可见一斑。

青田的郭玲玲还记得 1985 年到清泰街严衙弄 8 号见张包老爷爷时的情形。听到玲玲提出要自己编一部邮集参加展览时，张包老爷爷说："好啊！好！有志气！编邮集参加邮集展览，这样对你的集邮知识能提高得更快！我支持你！"说着，张包老爷爷从抽屉里拿出一个信封交给玲玲，打开信封一看，是一枚"从小爱科学"小型张，小型张下方还盖有张包老爷爷的印章。玲玲高兴极了，当即向爷爷鞠躬表示感谢！1986 年春节期间，玲玲带着一部已改名为《集邮家和我》的集邮来到杭州，一是给张包老爷爷拜年，二是请他指导自己的处女作。张包老爷爷仔细看了这部邮集，认为这部邮集的题目改得比较好，但还有许多地方要改进，如邮集的前言、目录要重写，一些不适合参展的封片要更换。几经修改，玲玲的处女作《集邮家和我》邮集终于问世。在 1986 年 8 月 14 日至 18 日于杭州举办的浙江省首届青少年集邮展览上，《集邮家和我》荣获了少年组二等奖。

上海的小任昆当年在张包老爷爷逝世时，赶到杭州为爷爷送行，当时情景令在场所有人热泪盈眶，以后又年年去祭奠南山张包老爷爷。他怎能忘记 1994 年初春去探望病重住院的张包老爷爷时，张包老爷爷对在场的邮友说的一席话："我一生中，没有称过别人是集邮家，但我称他为小集邮家，你们要好好关心他，他可是'邮苑新苗'啊！"

三、从故居中走出一辆自行车——他是位平民集邮家

1988 年 4 月，张包老受铁道部第二工程局集邮协会（在成都）邀请参加

该协会举办的第九次邮展，同一时间他又接到海南省邮票公司邀请赴海南参加海南省新邮首发式。按理说成都请他的是一个基层邮协，影响小，待遇也不会好到哪里去；而海南之行往返机票、宾馆、观光游览全部费用由邀请方解决，规格高，条件好，行程更舒适、更风光。但张包老说，作为全国集邮联副会长，关心、支持基层活动是义不容辞的职责，参加基层邮协活动的意义胜于参加新邮首发式这种礼仪式的活动，于是张包老毅然选择了成都之行。因种种原因，最后，张包老赴蓉之行居然还要自己贴进一些机票费用。但张包老没有丝毫怨言，他谅解基层邮协的难处，他说正因为如此，他更要多到基层去跑跑。

张包老虽为我国的集邮大家，却始终保持着平民集邮家的本色，凡是与他接触或交往过的人，无不被他慈祥和蔼、平易近人的精神所感动。北京的集邮家林丰年先生说，有一次张包老到他家探访，事前没有告诉他，张包老乘公交车又步行了很远的路，好不容易找到了他家门牌号，谁知那天林丰年凑巧不在家，张包老便给邻居留了个纸条儿，返回了旅馆。待林丰年下班回家后，院里的大妈告诉他："有个姓张的大爷来找过你，有点南方口音。"林丰年由此而想，这么一位德高望重、阅历深厚的集邮家，在北京四合院的街坊们眼里，就是个普普通通的老人，如同北京的老大爷一样。这大概正是张包子俊先生朴实亲和、平色本色最好的写照。

张包老担任全国集邮联副会长后，集邮活动更加忙碌。辽宁的王景斌是某厂的邮协会长，常要帮助会员们购买邮票。当一些邮票在当地买不到时，他就求助远在杭州的张包老，张包老多次在杭州帮助购买。每次参加全国或各地的会议、活动时，如有纪念封发行，总不忘寄他一枚。1986 年张包老率代表团去印度访问时，也从印度寄封赠予他。去加拿大大女儿处探亲时，还不忘他这位邮友，在香港转机时，还寄纪念封告知他的行程。这些纪念封王景斌一直精心保存着。

张包老不但邮识渊博，还十分强调邮德。一次他寄给友人的新邮首日封上

的邮票被人撕去了，他获知后，十分气愤，说："撕别人信上的邮票，是很不道德的，当年新光邮票研究会的会员，将这种人称为'邮鼠'，要人人喊打。"

有人问张包老长寿秘诀是什么，张包老说："节制情感，好交朋友，不沾烟酒，我好动，喜欢爬山，经常到杭州郊外登高望远，我已 91 岁了，还能在雨天骑自行车，常以骑自行车代步，穿街走巷。"

四、从故居中走出一个真正大写的、充满博爱的人

曾任全国人大副委员长的陈至立在张包老逝世一周年时，为他题词："集邮爱国，情留人间"。称张包老是一位爱国集邮家，是非常恰当的。

"文革"红卫兵抄家时，张包老突然发现一位红卫兵从箱里搜出了三版毛

主席邮票，那可是50年代初他骑着自行车，跑了四五个邮局才买到的三版成套的原版毛主席浮雕图票。那红卫兵将其中一版拿在手上，正要撕开，张包老大胆上前恳求："这是整版的毛主席邮展，不是'四旧'，不能撕开……"这样，三个全版票总算是未遭毁坏。

1993年底，重病缠身的张包老躺在医院病床上，却十分关心省邮协正在紧张筹办的毛主席100周年诞辰全国邮展。12月17日上午，西子湖畔雨停雪止，住院已五个月的张包老在其孙女及护理人员的搀扶下，来到省集邮大楼，亲手将这三版毛主席邮票赠送给浙江省集邮协会。陈复东会长激动地说："浙江的集邮者感谢您，全国的集邮者感谢您，我们将永远铭记您对伟大领袖毛主席的一片真情，永远铭记您为发展我国集邮事业做出的杰出成就！"纪念毛泽东主席100周年诞辰座谈会全场响起一片掌声。

1991年前，在新中国发行的邮票中，只有"中共一大上海会址"的邮票，而中共一大会址的"南湖红船"却迟迟未上方寸。嘉兴设计的封片都喜欢用南湖红船为图案，可是找遍新中国邮票无一枚"南湖红船"邮票可以贴用，不少邮友要制南湖船极限片也因无邮票而深感无奈。张包老于1991年上半年去北京，直接向邮票发行局许宇唐局长提及此事，并再三催促，终于，是年7月1日，以中共一大嘉兴南湖会议会址南湖船为图案之一的《纪念中国共产党成立七十周年》邮票发行。已是90高龄的张包老特地赶赴嘉兴参加该邮票的首发。作为党外人士又是耄耋高龄的邮翁对"南湖红船"邮票发行如此热诚关切，可见一片爱党爱国之情。

抗日战争胜利后，不少老新光邮票会的会员去了台湾。随着海峡两岸之间的交往日益频繁，台胞返乡探亲者与日俱增，张包老从探亲者口中得知台湾老友周鸿晨在集邮上"老骥伏枥"，激动难禁。回想新中国成立前与之朝夕相处，集邮唱和的情景，喜泪盈眶，张包老凝思良久，决心踏出勇敢的一步，给邮坛老友周鸿晨写一封信，开启两岸集邮界之间的交往。尽管这是冒险的事，但两岸友谊之桥总要有人搬动第一块砖！张包老给老友的信开启了两岸集邮界的交往。冰河打破，春水荡漾开来。张包老和周鸡晨信件往来，成为中国改革开放后的80年代集邮界的大事之一。

接着，张包老积极支持组建“海峡两岸民间集邮交流会”，并受聘担任名誉会长，挥毫书写“让我们联络台湾集邮各界，以邮会友，促进祖国集邮事业的发展”的题词。后又在北京、杭州等地举办海峡两岸集邮联展。1989年，以蔡诗滨为团长的台湾集邮代表团访问北京。台湾集邮代表团是受台北、中兴（台中）、高雄、台南等地邮学会和一百六十多个邮票、钱币商社或服务中心的重托第一次踏上大陆的土地，他们对全国集邮联选出张包子俊、马任全等前辈为全国集邮联副会长、充分尊重和调动老一辈集邮家的积极性给予很高的评价。张包子俊特地赴京，会见几十年不见的新光邮票会老友。

这本厚厚的《新光邮刊荟萃》凝结着两岸集邮界新光邮票会同仁的心血。1985年，红印花邮学专家黄光诚托张包老之子带给张包老一套台湾影印的《新光邮票杂志》（全集四册），以弥补大陆《新光邮票杂志》全集流失的遗憾。张包子俊收到后，惊喜万分。他说：“这对集邮者研究我国早期的集邮组织和活动，促进集邮爱好者邮识的扩展和提高，将起极大的作用。”1989年，张包老和杭州的一些集邮家一起，将《新光邮票杂志》中精华文章加以选编，出版了一本《新光邮刊荟萃》。

该书中张包子俊讲到的两件事令人印象深刻。一是孙中山曾亲手设计了一张邮票图案：中列总统像，上为中文“中华民国邮政”六字，左右分列“五”“分”两字，两边为“光复纪念”，下为法文“Republique Chinoise”。孙中山将有设计图案的一页日记交秘书唐文启，由商务印书馆办理。后此票因袁世凯反对而未被采用。张包子俊在文中感叹：“殊不知总理手创之民国，其委曲求全于袁项城（项城为袁世凯的号）者，虽一邮票之微，亦受掣肘。”二是军阀张作霖为纪念自己任大元帅的就职大典，特行在自己割据的六省（直隶、山东、奉天、吉林、黑龙江、新疆）颁发一种纪念邮票。南方国民政府交通部邮政总局局长刘书蕃特呈交通部，报告情形，并通饬各地，不予承认，禁止通用。张包子俊在文中议论："张作霖可杀之军阀耳，仅以其过去之大元帅典礼，而发行于统辖范围之省份，其发行诚不免滑稽可笑，亦徒为吾国邮票沾一丑史耳。"

台湾的《邮坛月刊》杂志社，于1979年出版的《邮坛文选》甲集，共选载两岸集邮家撰写的集邮研究文章共三十篇，十三万字，其中张包子俊选入的文章有三篇。张包子俊对台湾集邮界如此重视邮刊邮书的编著出版及在编著出版时对前辈遗韵的尊重深为赞赏。

张包子俊先生对我国的残疾人集邮活动非常关心。当年的新光邮票研究会里就有一位非常喜爱集邮的、名叫钱叔安的双腿重残人士。新光邮票研究会活动时，钱叔安常请人背他来参加。改革开放后，我国的残疾人集邮有了蓬勃发展，张包老以极大的热情支持我国的残疾人集邮活动。他对在集邮上颇有天赋的肢残人李少华、聋哑人孙熙更是关怀备至，经常带着李少华到学校、工厂以及许多市县邮协参加各种集邮活动，鼓励他编排邮集。张包老对省邮协负责人说，

一定要关心残疾人邮迷，不能伤害他们的集邮热情。后来，在张包老等老一辈集邮家的催促和关心下，1992 年，杭州市残疾人集邮协会成立。张包老在大会的讲话中指出："该邮协的成立，开创了杭州市集邮史上新的一页，必将推动杭州市残疾人集邮活动的进一步普及和发展。"

冬夜，踏着雪冒着严寒，张包老和几位领导来到小营花厅，厅内灯火红亮，正在举办《残疾人与集邮》征文演讲，他倾听了一个个残疾邮迷生动的演讲，并为与会者签名，为获奖者颁奖，使残疾邮迷深受感动和鼓舞。

1993 年 12 月，瑞士集邮家薛少棠专程前来杭州探望张包老，张包老特别嘱托薛少堂说："明年杭州要举办全国残疾人邮展，请你专门为杭州的残疾集邮者们安排一次讲课。" 12 月 6 日，薛少棠为残疾集邮者讲课后，对李少华说："张包老如此关心残疾人集邮，我很感动。明年残疾人邮展开幕，我一定来杭州，并要为集邮获奖者颁发特别奖。"

同年 4 月，张包老病重住院时，依然关心着残疾人集邮，他深情地对到医院看望他的残疾集邮者说："待全国残疾人邮展时，我的病一定好了，到时我一定参加开幕式。"他还在重病之中托人带信，邀请上海的原新光邮票会的集邮前辈施文骥先生参加将在是年 9 月举办的全国残疾人邮展。但是病魔无情地在邮展前夺走了张包老的生命。不过张包老从天堂往下看，一定会喜泪倾盆——在他的关心下首届残疾人邮展成功举办。

五

1994 年 6 月 13 日晚 19 时 50 分，中华邮坛的一刻巨星陨落。

胞妹张包平之为胞兄撰写挽联：

创新光，为发展集邮终生不倦

通万国，对交流文化邮史流芳

诗人孙龄先生为张包老写下诗赞：“腰缠十万为谁忙，不铸金猊铸栋梁，课子空凭夕照晚，驿骑飞处指康王。”

张包子俊跟人说起他做过两个梦，都与邮票有关。其一是：他在西湖上空放飞风筝，那风筝中贴满了五颜六色的邮票。他后来对友人说，谁会将邮票贴在风筝中呢，我是舍不得的，不过这梦是不是有一种寓意，让集邮文化飞高飞远，将中国的集邮文化传到彼国彼洋去。其二是：一个美丽的少妇手中拿着团扇，那扇面上贴满了精美的邮票。他后来对友人说，梦是美好的，少妇美丽，团扇精伦，我想这梦的寓意是，集邮事业是美好的，是对人的精神的优良熏陶，一个喜欢集邮的人在外界眼里也是一个优雅的人。

张包老的墓在杭州钱塘江畔的南山公墓内，位于革命烈士陵园墓道的山腰。正方形，南向，用花饰浮雕的石料作栏杆。迎面是一对石狮，后面是墓穴。再后面是光洁的长方形的黑色大理石墓碑，简洁的碑文只有三个字——“先文母”，下面刻着张包子俊和凌仲湘（夫人）。不像有的名人名前会冠以“著名”“功勋”之类颂词。在他临终前，曾致信张包平之，信中有这样的话：“我早已决，不开追悼会，不行告别礼，不下葬，坚决谢绝吊唁，骨灰也不留，喂鱼吃。”

张包子俊的墓虽简陋，却还留在世上。而张包子俊那颇有文物价值的故居却因杭州旧城改造，已荡然无存。

张包子俊生前多次向有关部门提出，鉴于故居的文物价值，可否保留。但随着轰隆隆的推土机，故居还是永远消失了。

各国各地来缅怀张包老的邮迷，只能站在解放街兴叹而惆怅。

图片提供／桑民强

几树江枫丹叶后，一灯夜雨白头初

——访苏步青故居

文/张　君

苏步青

苏步青（1902.9.23—2003.3.17），原名苏尚龙，字云亭。浙江平阳人。数学家、微分几何学家、中国近代数学奠基人之一。1919年，赴日本留学。1931年，获日本东北帝国大学理学博士学位。1931年起，任教于浙江大学数学系，并创立了微分几何学派。新中国成立后，先后任教于浙江大学、复旦大学。1955年，当选中国科学院院士。1978年，任复旦大学校长。曾任第七、八届全国政协副主席，民盟中央副主席。苏步青主要从事微分几何学和计算几何学等方面的研究。著作有《射影曲线概论》《射影曲面概论》《一般空间微分几何》等。

我们把车子停在腾蛟镇政府的大院里，迈出大门，波光粼粼的带溪就横在眼前了。这条溪平时波澜不兴，平和、平静、平淡，但山洪一来，就会变成一条奔腾的蛟龙。对岸晨雾中的卧牛山，草木青青，若隐若现，林景熙陵墓和苏步青故居就掩映在这片风光里。我和几位年轻人结伴而行，这次又是去看苏步青故居。

走过镇政府旁边的文化公园，一排当地历史名人的石雕胸像令人肃然起敬。我又一次惊叹这个小镇的人才辈出、地灵人杰！宋代的爱国诗人林景熙，现代的象棋大王谢侠逊和数学大王苏步青等人物，不仅是浙南的地方精英，也是炎黄春秋中的翘楚和脊梁。这些人物皆是人中之龙，而苏步青更是龙中之龙。他一生读书教书、爱乡爱国，以卓绝的学术成就和教育业绩流芳千古，让我们温州人引以为傲。

苏步青故居离腾蛟镇政府很近，只隔一溪一桥一里路。那条古朴的长长石板桥，就是苏步青哥哥苏步皋设计并筹资兴建的。它横跨在会骤然变脸的带溪之上，桥脚桥面筑得很高，洪水可从桥下排过。

不是“庭院深深深几许”的深院大宅，也不是苏州园林的小巧精舍，苏氏故居是浙南闽东一带寻常的农家小院，一如村姑的质朴、羞涩。还好门台上有“苏步青故居”五个字金光闪闪，是华国锋同志手书。华也是苏家人，原名苏铸，曾是党和国家的一号人物，位居至尊。

低矮的门台依旧，蜿蜒的小路依旧，泥土的芬芳依旧，两扇厚重的木门也依旧朝着一片翠绿的田园打开。近年来一番修葺之后，院子里的景象为之一新，看上去既陌生又熟悉。院内、厝里，都弥漫着新时代的气息，而我们是来寻觅陈年逸事的。老厝的门窗敞开着，卷成柱状的晒谷软簟还靠在墙边，风车还摆在墙角。这里的陈旧农具，曾陪伴主人演绎过童年的故事吗？这里的陈旧门窗，曾谛听过主人年轻时的爱情心跳吗？

苏步青故居原为祖上留下的三间木结构平厝，始建于清末。20世纪40年代，又在东首续建了两间。乡亲们都说这里风水好，前有流水生财的带溪水，后有流芳百世的青芝山（即卧牛山）。院子内五间平厝排列在一起，前庭开阔，后

院幽深。门前做喜事摆酒席、晒谷晒菜的大地坛斑驳着青苔，如今已成为游客观赏的风景和留影纪念的地方了。

小院门台的两边，延伸着矮矮的、鹅卵石砌就的镰刀形围墙。在这缝隙间小花小草爬满墙头，苏步青童年眼中火红的红蜻蜓还在飞翔，金黄的金针花还在喧闹。西首厝边，古藤老蔓缠绕在一起，蓝天白云被划成了碎片，让孩子们觉得伸手可捉。又长又韧的藤蔓，可让孩子们坐上去晃来晃去打秋千，晃起笑声朗朗。罕见的榕树枇杷树的连体树也长在这里，两种树叶交叠在一起，像在捉迷藏。枇杷黄时，枝头挂满金弹子，让树下的孩子个个馋涎欲滴。这里一年四季，还有鸟鸣啁啁、蜂飞嘤嘤、蝶舞翩翩，还有蚂蚁大军抬着蚱蜢大腿的示威游行，处处营造着启迪少儿心智的佳境。或许当年大人们就是把风车抬到这里来扬谷，也让孩子干点农活。举目凝思，我仿佛看见有个孩子正踮起脚尖扬谷，谷子黄金雨一般泻落满地，他笑逐颜开。就有白米饭吃了，怎么不高兴？平阳北港的孩子都是番薯丝吃大的呀。

厝后清风徐徐，翠竹摇影，芳草萋萋，也有一个鹅卵石地坛，比厝前的地坛要小些。夏天的夜晚，可在这地坛上架好门板、铺好篾席，全家人聚在一起乘凉。烧起浓烟呛鼻的“辣了”驱蚊，看明月冉冉升起，其乐融融。父亲悠然地一边摇着蒲扇，一边咕咕吸响旱烟。端着烟筒的手上，食指与中指间夹着纸煤，青烟袅袅。孩子们拖着木屐，的嘎的嘎地窜来窜去，不是缠着母亲要她唱童谣，就是催着父亲要他讲故事或做猜谜。孩子喊肚饿了，母亲就会动作麻利地煮上粉干汤，绿竹笋丝当佐料，味道鲜美之极。这味道，苏步青到 100 岁还没忘记，回味起来，啧啧称奇。这种粉干汤，如今成了腾蛟名小吃。

老厝后边有一口井，水清如镜，夏凉冬暖。在苏步青两兄弟事业有成后，人们把它叫作“聪明井”，说谁要是喝了这井水，就会读好书改变命运，就能当官发财。这也是父母们的一种美好愿望呀，望子成龙、望女成凤乃人之常情，姑妄听之吧。实际上，哪有喝几口井水就会有出息？苏步青在天之灵若有知，当会付之一笑。他是在偏僻的南方农村里长大，在菜油灯和火篾的亮光下苦学成才的农家子。父亲是本分的种田人，上过私塾略通文墨，除几亩薄田外，还得靠写门对、看风水赚点小钱以维持生计。母亲林氏一辈子生育了十三胎，竟夭折八女一男，苏步青是最后一个孩子。他全靠自己的刻苦用功，才创造了人间奇迹，使东瓯山水也格外光彩起来。

自晚清以来，中国遭受列强的侵凌，出现了空前的民族危机，志士仁人，英才俊杰，莫不殚精竭虑探索救国之道。苏步青就是一名读书救国的践行者和成功者。他将人世间父母望子成龙的梦想变为现实，让人们永远燃亮对下一辈的希望和期盼。苏步青原名苏尚龙，生于 1902 年。他父母也是望子成龙的，故以龙名之。后来他改名为步青，平步青云者非龙莫属，还是龙。父母缩衣节食供他读书，让他“穷且益坚，不坠青云之志”。他 7 岁就上了私塾，9 岁到县城上学，毕业于水头振德小学（水头一小前身），14 岁以第一名成绩考入浙江省第十中学（温州中学前身）。17 岁东渡日本留学，30 岁获理学博士学位。同年，他谢绝日本名牌大学的高薪聘任，“苟利国家生死以，岂因祸福避趋之”，毅然回到祖国，呕心沥血报效祖国，以培养人才为己任。他追随浙大校长竺可桢西迁，携手陈建功教授，千里迢迢跋涉，在贵州遵义湄潭的破庙里艰苦办学，吃番薯干蘸盐巴度日，把浙大数学系办成了世界一流的数学系，被当时英国科学考察团誉为“东方剑桥”。新中国诞生后，“雄鸡一唱天下白”，他更加热心于祖国的教育科研事业。虽在“文革”中备受冲击，但“文革”结束后，他第一个向邓小平力陈教育大计，最早发出高等院校必须改革的呼吁。从日本归国，他历任浙江大学和复旦大学教授、数学系主任、数学研究所所长，复旦大学教务长、副校长、校长。何为爱国主义，何为追求真理，何为无私奉献，他用自己一生的所作所为，写下了满分的答卷。如今有不少青少年难以读懂历史，中老年又陶醉于现实，想想苏步青，人们难道不会于心有愧吗？

苏步青一生治学修身，学不偏废。数学才具杰出，业有专精，对文学、哲学、历史、物理、化学也都有所研究，并对外语情有独钟。他25岁以前就学会日、英、法、德、意五国语言，50岁以后又学会了俄语。他从教七十年，“桃李满天下，风光润大千”。从浙大到复旦，培养了一代又一代数学家。他的学生谷超豪、胡和生、方德植、熊全治、白正国、杨忠道等，都是数学界顶级人物。他认为能培养出“一代胜过一代”的人才，才是老师的成功。从苏步青到谷超豪，从谷超豪到李大潜，从李大潜到洪家兴，三代科学院士，四代数学院士，四代数学博士，铸就了空前的“苏步青效应”。他创建了中分几何学派，并开创了计算几何的研究新方向。他的二十二位子女晚辈中，有十五位献身教育事业，是后续有人的一个教育世家。党和国家三代领袖毛泽东、邓小平、江泽民都接见过他，和他紧紧地握过手，并都对他予以高度的评价。

面对苏步青的《微分几何学》等二十多部专著，我是一个睁眼瞎，看去明摸去平，实在读不懂。他所创作的诗词，我倒可读个一知半解。他是数学家中的诗人，诗人中的数学家。在《原上草》《西居集》等诗集中，他洞开了自己另一个世界——敏感而丰富的情感世界。他十多岁时的诗就一鸣惊人，在故居吟出了《言志诗》：“清溪堪作带，修竹好当鞭。牵起卧牛走，去耕天下田。”他一生长期旅居在外，总念念不忘故居故乡。宋代的爱国诗人林景熙也是带溪这个小村子里的人，林氏的思想、诗风，对苏步青曾经有过深刻的影响，尤其是爱乡爱国思想。他写过不少怀恋故土的吟唱。1944年，他在云南想起了故居，写下了《湄江秋思》：“干戈岁久梦乡疏，每到秋来忆故居。几树江枫丹叶后，一灯夜雨白头初。哀时文字因人读，种菊庭院课子锄。湄水无潮复无雁，不知何处得家书。”他寄给故乡文化站的《题近照》，乡情醇如酒：“梦里家山几十春，寄将瘦影问乡亲。何时共赏卧牛月？袖拂东西南北尘。”他与异国夫人米妹，“东西曾共万千里，苦乐相依六十年”。他写给她的诗词，尤为扣人心弦。有一首《菩萨蛮》：“明眸皓齿仙台女，中原来作畴人妇。纤指忆当时，锦弦斜雁飞。 樱花开烂漫，川鹿声呼唤。夜夜约相逢，毗河门寺钟。”情妙景妙，声妙色妙，真是一首绝妙好词！1986年米妹去世后，他又写了不少悼念诗词，有两首七律是这样的：“依稀宵梦到庭园，草棘离披不见君。萝屋有愁还有泪，瑶池无路更无门。山茶剩蕊燕脂血，月季嫩芽环佩魂。孰道鸳鸯债能了，梅花纸张共晨昏。”“暮年丧侣亦昏昏，今日端阳更忆君。梦里有时能见面，人间何处可招魂？弦教纤指留音韵，镜为明眸掩泪痕。欲鼓盆歌效庄子，偏怜宝玉遁空门。”诗中没有正面出现主人公的形象，但侧面之物象的描绘，字里行间有一种微妙的悸动跃然纸上，读之令人凄恻。当然，师友谊、父子情、山河恋、域外游等其他内容的诗，他也都写得很美很动人。数学倚仗逻辑思维，诗歌依靠形象思维，苏步青驾驭这两种思维却不会撞车，是中国传统诗词写得最好的一位数学家。

结识名人，也需要缘分。20世纪80年代初，苏渊雷先生就想带我去拜见苏步青，约了数次未能成功。直到1996年，我协助张文老师编《卧牛山下农家子——苏步青的故事》，才在上海得见其尊仪。见了面讲起了福建话（闽南话），那种畏人的地位、学识的落差感就消失了。他说对我的名字有印象，因为那篇短短的《平阳》画册序言，还有渊雷先生也曾向他提起过。他还向我问起张和光先生，嘱咐我回平阳代为问好。他俩有诗词酬唱之谊，张的儿子好像是他的保健医师。我们不仅一起合影留念，他还为我的诗集《沈舟诗拾》题词勉励，那种同乡长辈的殷切之情，令人至今难以忘怀。

我从读水头一小起就开始参观苏步青故居，已记不清到底来过多少次了。这回发现厅堂上除了供有苏步青的像，还多了米夫人戴着眼镜的放大遗照，和马夫人并排挂在一起，使我们看了十分感慨。我默默燃起一炷心香，向这两位夫人的在天之灵顶礼膜拜，这也叫还历史以原本面目吧。抗战期间，苏步青曾回到故乡参与创办南雁中学，任筹建会董事。那段日子，米夫人曾在这个农家小院小住过，在这里演绎过举案齐眉的故事。那段日子，天光雄鸡一叫，苏步青就得打滚起床，洗漱食用过后，脚蹬蒲鞋，行色匆匆，赶到二十多里远的水头街上班。到太阳落山的时辰，又连忙赶回家，每天风雨无阻。那时带溪的石板长桥还未建造，若遇到发山洪，他还得涉水或泅水过溪。有一日，天色已墨黑，西北雨白豆般大小落个不停。先生迟迟未归，两位夫人生怕发生什么意外。马夫人坐在前间念佛，祈祷佛公保佑平安；米夫人在卧室里踮起脚等，越等越心慌。正当俩人要相拥而泣之际，老厝的大门被双手用力推开了，一身湿淋淋的先生站在眼前……前些年，老厝的雕花窗棂还在，那鸾凤和鸣的图案，顽强地撑在原处，展示着主人鲜为人知的伉俪情深。如今窗棂好像换成了玻璃窗，让人难以追思了。任何一个男人的成功，都是离不开女性的激励和抚慰的，尤其是自己所心仪的理想女性。甘愿为男人事业不惜付出一切的女性，都是神圣美丽的，都应该得到人们的崇敬，我愿焚香叩拜、叩拜、再叩拜。

离开了苏步青故居，眺望卧牛山冉冉腾升的晴岚，我的思绪纷飞。名人的故居将会超越时代而不老；苏步青的数学智慧（如他创立的微分几何学派，发现“苏维面”和“苏链”）也应该不老；他的丰富、真挚的情感更应该不老，这一切都将成为故乡故居的财富，成为一种永远。

2003年3月17日，苏步青在上海谢世，终年101岁。他是中华人民共和国的前国家领导人（全国政协副主席）、民主党派领导人（民盟中央副主席、名誉主席），是古今中外地位最高、年寿最长的一位数学家（曾被称为世界数学家长寿之最的英国罗素和法国阿达玛，终年都是98岁）。寿登圣境，苏步青可怡然长眠了。他活在中国历史上“千古变局”的伟大时代，一生与国家民族休戚相关，有过血泪交织，更有鲜花和笑声。当他心脏将停止搏动时，他的眼前会出现故乡的卧牛山和带溪水吗？我想，他一定会凝望自己的农家小院，凝望那间卧室窗棂上的鸾凤和鸣……

苏步青90岁登上黄山，95岁还能参与社会政务，实属世上罕见。他寿臻百岁有诸多原因，一生饮食以素为主，少沾荤腥，当是其中之一。据传，他从小就在故居跟自己信佛的母亲开始食素，不仅每个月的初一、十五吃素，连逢年过节有时也会吃素，吃出了素食的淡而有味，吃出了年年平安，吃出了百年长寿。除了食素，他还利用业余时间挥锄洒汗，在自己开拓的菜园子里种一些蔬菜之类，自得其乐，数十年如一日。他说这种平凡的劳作，也是一种高雅的体验，既可自求自给，亦可愉悦心身。抗战期间，他在遵义湄潭垦荒半亩，种番薯种菜，一家八口怡然自给，并留下一绝清唱：“半亩向阳地，全家仰菜根。曲渠疏雨水，密栅远鸡豚。丰歉谁能卜？辛勤共尔论。隐居那可及，担月过黄昏。”“担月过黄昏”，太有诗意了！20世纪大跃进时期，他竟在复旦大学种出一个二十八斤的冬瓜王，轰动了全上海，声播海内外。他长期喜欢吃素种菜，体现了一种淡化超然的人生观，也是对生命回归自然的礼赞，使其抵达了物义交融的人生境界。此外，他还喜好足球、摩托、登山等运动。他每天坚持做“练功十八法”，75岁前终年坚持冷水浴等，也都是长寿之因素。

苏步青故居至今尚少为人知，来此旅游的人不多，但它确是不可多得的温州文化旅游景点。它的价值，将会随着时间的推移，显现出来。

图片提供 / 徐冶铮

江南十月似三春，醉酒红蕉笑向人

——访钱君匋故居

文 / 梦之仪

钱君匋

钱君匋（1907.2.11—1998.8.2），名玉堂、锦堂，字君匋，号豫堂、禹堂、午斋，室名无倦苦斋、新罗钱君匋山馆、抱华精舍。浙江桐乡人。篆刻家、书画家、装帧艺术家。1925年，毕业于上海艺术师范学校，从丰子恺学习西洋画，并自学书法、篆刻。后任开明书店音乐美术编辑，负责过鲁迅、茅盾、叶圣陶等名家著作的装帧设计。新中国成立后，曾任上海音乐出版社副总编辑、西泠印社副社长、华东师范大学教授、上海市政协委员等职。钱君匋一生治印两万余方，上溯秦汉玺印，下取晚清诸家精髓。创作有《长征印谱》《君长跋巨卯选》《鲁迅印谱》《钱君匋印存》《钱君匋书籍装帧艺术选》等 。

一

我们到达桐乡县屠甸镇时，不曾听到寂昭寺的钟声。

寂昭寺在屠甸镇的东向，寺前有几棵高大的银杏树，寺西是曲折的小巷，丰草没径的小路尽头有一幢古宅，那便是钱君匋旧宅。门前的不远处，石泾塘水潺潺地流着，非常安静。想来，1907年2月钱君匋刚出生时也该是这模样吧。

屠甸，古地名称“石泾”。传说唐宋年间，该地村民见有人形的浮石从这河中漂来，这个地方便有了“石人泾”的称呼，后来又简称“石泾”。

不一样的是寂昭寺。幼时的钱君匋，在每天早晨和傍晚，必定会听到从寂昭寺传来的悠扬的钟声。那钟声飘扬在湛蓝的天空，回响在古宅的上方，荡漾在小河的水面，钟声印在了幼年钱君匋的记忆里。

与钟声一起铭记在钱君匋记忆里的还有寂昭寺。那年钱君匋上小学，教室就设在寂昭寺的方丈室，在那里，他遇到了他的书法启蒙老师钱作民，而前后两排教室之间的青砖矮墙，便成了钱君匋最早练字的地方。寂寞的青砖一定不曾想到，一不小心，它训练了一位日后的书家，不单是书家，还是一位全才：篆刻家、画家、装帧艺术家、文物收藏家、诗人、音乐家、出版家，等等。

这是非常让人惊讶的，艺兼众美，岂是常人所能望其项背？我辈凡夫俗子，就算投入一种艺术，也未必有多少收获，而钱君匋，一个人就有那么多的成就，真是一个谜。

二

读钱君匋的书画印作品，我常常能感受到他倾注在作品中浓烈的情感。情感，是我们每个人共有的财富，而每个人对情感又都有不同的表达方式，作为艺术家的钱君匋，他选择他的作品为他抒怀。

某一个午夜时分我醒来，依稀能感觉到月光。极少在这样的时候清醒，一时睡意全无，也许是要让我做点事吧。我便起，看钱君匋的画，看到的是他的《美人蕉》。一如他的很多写意作品，蕉叶泼墨而出，浓淡有致，枯湿咸宜，墨彩丰富，最抢眼的是朱红的花，月色下仿佛轻歌曼舞的少女，艳丽至极。是月色醉人吗？再看画上的字：江南十月似三春，醉酒红蕉笑向人，舞罢风前犹玉立，我来拈笔写其真。红蕉笑得可爱，亭亭玉立的红蕉美丽动人，这是大自然的美，更是人间之美。唯有热爱生活的人，才有对大自然的真切投入，也才有大自然的真情回报，这便是天人合一的境界。钱君匋的《紫葡萄》《牵牛花》《芭蕉红梅图》等国画，无一不是以写意的手法墨色淋漓地再现了自然多姿多彩的面目，抒发了他对大自然的美好情感，引人共鸣。

1954 年冬，祖籍浙江海宁的钱君匋客居京都，刻了“夜潮秋月相思”一印，此印七厘米见方，边款刻的又是长跋，共有五面，如汉碑的隶书有这样的句子：

故里海宁观潮甲天下……今久客都中，每当月夕，不无夜潮秋月相思。

初次看到“夜潮秋月相思”的巨印，真是灿烂夺目，朱底之上是粗壮的白文线条，一见之下，有一种涌起的冲击感直逼心胸，一如月下起伏的潮水拍打着海塘。我也曾在八月十八看过壮观的一线潮，那排山倒海之势果真天下无二，我也曾于夜色下的海塘上听过潮，却未曾想到夜潮引人相思。是啊，一个客居京城的异乡人，如何能不思念故乡？浓烈的相思奔放在心头，借助刀的力量而赋予其艺术的生命，感染了自己也感染了别人，而此时的我，也不免因此印怀念起夜潮了。

诗，自然更能直截了当地表达作者的情感，钱君匋有《怀故园》一诗：春去总难留，落红点点愁，故园双柳树，料应绿遮楼。暮春时分，点点落红引来点点愁，想起故园，该是柳絮纷飞柳叶飘舞吧，此情此景，故园岂止在心里？身在此地，犹如置身故园里。又是相思。

三

钱君匋的艺术生涯，最早与书法结缘。寂昭寺的青砖不会忘记，每到寒暑假，钱君匋总会找来棕帚，蘸着清水在青砖上写大字。没有人督促他，全凭他自己的兴趣，从兴趣开始，继而需要的是持之以恒的毅力，钱君匋做到了。他从柳公权的《玄秘塔》开始，天天临池。进入上海艺术师范学校后，又临起《龙门二十品》中的《始平公》，学写北碑。在河南洛阳南伊水旁的龙门山上，有北魏以来的大量石窟佛像，其中北魏造像约两千件，有些造像刻有题记，清人选了二十种，拓后大显于世，人称《龙门二十品》。凝重、雄健、峻拔的北魏书体，不仅影响了钱君匋的书风，也蕴蓄了他在篆刻上的修养。

钱君匋的篆书从石鼓文入手，得力于清末的赵之谦，清丽典雅，风格朴茂。“扬州八怪”之一金农的隶书又使他的书法艺术迈出了一大步。钱君匋的隶书，古朴典雅，又灵动飞扬，汉简味极浓，读来赏心悦目。他在晚年喜书大草，挥洒之间，纵横自如，深得怀素神韵。他曾在莫干山上书江南第一大字“翠”，引无数人惊叹。

方寸小天地，却是一个大舞台。钱君匋刻印受家乡屠甸镇上的两位书画家孙增禄、徐菊庵影响，在上海艺术师范学校，有幸得到弘一法师的三大弟子丰子恺、刘质平、吴梦非传授绘画、音乐和图案。治石由学习吴昌硕印入手，且得其点拨，又改学赵之谦，继而上溯至先秦两汉，直至明清诸家，最偏爱晚清赵之谦、黄士陵、吴昌硕印，受此三家影响最深，印面或秀气或老辣或古朴，用刀则爽利劲拔，边款真草隶篆四体俱入，面目纷呈，多姿多彩。如他刻的《丛翠堂藏印》朱文印，取赵之谦的风格，密处不容针，疏处可走马，具有强烈的节奏感。他为画家朱梅村刻的“朱梅村”一印，印面是一红梅花，边上仅一“村”字，匠心独具的构思让人叹服。我在夏日的午后，读到这枚印章，仿佛看到傲雪的红梅，颇觉凉风习习，真是笔有尽而意无穷。

除取法赵、黄、吴三家之外，钱君匋自成风格的代表作，有为画家朱屺瞻和王季眉刻的“学到老”印，以切刀为之，粗犷厚重，虚实映衬，笔意刀味俱浓。边跋是朱屺瞻、王季眉画的“梅兰竹菊”图，君匋奏刀。一印而见书画韵味和金石刀味的和谐统一，诚不易也。

钱君匋最为人称道的是他的诗书画印熔于一炉。他巨印的长跋，常常是精美的散文。他的画上每每总是自己的诗，晚年为配合他的写意画，又镌刻了相应的印章，如“秋深菊数丛”等，以豪放的风格出之，作品中跃动着艺术家的心声。挟金石气入画，令画作气象万千。

但是，最初令钱君匋成名的，并不是他的诗书画印，而是为他带来“钱封面”雅称的装帧艺术。开明书店时期，钱君匋曾为鲁迅、茅盾、巴金、郁达夫等文学大师设计过书衣。之前也创作歌曲，还出版了诗集《水晶座》。

31 岁起，钱君匋转学旧体诗，他的诗词《冰壶韵墨》出版于 1980 年。至晚年，他结集出版的印作则更多，有《君匋印存》《钱君匋篆刻选》《长征印谱》《鲁迅印谱》《钱君匋刻长跋巨印选》等十多册，理论方面的著作多部，还多次在海内外举行书画艺术展。对于钱君匋来说，艺术之花开得持久而热烈。

四

钱君匋长期钻研无闷赵之谦、倦叟黄士陵、苦铁吴昌硕，取晚清三大师别

署首字刻得斋名巨印“无倦苦斋”，印侧的行书长跋记载了斋名的由来：余得无闷、倦叟、苦铁印数均逾百，堪与“三百石印富翁”齐大比美，乃珍护之于一室，效沈韵初“灵寿华馆”，缀三家别署之首字以名之，且《战国策》有“无劳倦之苦”一语，益喜其巧合，此亦好古之乐也！

斋名取得诗意，又耐人寻味，既点明其篆刻师承的渊源和对三大家的景仰，更表明了他对艺术追求“无劳倦之苦”的精神。他是这么说，更是这么做的。从幼年时不间歇地练字开始，到后来在装帧、篆刻、收藏和绘画上投入大量精力，他以一生的时间致力于学问，甚至在他逝世前几天，还拿出印来修改。对艺术的执着和对完美的追求，共同成就了钱君匋非凡的艺术人生。

钱君匋的“无倦苦斋”，书法家潘伯鹰见后大赞，称为“天下第一书斋名”。可是在十年“文革”中，就是这个室名，被无端地诬陷为“无权可抓”，给钱君匋引来重重灾难。

五

1985年春，钱君匋将毕生所藏的明代、清代、现代的书画、印章及自作的书画、印章、书籍装帧等捐献给家乡桐乡市，其中包括文徵明、徐文长、石涛、陈老莲、华喦（新罗山人）、吴昌硕以及齐白石、黄宾虹、朱屺瞻等人的书画，还有汉朝的瓦当、瓦罐、陶器等稀世珍品，总计四千余件，桐乡市为此在梧桐镇庆丰南路59号建造了君匋艺术院。凤栖梧桐。桐乡在出了茅盾和丰子恺两大名家之后，遂由钱君匋完成鼎足之势。

君匋艺术院整个建筑由两个展览大厅、讲堂、研究室、资料室、珍品库以及配套的客房、餐厅组成。底层展厅用大展板的形式将六开间的展览大厅分隔成两间，陈列巨幅书画。二层展厅设有展橱及展柜，用于陈列钱君匋先生的书画印章，展示其艺术生涯。

记得是十年之前，我走进君匋艺术院，看到了琳琅满目的艺术品，对于书画印，第一次有了一个初步的印象。一个不懂书画的人，却被这份艺术的气息感染着，我自己也意外着。从此，我知道了钱君匋这个名字。

艺术院的布局有较强的现代气息，又有江南水乡的风格，展厅、餐厅、客房采用曲廊连接，庭园中布置了大草坪、水池、小曲桥、院名碑以及钱君匋铜像。我到过那里几次，总是被水池吸引，我看到，水池里浮映着片片荷叶，这不由让人想起钱君匋刻的几枚“田田”印章。朱印墨拓与翠绿的叶儿，一起在我心里飘荡。

君匋艺术院开院以来，先后举办了“君匋艺术院藏品展”“张大千、于右任书画展”“沈子丞书画展”等各种展览二百余次。

1997 年钱君匋又将近十年所收藏明清、现代字画及古代陶瓷、铜镜和自作字画、印章等共一千件，毫无保留地捐献给祖籍海宁市，海宁市为此在西山山麓建了钱君匋艺术研究馆，乔石题写了馆名。

如今这两处地方成了书画家们研究交流书画艺术的重要场所。钱君匋，他把一生所收藏的珍贵的文物留给了他热爱的家乡。

六

想不起曾经在何处看到过一帧照片，照片上钱君匋和艺术理论家柯文辉就站在写有“钱君匋旧宅”的门前。这幢坐落在屠甸酱园浜的房屋，是钱君匋在开明书店有了积攒后，以他父亲的名义买下的。

不久前我和小儿信尔去寻访，在一个双休日能够找到此处并进得这个旧宅真是不容易。当找到这个门时，我们很兴奋。门已用水泥砌了，现在的门开在西侧，上面挂着屠甸文化站的牌子，但是门关着，我们进不去。

多处打听了好长一阵子，也到过了寂昭寺，但都不曾有结果。在一个小摊前，我意外地得知一个民工模样的中年人认识文化站站长，连忙在摊前花十块钱买了一包“五一”牌香烟作为酬劳。中年人便带我们去寻找，找了站长开的影院，又到他的家，都不见，然后向导说，得去很远的加油站，一定在那里了。天很热，找得又累，信尔死活不肯再走，我也想放弃了，但是我们的向导不肯放弃，他借来自行车，让我们在原地等着，自己找去了。当他回来的时候，旧宅的门已经开了。那个时候，心里实在充满了喜悦。

古宅分东西北三面连体坐落，北面正厅名“思源堂”，三字出自于右任的手笔，有古拙之美。“思源堂”这一横额来得偶然。还是 1931 年的秋天，钱君匋把为于右任刻的两方印送去，正碰上于右任在写字，便也为钱君匋写了两幅。一幅是对联，用了钱君匋自己的上款，另一幅就是“思源堂”，用了钱君匋父亲的上款。

思源堂匾额下是大幅的山水画和对联，两边的柱子上则是一对篆书的抱柱联。屋子是旧了，堆了很多杂物。西厢房如今是文化站的办公室，东面屋子则被辟为图书室和阅览室。

抗战兴起，钱君匋一度回到故乡屠甸，就在这幢老屋里，曾经花一周的时间构思，又用十天的时间完成了六种“航空救国邮票”的方案。然后在一个晴朗的日子里，和母亲、妻子、弟弟等六个人一起，雇了一只小船，到邻近的硖石镇为这套邮票摄影。三架敌机隆隆地从小船上空飞过，把炸弹投在了硖石。另一天傍晚，钱君匋正在卧室中凝神雕着一方石章，硖石又遭到了十多枚炸弹的侵犯，一阵巨响和震荡，那枚手里的石章掉落到了地上。

1987 年秋，八十多岁的钱老先生再一次回到故乡，就是在这里的西厢屋接待了很多社会名流，次日，君匋艺术院举行了落成典礼。

我不知道，那几次，重回故里的老艺术家是否又听到了寂昭寺的钟声？他在心里怀念钟声吗？

他一定记得幼时晨夕必闻的从寂昭寺传来的钟声；后来任浙江艺术专门学校教授时，客杭之吴山，山寺的钟声时远时近；在上海兼任澄衷中学教职时，

讲舍之侧有层楼巨钟，报时之音，晨昏不息；抗战后回到上海，创立万叶书店，寓海宁路，犹闻海关钟声。想到从幼年到少年而至壮年，时光飞逝如白驹，他一定不由得感叹，是钟声送尽了流光！遂把石捉刀，刻下“钟声送尽流光”细朱文印，那年他 48 岁。

有一阵子，我常常在想，如果九十高龄的老先生再次奏刀重刻此印，他会怎么写这个印跋呢？钟声送尽了流光，对于很多人来说，流光只是一瞬间，而对于钱君匋，流光并没有空自消失，他为世人留下了丰厚的财富，那段流光也因此分外地耀眼！

图片提供 / 梦之仪　魏丽敏

读书入仕两彷徨

——访吴晗故居

文/龚　思

吴晗

吴晗（1909.8.11—1969.10.11），原名吴春晗，字伯辰，笔名语轩、酉生等。浙江义乌人。史学家、社会活动家、现代明史研究的开拓者和奠基者之一。1934年，毕业于清华大学，并留校任教。1937年起，先后任教于云南大学、西南联合大学。新中国成立后，历任北京市副市长、中华全国青年联合会副主席、北京市政协副主席，中国科学院历史研究所学术委员、中国科学院哲学社会科学部学部委员等。“文革”期间因其所著新编历史剧《海瑞罢官》而被批斗，在狱中自杀。著作有《朱元璋传》《读史札记》《胡应麟年谱》等。

一

1969年10月11日，吴晗家寂静的空气被一阵急促的敲门声打破。年幼的吴家姐弟俩来到门口，姐姐吴小彦小心翼翼地将家门打开了一条缝，向外张望；弟弟吴彰显得十分慌乱，紧紧抓着姐姐的衣角。姐弟俩不知门外来人的善恶，自从他们的父母被带走之后，他们被人喊成“黑帮子女”，不敢再出门。而他们的妈妈也在不久前的三月永远闭上了眼睛。

小彦拉着弟弟出了门。门外站着几个大人，他们身后停着一辆汽车。姐弟俩看到汽车是医院的牌子，顿时，一股不祥之感涌上了姐弟俩的心头。

当他们来到医院的监护病房时，一个专案组的人绷着脸说：“你爸爸今天早晨死了。”小彦一听先是一怔，她没有想到他们带来的是这样一个消息。姐弟俩号啕大哭，透过哭声小彦追问来人：“我爸爸怎么不想看看我们呀？”那人回答说：“昨晚他提出过要见你们，我们不知道你们住在哪儿。”姐弟俩想到往日慈祥的爸爸竟然就这样与他们天人永隔了，放声大哭起来。可是这时，一个头目模样的人走过来，对他们大声呵斥：“你们的爸爸是个很坏很坏的人，如果不和他划清界限，没有你们的好处！”并且取出了一条血迹斑斑的裤子扔给姐弟俩。小彦接过裤子怔了很久，说不出一句话来。在那凄惨的秋天，两个孤儿捧着血衣，影子在夕阳下拉得很长很长。

镜头拉回到1909年8月11日，义乌苦竹塘村吴瑸珏家传来了长子的第一声啼哭。婴儿的啼哭打破了这个清末秀才家中原本紧张期待的气氛，大家欢天喜地地迎接小生命的到来。然而他们并不知道，这个诞生在辛亥革命前夕的小生命长大后却走上了治史之路，还投身到红红火火的革命中去，他们本以为平凡的孩子最终成了日后的明史专家、北京市长。而他们更不会想到，在吴晗诞生这一天他们许下的美好愿景，却在六十年后被披着政治外衣的人们击得粉碎，那条血迹斑斑的裤子成了吴晗留给后人唯一的信物，没有人再见过他。

如今，我站在承载了吴晗童年与少年时光的屋子前，联想到他戏剧般的一生。冬日午后的阳光倾泻下来，映在洁白的粉墙上，乌兰夫的题词“吴晗同志故居”显得格外的耀眼。这栋洁白的大屋子在小村庄中显得如此质朴，但又如此与众不同。屋外的常青树已经与屋顶齐高，一旁不知名的树梢上花蕾含苞待放，再过不久梁下的鸟巢中又该有燕子的啾鸣声了。这里到处是一片生命的迹象。仿佛这四十多年来，吴晗一直在这里生活、学习、工作着。我想，这个大起大落的人终究还是归于平静了，他的思想之魂或许仍然回到了这个质朴的小村庄，在“梧轩书斋”中继续着他的治史道路。历史的洪流冲刷去那些荣耀的光环与耻辱的污蔑以后，还原出一个最为本真的“人”。这个“人”就如同他的出生地——那幢屋子一样，洗净铅华，素色，却拥有着永恒的魅力。

二

出生在辛亥革命前夜注定了吴晗不平凡的一生。军阀混战、动荡不安，是那个年代的代名词。人都说“乱世出枭雄”，而吴晗即是这乱世中以笔作枪的“枭雄”之一。而“小邹鲁”深厚的人文底蕴则为吴晗日后的治史之路打下了坚实的基础。

家庭教育对于一个孩子的未来显然是起了最重要的作用。1909年，拥有末世秀才身份的吴瑸珏是苦竹塘村为数不多的几个“喝过墨水的人”之一。年幼时的经历和成年后的警佐生涯，让吴瑸珏认定读书才是唯一的出路。父亲要吴晗读《御批资治通鉴》和《论语》《孟子》《左传》。每天都要背书，念一本，背一本。

然而小孩子的天性自然是贪玩的，吴晗面对一卷卷“天书”似的古文和语言冠冕堂皇、内容大致相同的皇帝御批文章，难免会分心，父亲就用鸡毛掸子打他。吴晗还经常被罚跪在石板地上摇头晃脑地背书。待吴晗长大一些后，饱读诗书、精通古今的父亲经常与吴晗和对诗词。父子二人竟似一对忘年交一般，于月下对诗词，远处炮火的硝烟全然无法打扰这对父子的雅兴。

然而，随着时间的推移，吴晗的年纪日长。他不再是一个只满足于“对酒当歌”的“乖孩子”，苦竹塘这片小小的村庄再也无法满足吴晗渐长的求知欲望。他不甘于只做一名小学教员，他希望继续升学。那个年代的优秀青年所向往的无非就是两条道路：一是读书救国，二是穿上军装从戎救国。吴晗一心想报考向往已久的清华、北大这两所国内最高学府和黄埔军校，实现他成为一个大有作为的人的抱负。不久，父亲为吴晗订了一门亲，对方是他父亲世交陈老伯的独生女儿。吴晗却不以为然地说：“我要求学，不要美女！”后来，女方对吴晗饮酒、打麻将、吸烟等事有所耳闻，主动解除了婚约。吴晗无动于衷，父亲却大发雷霆。父子关系因为升学和婚事趋于紧张。1927 年暑假的一个晚上，吴晗与父亲又为升学之事发生争执。已患肺病的父亲，在急怒之下打了吴晗。倔强的吴晗就冒着倾盆大雨，从家中后门出走。

从父亲吴瑸珏的角度出发，他的一系列行为也是合情合理的。他从未想过除了《御批资治通鉴》之外，还有更广阔的知识在等待着自己的儿子去学习。谋得一份正当的工作，组成一个美满的家庭，过着平凡但是稳定的一生，然后颐享天年，这是吴瑸珏给儿子谋划好的未来。然而他的儿子却不满于这样的未来蓝图，甚至不惜以破坏亲情为代价去取得自由。这时的吴晗就如同很多文学作品中描写的那个时代反叛青年一样，对未来怀揣着美好的梦想，对阻拦自己的家庭采取反抗甚至是恶脸相向的态度。只是年轻的他尚不知，他的血管中始终流淌着的是吴家的血液，浸透的始终是吴家的历史。即便有了新知识的武装，旧传统依然潜在地影响着吴晗的人生选择。

不知道吴晗离开家的时候有没有回首看过这栋陪伴了自己多年的粉墙黛瓦

的宅子，有没有想起那些个与父亲一同对诗词于月下的夜晚，有没有想到因争辩而变得怒目相向的父子二人。总之，此后这父子二人再也没有一起在月下和对诗词。大革命的硝烟已经开始，渐渐蔓延至校园，乃至普通人的日常生活之中。苦竹塘的月夜对于吴晗来说已经只是儿时的美好回忆了，迎接他的将是一个全新的广阔的世界。

三

说起吴晗，一定要提到一段被后人津津乐道的师生之情。而这位对吴晗青睐有加的老师便是中国近现代史上争议颇多但学识渊博的胡适先生。

他们两个，一位是当时中国知识界中举足轻重的“重量级人物”，一位是刚刚离开小村庄没有任何治学经验的青年学生。因这教授的爱才，学生终得以在文史方面闯出一条路来；更因这学生的勤勉好学、天资聪颖，这“一高一低”的两人在很长的一段时间内，不仅是友好的师生，更是互相扶持的忘年交。如果不是大革命，如果不是中国形势的急转直下，如果这两人生活在一个和平的年代，那么这份师生之情一定会延续下去，贯穿他们的一生。然而，历史总是没有如果的，历史也是不能转变的。历史注定了吴晗将超越他的老师，并紧跟着历史的脚步向前走去。

在中国公学的选修课“中国文化史”上，吴晗第一次见到了风度翩翩的胡适先生。戴着眼镜，梳着分头，穿着大褂，温文儒雅的胡适让吴晗非常欢喜。课堂讲授过程中，胡适的博学多才让吴晗十分佩服，对胡适“大胆假设，小心求证”的治学之道更是十分推崇。吴晗在 1930 年写出了处女作《西汉的经济状况》，受到胡适的特别欣赏。此后，吴晗开始与胡适先生开始通信，讨论一些学术问题。吴晗用《西汉的经济状况》一文所得的八十元稿酬作路费，来到了他多年向往的北平。

北平的故都风貌，前门的城墙和城楼，都给了吴晗一种厚重传统文化的冲击和震撼。他决心在这里奋斗，成为一名救国救民的义乌人。但是，吴晗孑身进京，无依无靠，早就萌生的转学燕京大学历史系的希望很快便破灭了。他在燕京大学图书馆找到了一个中日文编考部馆员的职位。

机遇往往隐藏在人们不注意的地方，所谓的得失也不过是在一时之间，得失之后，往往会发生意想不到的逆转。就在燕京大学图书馆中，吴晗读了半年的线装书，这些线装书为吴晗后来的《胡应麟年谱》奠定了坚实的基础。这是吴晗一生从事明史研究的开端。

《胡应麟年谱》大受胡适的赏识。胡适亲自致信，将《胡应麟年谱》寄给当时清华大学代理校长翁文灏与教务长张子高，要求校方给吴晗特殊关照。吴晗获得了工读生的机会，每月收入有二十五元大洋。这二十五元远远超过了当时普通百姓每月四元的生活水平。胡适的推荐不仅解决了吴晗生活上的问题，还提高了吴晗在清华的地位，清华大学史学系主任蒋廷黻对吴晗“甚为青目”。

1931 年 9 月，胡适致信吴晗，希望其成为一名“能整理明代史料的学者”。胡适如此关照，再加上吴晗本就对这位教授有着一种发自内心的尊重与崇敬之感，吴晗很快就接受了胡适的治学精神，并且自己开始了明代史料的考证与研究。

历史似乎总是认为吴晗不该过上平稳的生活。就在吴晗收到胡适的信件之后的第六天，日本发动了“九一八”事变。这一事变，让本想安心在书斋中专攻明史的吴晗摇摆了。

胡适希望青年学生们“两耳不闻窗外事，一心只读圣贤书”。而热血的爱国青年面对国土一步步沦丧的时局，又怎能安稳地坐在书斋中专心读书呢？吴晗也不例外，他对当时的政府失望透顶，但是却找不到另外的一条出路；他也认为离开学校去发传单、喊打是一件非常无聊的事情。矛盾一直伴随着他的求学生涯。他的矛盾不仅仅只是读书与救国之间的矛盾，更是他自身两种理想的矛盾：专心治学与投身社会。一方面，吴晗没有勇气也不愿意放弃让他拥有成就感与存在感的治学之道；另一方面，对于投身社会，他有着自己的犹豫，当时的吴晗不相信国民党，并且还没有接触到共产党，而胡适又不能为他指出一条明确的道路。

从清华毕业后，吴晗应云南大学熊庆来校长邀请去云大当教授。时年 29 岁的他意气风发地成了中国教育界少有的没有留过洋就拥有教授头衔的年轻教授。

然而，云大三年的生活并不轻松。吴晗仍旧希望能够安心治学，但是政治却来“过问”他了。云大的人口越来越多，但是薪资却一天天减少了。法币日益贬值，妻子袁震是个“老病号”，家中的生活日渐困难起来。再加上日机的轰炸，人们成天地逃警报，吴晗再也无法拥有一张安静的小书桌。走在街上，满目充斥着美货，还有政府的特务统治。吴晗在心中长叹：民主和自由到底在哪里？对外屈辱，对内屠杀。这样的政府又有什么用？

对蒋介石的不满开始流露在吴晗的文章里、讲坛上。敏锐的吴晗，在与青年学生的交往中，思想开始有了改变。直至后来转入西南联大，加入中国民盟，走上革命道路。至此，吴晗和恩师胡适的价值观与世界观可谓是真正地分道扬镳了。

吴晗曾经打算争取胡适。毕竟胡适是带领他走进史学大门的恩师，可以说没有胡适就没有现在的吴晗。但是胡适对于吴晗的来信置之不理，吴晗去北大找胡适，两人见面没说两句话，胡适就走开了。后来吴晗听说胡适对人说自己“走错了路”。因为政治因素以及政见不和，他们的关系就此断绝。

然而在日后对“胡适思想批判”运动如火如荼进行着的时候，吴晗却从不曾向胡适发动“文字战争”。这对师生之间的关系虽然断绝了，但是吴晗始终没有忘记胡适的知遇之恩。他们彼此倾注在对方身上的关心，注定了他们这一辈子依然有着千丝万缕的牵挂。吴晗从未发表任何批判胡适的文章，因此被批判——这是吴晗命运大转折的开始。

四

国难当头的社会现状促使吴晗从一名资产阶级学者转变为无产阶级革命家，从一名爱国的民主主义者转变为共产主义者，从一名空想家转变为实干家。就如同吴晗自己所说：“是时代，是历史推着我走上革命道路的。”

确实，历史环境与一个人的成长是密不可分的。处在乱世，外来的各种新式思想如同潮水般涌来；国难当前，旧式知识分子大多爱国，他们振臂高呼，奋起改革和革命。吴晗是典型的一位。他无法真正“投枪”，就写作《投枪集》，以笔作枪针砭时弊；他的《朱元璋传》的前身《由僧钵到皇权》影射当时的掌权者蒋介石；他积极参加民盟活动，任多本杂志的主编……可以说，当时的吴晗已全身心地投入到社会活动中去了。

然而轰轰烈烈的革命结束后，投身到建设祖国的大潮中的吴晗又是怎样的呢？黄裳在《忆吴晗》中写下这样一段话：“吴晗本质是一个书生，研究明史，至晚年仍然不失兴趣。他有一次出国，途经上海，还抽暇来我家匆匆看了几种有关明史的书。在北京，有一次我带他去看新居，还叹息说，‘何时能有一室图籍，坐下来好好读书、研究……’他对忙碌无聊的开会接待……官场生活表示厌弃。可是他又那么积极地赶任务，一听风声，就赶写《海瑞罢官》，一头钻进死亡之网，真是怪事。”

从末世秀才家中成长起来的吴晗，身上本就带着旧式文人的色彩。在追随胡适先生治学的几年时间里，“一心只读圣贤书”的治学思想更是加重了吴晗身上旧式文人的印记。“学而优则仕”的旧文化传统，使得吴晗紧跟时局，经纶济世。他本是个紧跟社会发展步伐的进步知识分子，但是盲目令他失去了自己清醒的判断力，直至粉身碎骨；他的耿直成了野心家们利用的“利剑”，掀起了日后的轩然大波；他的一生都在治学与从政这两条道路间摇摆，他希望寻到正确的道路，却在所谓正确的道路上停住脚步，再也没有走下去。

吴晗最为人们所知的就是他的历史剧《海瑞罢官》。这揭开了“文化大革命”的序幕。而他本人也因这一出戏剧，“一头钻进死亡之网”。

1959 年，毛泽东提出要学海瑞敢讲真话、敢骂皇帝的大无畏精神。不精通戏剧的吴晗，积极学习剧本写作，热火朝天地“赶制”出历史剧《海瑞罢官》。正当人们为吴晗塑造了一个敢讲真话、敢斗恶势力、为民伸张正义的清官形象而叫好喝彩时，康生、江青、张春桥、姚文元一伙，却在背后策划阴谋，准备恶狠狠地向吴晗及《海瑞罢官》开刀。

1965 年 11 月 10 日，姚文元的《评新编历史剧〈海瑞罢官〉》在上海《文汇报》正式出炉。文章将吴晗的《海瑞罢官》定性为“并不是芬芳的香花，而是一株毒草”。据说在 1966 年，故乡苦竹塘有一棵大树突然被雷击中，成为悲壮的“雷击木”。这似乎预示了吴晗悲剧的命运。

批判一波接着一波，吴家开始不再安宁，红卫兵以各种各样的理由闯进吴晗的家中，甚至经常在深夜响起隆隆的砸门声。造反派的批斗形式不断“升级”。他们把吴晗绑在烈日下的枯树上，从颈脖处往他衣服里灌被晒得滚烫的砂子，用皮鞭抽他，还揪他的头发。

吴晗没有屈服。甚至，他的眼中还常含着希望之光，他一直保持乐观的心态面对批判他的人们。他利用揪斗的间隙，从抄家后剩下的书里找出马列著作来读，搜集有用的史料，准备同姚文元进行“文斗”。在酷暑烈日下，吴晗被勒令跪在粗沙粒上，膝盖渗出血珠，但他忍着剧痛绝不求饶。他一拐一拐地回到家里，擦去腿上血迹，重又拿起毛泽东签名送他的书来看。

然而，希望仅仅是希望。1968 年 3 月，康生、谢富治、江青一伙将吴晗以莫须有的罪名逮捕。1968 年 4 月，长年病号的袁震被送进劳改队实行“群众专政”。

1969 年 3 月 17 日，袁震被允许回家看病。住在楼上的万里，特地送来了一锅红豆稀粥。当夜她突发重病，医院不肯全力抢救，袁震最后的声音竟是：“我想再喝口稀饭！”而此时吴晗正处于生命危急之中。镜头转回文章开头，就在 1969 年 10 月 11 日，吴晗也离开了人世。直到死，他仍然在紧跟，但是历史在峰回路转的时刻“赐予”了吴晗一把暗剑。

无意中看到吴晗 6 岁时作的一首诗。

无题

厨中无菜市上有，饮酒何须杏花村？

人人谓我读书好，吾谓耕者比我高。

时年 6 岁的吴晗，已经将人事看得如此之透彻。如果没有政治，吴晗或许真会像他的诗中所写的那样，坦荡如同陶潜，做个隐世埋头做学问的书生。然而，书生在经历了如此多的磨难之后，却还是被自己全心信仰着的理想抛弃。可以说，吴晗的悲剧是时代的悲剧，更是他个人命运的悲剧。就如同文天祥的《石灰吟》所言“粉身碎骨浑不怕，留取丹心照汗青”，耿直如斯的吴晗在寻路的途中确实是“粉身碎骨浑不怕”，即使被抛弃，他仍然拥有着革命乐观主义，全心全意地坚持着自己的信仰。这份“留取丹心照汗青”的忠诚或许在今人的眼中有些许的可笑与不可理喻，但是，就是这样耿直的吴晗，给人们留下一身的浩然正气。就如同生养他的苦竹塘村的老家，虽然素净，留给人们的却是无限的回味。

图片提供 / 龚　思

游子归故里，三毛有乐园

——访张乐平纪念馆

文/王　英

张乐平

张乐平（1910.11.10—1992.9.27），浙江海盐人。漫画家、中国儿童连环漫画的开创者。因家境贫寒，未读完小学，便赴上海做学徒。1928年开始，向上海各大报刊投稿。抗日战争爆发后，加入抗日漫画宣传队，以绘画形式向民众宣传抗日。新中国成立后，曾任中国美术家协会上海分会副主席、中国美术家协会顾问、《漫画世界》主编。张乐平因其创作的三毛形象享誉中外，被誉为“三毛之父”。著有漫画《三毛从军记》《三毛流浪记》。

一

2010年11月10日是漫画家张乐平先生100周年诞辰日，我应上海与海盐有关方面的约请，分别主编《百年乐平》和《张乐平先生纪念文集》两书。张乐平以画“三毛”享誉海内外，他的作品为几代读者所喜欢，直至今日仍畅销不衰。届时，北京、上海以及他的家乡海盐将开展一系列的活动，来纪念这位杰出的漫画家，两书也将配合以上活动公开出版发行。回想起自己与这位素未谋面的张乐平先生“结下的不解之缘”，往事历历在目。

1992年10月，我调入县政协工作。遗憾的是，张乐平先生于上月刚去世。这让我感到万分悲痛。5岁时，我就喜欢上了他的《三毛流浪记》，看漫画时，又哭又笑；直到上小学我才知道张乐平是我们海盐人，觉得我们海盐人了不起。基于这样的缘分，我主动向领导提出了征集张乐平先生史料的建议，经领导同意后，开始组稿。就这样，我随分管领导去了海塘。

张乐平先生出生在西塘镇海塘乡一个叫黄庵头的村子里。那一天，车行在机耕路上，颠簸得很。好在路旁田野中绿茵茵的庄稼充满生机，远远望去心旷神怡。车行不多久，在一幢二层楼房前停了下来。下车，仔细打量楼房里有没有人，正在我猜测之时，忽然从里面步履蹒跚地走出一位老人。同去的文化站小周介绍说，他就是张乐平的哥哥张戴光。进门，让座。询问之下，得知老人已有八十多岁。当他听说我们是为张乐平先生而来时，原本看似平静而饱经沧桑的脸，突然变得激动起来，说：“他的一生苦啊……”接着就断断续续地向我们介绍起张乐平小时候的事情来。张乐平出生之时，20世纪的历史长卷刚刚翻过最初的几页，处在多事之秋的清代末期。父亲是位乡村教师，母亲心灵手巧，温柔贤淑，以纺织、缝衣、剪纸、绣香袋挣钱贴补家用。幼年的张乐平特别喜欢母亲的各种刺绣和蓝花印布上染出的那些美丽的花草、鱼虫、鸟兽图案，在地上一遍遍地学着画画。做母亲的根本没有想到，正是她的这种无意识的引导，开启了儿子智慧的心灵，使他日后走上了绘画的道路。然而，因为家里穷，没钱买纸笔，张乐平就把离家不远的大海边的沙滩当成了画纸，芦苇当成了笔。在张乐平 9 岁时，母亲不幸因心脏病撒手人寰。母亲离世，父亲又患病卧床，加上家境贫寒，家里没钱供他读书了，就这样，15 岁的他被送去上海一家木材行当学徒。当学徒苦啊，他常常被老板打得头破血流。尽管如此，他还是偷偷学画。最让老人记忆深刻的是张乐平的孝心。那年父亲患病卧床，无钱医治。10 岁的张乐平万分焦急。他听说有“割股疗亲”之说，竟然躲在房里，用刀片偷偷在自己的臂膀内侧割下豌豆大一块肌肉！家人发现后，心痛不已，哭成一团。张戴光的叙述是真实的，也是悲伤的，讲着讲着，几度哽咽，再也说不下去了。为了不让老人过度悲伤，我们起身告辞。谁知老人一听，竟顾不上自己孱弱的身体，颤颤巍巍地走到隔壁房间，从里面拿出一张珍藏已久的照片，递过来。我接过一看，照片上，张乐平微微笑着，欠身紧握着周恩来总理的手。这是一张多么珍贵的照片啊！看来，张乐平先生不仅仅是画三毛那么简单，他的一生中一定有许多鲜为人知的故事等着我去了解、挖掘。为了写这篇文章，我又去了海塘，当我重新站在这片土地上时，发现物是人非，张戴光早已离世多年，昔日那印证着画家童年时光的老宅也已随着岁月的流逝湮没了。唯有老宅前的那泓池塘水依旧静静地流淌着，仿佛在诉说着画家生前的故事。

二

沿着岁月的长河往前走。我窥见了张乐平 15 岁那年肩挎蓝印花布包，手执青色油纸伞，含泪告别家乡亲人，前往上海南汇县万祥镇的森泰木行当学徒的情景。旧社会，这学徒实在是不好当。

在这期间，张乐平为自学画画，受尽了老板的痛打，并不断被退，不断更换雇主。然而，或许正是这些谋生的坎坷经历，给了他对社会不平的切身体会和源源不断的创作灵感。笔者在查阅资料时，从张乐平之子张融融提供的发表在 1935 年 7 月 28 日《晨报》副刊《图画晨报》上的题为《旅行团专车》一组四幅漫画上来看，漫画人物“三毛”已经诞生，已成为当时中国最具知名度的漫画人物，在众多的外国儿童漫画中也争得了一席之地，为中国树立了自己的儿童形象，意义极为重大。张乐平曾这样回忆说：“有人问我为什么叫三毛，我原先也没想过。如果当时画了四笔，就成了四毛了。我看看这样还可以，就定名为‘三毛’。”从 1933 年到 1937 年，作为专业画家的张乐平声名鹊起，独树一帜。他不仅长得英俊潇洒，而且人缘极好。著名漫画家华君武给笔者的来信中回忆，自己还是上海大同大学附属高中的学生时，就认识了张乐平。“张乐平对人好，人家和他开玩笑（当时我还不大敢和他开玩笑），他总是以弱者的姿态出现。”然而，以弱者出现的张乐平，在国家危急关头，却以一位“国家兴亡，匹夫有责”的强者姿态出现。当抗日的炮火在中国大地轰响时，漫画《全部三毛上前线》发表了。他的“三毛”以富于魅力的艺术形象站在时代的前沿，担负起唤醒爱国抗战的热忱的使命，而画家本人也积极地投身到抗日的洪流中去。

就这样，张乐平参加了由周恩来领导、郭沫若率领的抗日救亡宣传队，先后担任副队长、队长。从上海到武汉，从长沙到桂林，他转战在抗日前线，用画笔担负起“唤起民众，共同抗日”的神圣任务。1938 年 1 月，张乐平在《抗日漫画》上发表了《三毛的大刀》《从敌人枪刺下逃出的三毛》等十余幅漫画，描写身处沦陷区的三毛在父母惨死于日寇屠刀后的惨状。此后，由于转战各地，工作繁重，张乐平暂时搁置了三毛形象的艺术创作。然而，他并没有放弃对儿童的关注，在他的笔下，常常真实地反映了敌占区儿童的惨景：看，一位母亲袒露着胸膛，怀中抱着嗷嗷待哺的婴儿，可母亲死了，婴儿的头不知被炸到了什么地方；瞧，一个穷苦的孩子在父亲抗战阵亡后，擦着眼泪，捡起父亲遗下的枪支，继续上战场。张乐平的漫画，以写实主义的笔调向广大民众反映了正在抵抗日军的人民的力量、儿童的不幸，使喜爱看他作品的孩子钦佩不已。黄永玉，这位比张小十一岁的崇拜者，竟弃学离开厦门集美，抱着“到了漫画宣传队死了也心甘”的决心，经“八千里路云和月”，直到最后找到张乐平。

抗日战争打了整整八年，张乐平的笔似机关枪般“扫”了八年。“从大壁画到布画，由布画改绘磅纸，由制版而改以木刻”，尽管条件极差，死神时时临近，但他始终以昂扬的斗志和热情创作抗战漫画，以打败日本侵略者、解放全中国为己任。那天采访时，张乐平夫人冯雏音女士对我回忆说：“在闽西随逃难人群坐船途中，突然遇到山洪暴发，船上人多拥挤，颠簸十分厉害，船一会儿被抛上浪尖，一会儿又埋入谷底，沿途可见很多尸体顺着江水往下漂浮。大家经历了噩梦般的漂泊后，才九死一生般逃离了鬼门关。”提及此事，年迈的她仿佛又在经历那段可怕的日子，两眼久久凝望着前方，半晌不说一句话。当年的漫画队员叶冈则回忆：“张乐平是漫画队的当家人，也是自始至终厮守的最后一个。全队星散后，只他一人还在孤军作战。”我在张乐平所做的一幅自画像《携家流徙图》中，看到画家衣衫褴褛，满脸胡须，瘦骨伶仃，携着破衣烂衫的妻子和两个女儿东奔西跑。我想，这正是他当年在颠沛流离生活中坚持抗战的真实写照吧。

笔者认为，抗战八年是张乐平创作发展的一个重要时期，画家跳出狭小的生活圈子，投身到抗日的洪流之中，艰难的颠沛流离和严酷的战争经历给了画家深刻的体验和启迪。抗战胜利以后，他看到了美国大兵挟着中国女郎，开着吉普车在马路上横冲直撞、欺压民众的行径，看到了当局加紧迫害进步力量的所作所为。风雨飘摇中的所见所闻、所思所想，蕴集于心，促使他不停地思考、探索，由此产生了强烈的艺术冲动。这个时期他所创作的《三毛从军记》，恰似一把寒光闪烁的刺向腐败政权心脏的利剑。张乐平创作风格的质变是其漫画艺术思想上的一个飞跃。画家自己也说：“因为抗战时期，在宣传队，对当时的所谓从军生活，有许多感触，有相当生活基础，也在思想上有所酝酿。”

张乐平的这部《三毛从军记》，以扎实的绘画功底、丰富的生活素材、合理而不失夸张的艺术情节、来自生活又高于生活的诙谐幽默的感染力赢得了广大读者的喜爱。1947 年 2 月，大鹏书报社将《三毛从军记》分三册出版。可惜的是，50 年代后，由于内容涉及国民党部队抗日的一面和腐败的一面，在海峡两岸成为禁书。三十年后，当《三毛从军记》再次面世时，它又一次赢得了读者的青睐和喜爱。台湾著名女作家三毛来上海，张乐平谈起这部作品时曾对她说：“从艺术的角度上看来，我个人偏爱《三毛从军记》。”

如果说，《三毛从军记》达到了张乐平构筑漫画艺术大厦的新高度，那么影响最深远、达到成就最高峰的则是《三毛流浪记》。

1947 年年初的一个寒冷深夜，张乐平在报馆上完夜班后，顶着呼啸的西北风，裹着雪花赶回家。当他走到徐汇区乌鲁木齐路附近一条弄堂口时，借着昏暗的路灯看到墙角有三个流浪儿紧紧依偎在一起，上身披着破麻袋，下身套着破烂不堪的单裤，露出两条麻秆似的细腿。他们围着一只破铁罐头，里面装着几块捡来的煤渣，在烤火取暖。为了不让煤火熄灭，他们抖着身子轮流着向铁罐头里吹气，一闪一闪的微弱火光把他们肮脏的小脸照成暗红色。次日清晨，张乐平走到昨晚经过的那地方，发现两个流浪儿已经冻死，一辆“普善山庄”的收尸车在不远处缓缓行进。一只只僵硬苍白的小手小脚，随着轮子的转动而抖动着，好像是在无声地控诉人世间的不平。雪覆盖了收尸车的轮印，可又怎能覆盖住这人世间的不平呢？

张乐平禁不住潸然泪下。画家的心在悲泣地呼号：这是什么世道！我要把这些苦孩子的遭遇画出来，控诉这不合理的制度！他痛苦地思索着，开始了《三毛流浪记》的创作。

为了准确生动地把握“三毛”这一形象，张乐平还主动去和流浪儿交朋友。一天，张乐平到流浪儿的集中地郑家木桥。谁知他们不但不理，还对他翻白眼。原来当时他穿的西服，虽然旧，可还算整洁，而一贯被有钱人歧视的流浪儿大都有自卑感，以为衣服穿得好些的人都是有钱人，心里有强烈的对抗情绪。次日，张乐平换了一套破旧衣服，买了一些大饼油条，再到原来的地方。这次，几个流浪儿马上围了上来，张乐平随即将食物分给他们。于是，大家围坐在一起，张乐平向他们谈自己小时候的艰难生活，流浪儿你一言我一语地吐出自己的苦水。就这样，张乐平与他们逐渐熟悉并成了朋友。这些流浪儿的许许多多催人泪下的悲惨经历，被张乐平活生生地融入自己的漫画创作——《三毛流浪记》诞生了。

显然，这个漫画家尖锐地鞭挞现实社会中的不合理本质，让当时的统治者感到十分惶恐和不安。有人写匿名信恐吓张乐平："你拿了共产党多少津贴？"警告画家要"当心点！"并且威胁说，如不停止创作《三毛流浪记》，则"将予不利"。对于这类恐吓和权势的重压，张乐平不为所动，反而自豪地认为，这是因为自己的画作产生了广泛的社会影响、刺痛了黑暗势力的缘故。不过，为了避免反动当局的迫害，张乐平拖着病体转往浙江嘉兴，借居在铁路上工作的堂姐夫家中，后迁至嘉兴市姚庄路北望云里19号，继续从事《三毛流浪记》的创作。

在嘉兴的这段日子，张乐平以坚强的意志和毅力，拖着病躯，继续营造三毛"艺术大厦"。有时吐出来的鲜血将画纸溅得斑斑点点，他换上纸，挣扎着继续绘画。这是艺术家真正呕心沥血的创作。他执着的热情，他专注的身心，他疯狂的创造力，全都倾注在了"三毛"身上。每当画稿完成后，张乐平就到火车站投寄到上海朋友处，再转给报馆。

那天，当我寻寻觅觅走进古老的姚庄路，站在张乐平先生曾经居住过的那幢老宅前，真是感慨万千。这里原有一个正厅，两侧为东西厢房，上下两层。张乐平住在东边，楼上一间，底层一间，画室设在二楼。原先渗透着江南民宅建筑风格的老宅，现在已被现代化的水泥所代替。走进里面，黑乎乎的，往东转，有一陡峭的楼梯向上伸展，我顺着楼梯往上走，见楼上的房门紧锁着，无法窥见里面的陈设。据资料记载，即使画家避居这里创作《三毛流浪记》时，也不能完全避免令人心惊肉跳的险状。一天，有个国民党士兵的枪突然走火，子弹穿过张乐平所住的楼板，令正在楼下作画的张乐平大吃一惊，赶紧飞奔上楼，见正在酣睡的女儿朵朵安然无恙，才长舒一口气。此番遭遇，画家也表现在《三毛流浪记》中。

就这样，“老三毛”流落到嘉兴，而他笔下的“小三毛”却从嘉兴流浪到上海，漫画专栏得以连续地和广大读者见面。

在《大公报》连续刊载《三毛流浪记》的二百五十多个日子里，三毛牵动着千千万万个家长和孩子的心。在广大读者中形成了强大的感染力，催人泪下，发人深思。

一千多个日日夜夜，张乐平结出了艺术的硕果。这部漫画艺术巨著，在报上连载至 1949 年 4 月 4 日才告结束。而《三毛流浪记》的单行本最早由大公报分四集出版。此后，《三毛流浪记》被拍成庆祝新中国成立的第一部国产片，在中国电影史上占有重要的地位。这是张乐平创作道路上的一个重要里程碑，也是画家创作道路上的一个新高峰。

不久，三毛迎来了新中国的成立，为适应新时代的需要，张乐平又创作了多部以三毛为主人公的连环漫画，如《三毛翻身记》《三毛今昔》《三毛迎解放》《三毛日记》《三毛学雷锋》《三毛与体育》《三毛爱科学》《三毛旅游记》《三毛学法》等。这些故事还先后被改编成电影、电视剧、动画片、木偶剧、歌舞剧、系列广播、音带、明信片、多媒体光盘等。三毛成了千千万万中国少年儿童的朋友。

三

到沪的第二天，我去了位于五原路上张乐平先生的寓所。这是一幢法式小洋楼，斑驳的墙面记录着过往的历史。20 世纪 50 年代初，张乐平在这里居住，此后就再也没有搬迁过。画家在这里度过了他悲喜参半的后半生。他曾与孩

子们一起欣喜地画“三毛”，也曾在“文革”中被批斗，让他真正心碎的是“造反派”当面将他画的四十多幅《三毛流浪记》的原稿撕得粉碎，并强令他自己将碎片扫入垃圾堆。画稿如同他的生命，恍惚中，他对着镜子画下一幅《绝命图》。画中的张乐平，两眼怒争，胡茬如刺，画上没留任何语言，只写着“爸爸”，准备就此辞别人世。闪念之间，他忽然想起妻子平日里与之唠叨的一句话，“我们无愧于人”，又挣扎着活了下来。粉碎“四人帮”后，久违的“三毛”又重回到了张乐平的笔下。那天，我走进了二楼张先生的创作室。房间还保持着原先的布置，硕大的红木画桌摆在房子中央，上面的墨盒、笔洗、镇纸依然如旧。靠墙的一溜红木古柜中，摆放着不少藏品。抬头，一幅硕大的照片挂在墙上。张乐平先生慈祥地对着我微笑，一条长长的黑纱披挂下来。我凝视着，心收缩了，血凝固了，身躯像被钉在那里，心里说，终于见到您了！您让我认识了书，书又让我认识了您，工作又让我负责编辑您的书。今天这样来见您，既是缘分，又是遗憾——为什么让我们分隔在两个世界里见面呢？

朵朵走过来了，她默默地看着我，我忍不住向她说起认识她爸爸的过程，诉说此时此刻的心情。朵朵说：“你怎么不早点来呢？”

是啊，为什么不早点来呢？我是应该早点来的，带着我喜爱画画的孩子向先生求教，带着家乡人民对他的爱戴问好，带着一份美好的感情向他诉说。然而，迟了，迟了！我只能用相机摄下他的创作室，拍下他与我喜爱的另一位女作家三毛的合影，以及他的遗物，他生活中留下的点点滴滴……张先生没有走，我仿佛置身于他的世界里：他在挥毫创作，他身旁拥着许多孩子，他在与他的“女儿”三毛倾诉父女情深。每一景，每一物，都给予我一份真切的感受。

要走了，冯雏音妈妈再三挽留我吃了饭再走，朵朵一遍又一遍地要我住下。我的确很想留下，很想享受这份真诚的关爱，感受一下令张先生许多“编外儿女”喜爱陶醉的小三楼。然而，不能，我要去组稿，立即要去。约稿单上的名字长长的：叶冈、鲁兵、戴敦邦……我一刻也不能等，我要把张乐平的故事通过书本早点介绍给热爱他的人们。

从张先生的一些生前好友的访谈中，我能感受到他们对画家深深的怀念与崇敬之情。这种感人的场面给了我一种强烈的冲动。他们所描述的画家高大的形象，对艺术执着追求的精神，时不时在我的脑海里浮现，我突然萌生了为张先生撰写传记的念头。经过反复思考，我决定做这个尝试。打那时起，我就全身心投入到了征集张乐平史料的工作。

张乐平先生八十二个春秋的生命历程是坎坷曲折而又丰富多彩的。然而，随着岁月的流逝，搜集考证工作十分艰难。在以后的十年时间里，我利用节假日去北京、上海、杭州、嘉兴等地采访，深入图书馆、书店甚至小书摊寻求。一点一滴，日积月累，资料渐渐丰富起来。

2004年4月，我利用年假自费去北京，住在宾馆的一间房内，边采访边写作，完成了十五万字的长篇报告文学《三毛之父——平民画家张乐平》的书稿。写作是艰难的，为了争取时间，可以说，我达到了人们通常所说的废寝忘食的地步。我从历史的陈迹里窥见画家坎坷的生活经历和艺术天赋的形成、孜孜磨砺画艺的种种艰辛和不懈创作的成功轨迹，体会到画家热爱人民积极投身抗日战争和民族解放运动的爱国热忱，感受到画家不老童心不时闪现出的人性之光辉和他发自内心的对祖国忠贞不渝的执着的挚爱之情，以及将毕生精力和满腔热情倾注在孩子们身上的无私爱心。

很多时候，我边读他的作品边流泪，让自己的情感一次次与“三毛”共鸣，感受着他的喜怒哀乐。我被深深感动着，为了孕育出“三毛”的父亲，为了全中国儿童所喜爱的爷爷，为了一位亿万读者心中平凡而又伟大的画家。渐渐地，我感到自己正在解开这个谜。我以一种近乎疯狂的状态，完成了儿时的梦想。

的确，因为“三毛”，我与张乐平先生有缘相识相聚，也因为“三毛”，我可以做成原以为不可能做成的事。而我的这本由中国作家协会名誉副主席黄源作序、文汇出版社出版的书，引起了全国十余家媒体的关注。中国美协主席华君武、中国连环漫画协会会长姜维朴等名家先后来信对此书做出评价。中国对外友好协会会长陈昊苏写来亲笔信：“我觉得你笔下描写的张乐平先生一生奋斗过程十分感人，对活着的人们很有教益，‘三毛’确实是旧中国革命文艺家所独创的品牌，已经载入20世纪中国的历史，相信在21世纪还会保持其价值，并得到发扬光大，你的《三毛之父——平民画家张乐平》实际就是为弘扬这个传统所做的贡献。”这部书被浙江省教育厅列入少年儿童特色教育重点研究课题，编入课外教科书中。当听到张融融对我说“你对我父亲作品从通俗之中达

到高雅之评价，令我很满意”时，我忐忑不安的心感到了安慰。

让我没有想到的是，因为认识了张乐平夫人冯雏音，还促成了她将张乐平先生百余幅画作原稿捐赠给海盐县政府的善行。1995 年六一国际儿童节，冯雏音在画家的家乡举行的纪念馆开馆仪式上充满深情地说：“六十年前诞生的小三毛，经过几代读者的关注，今天在他的创造者张乐平的家乡浙江海盐落户。回家的感觉对我来说也是十分浓烈的……”

扩建的三毛乐园，位于武原镇新桥北路，占地二十九亩，由全国人大副委员长陈慕华和张乐平先生分别为三毛乐园题写园名。进门迎面是一座高二十六米的张乐平和三毛凝视微笑的铜像，逼真地反映了画家对孩子的喜爱和他特有的艺术灵气。全园有五个景区，是一座开发儿童智力、丰富儿童课外活动的“寓教于乐”的活动中心。园中有中国文学大师巴金题词的“张乐平纪念馆”，馆内陈列着张乐平先生的作品及其生平事迹介绍。

不可思议的历史俏皮的一跳，一切都回到了现在。而今，三毛乐园又有了新的去处，于 2009 年 9 月 29 日被迁移至枣园路。这座以儿童活动、科普游乐活动为主题的新三毛乐园总面积有 58146 平方米，园内建有二十多个不同形态的三毛雕塑，形象生动地表现了三毛流浪、卖报、学习等不同的生活。三毛生动的形象使这里成了儿童的乐园。当我写这篇文章时，“张乐平纪念馆”也已在原址上进行扩建，由原来的建筑面积五百多平方米，扩建成 1800 平方米。不久的将来，一座风格独特的“张乐平纪念馆”将在这里落成。张乐平这位画家毕生创作的速写、漫画、国画、年画、水彩画、剪纸等汇集而成的二十四部作品集，以及各种版本的介绍书刊和实物等都会一一在馆内陈列。张乐平一生艰辛，成就了一代漫画大师。而今的张乐平先生已被雕塑成一座万人瞻仰的铜像，连同这座纪念馆成为永恒。诚如著名杂文家郑拾风所说：“游子归故里，三毛有乐园。”

图片提供 / 王 英 张融融

人与人文的基因

——访钱学森“方谷园”

文 / 徐迅雷

钱学森

钱学森（1911.12.11—2009.10.31），生于上海，祖籍浙江杭州。科学家、空气动力学家、中国载人航天奠基人。1934 年，毕业于国立交通大学。1935 年，赴美留学。1939 年，获加州理工学院博士学位并留校任教。1955 年回国，先后担任中国科学院力学研究所所长、第七机械工业部副部长、国防科工委副主任，第六、七、八届全国政协副主席等职。钱学森是中国科学院及中国工程院院士，也是中国两弹一星功勋奖章获得者，被誉为“中国航天之父”“中国导弹之父”“中国自动化控制之父”和“火箭之王”。著作有《工程控制论》《物理力学讲义》《星际航行概论》《论系统工程》等。

一

冬天的方谷园，就这样静卧在城市的喧闹中。

我缓缓骑着自行车，轻轻地插进杭州方谷园的小巷，插进久违的宁静里。到这儿是不能浮躁和焦急的。这是钱学森的故居，方谷园2号。

老房子总是低低矮矮的，甚至树都比房子长得高。那种低低的姿态，现代的房子是学不来的，它因为内涵沉沉，所以不需要炫炫展示于表面。

不远处就是著名的杭州小营巷，“是毛主席到过的地方”，他老人家当年亲临这里，视察社区卫生。或许，当时没有人告诉他不远处就是钱学森的故居。

钱学森1911年12月生于上海，但在杭州老家度过了3岁之前的幼儿生活，后随父亲钱家治到北京上学；1929年他考入上海交通大学后，每年寒暑假都回到这里，其间还因患伤寒回杭州休养了一年。

钱学森故居藏在杭城繁华闹市之中，整个院落占地1.3亩，内有一幢木屋民居，面阔三间，进深三楹，两个天井相连，共有楼房、厢房、平房等十余间。房红墙白，那种老红色的主色调，一下子就能把你带入历史的深处。

二

方谷园2号的院落，最早应该是明代浙江布政使应朝云的后花园，因为应朝云欲与富商石崇的名园金谷园媲美，所以就命名为“方谷园”。我望文生义，以为方寸比金银更为宝贵，这名字取对了。

时光会改变很多，方谷园后来落入章家名下，最终成了钱学森母亲章兰娟的嫁妆，陪嫁给了钱镠王后裔钱家治。钱家治的父亲当年在杭州经营丝绸，章兰娟的父亲是杭州城富商。章兰娟聪颖过人，记忆力和计算能力超群，极具数学天资，她一定是把这样的天赋遗传给了自己的独苗钱学森。

钱学森的父亲钱家治，字均夫，是钱氏家族在杭州的一脉，钱镠第三十二代孙。钱镠，是唐宋之间五代时期吴越国的国王。上有天堂，下有苏杭，钱镠是奠基人。如今西湖边有个著名的钱王祠，不过钱学森从未去过。史料说，钱镠有妻室六房，生育了三十三个儿子。他的儿子们，多半被父亲派往江浙各州做官主事，于是钱氏家族很快繁衍开来。

基因是真正的内因，钱氏家族的基因真是太厉害了——夫为人杰，妻亦非常，所以“江山代有才人出”。远的不说，钱家治、钱学森之外，你听听这些名字，哪一个不是如雷贯耳：

钱穆、钱基博、钱玄同、钱学榘、钱钟书、钱三强、钱伟长、钱壮飞、钱君匋、钱正英、钱之光、钱其琛、钱永健、钱永佑……

其中更令人惊奇的是钱氏家族杰出的“父子兵”——尽管不是一起“上阵”

的：钱家治钱学森父子、钱基博钱钟书父子、钱玄同钱三强父子、钱穆钱逊父子、钱学榘钱永健父子……

人有基因，城市也有基因，人文文化同样也有基因。而且，这些基因之间是相互影响的。如果把这些基因以及基因的载体毁灭掉，那么，血脉自然也就断了。

一个城市有很好的名人故居，就如同家里有古董宝贝。在不少地方，古迹因其旧而被那些当政的地方官给破坏殆尽，城市历史文化的 DNA 就断在挖掘机推土机的轰鸣声中。

三

历史人文的轰鸣，往往是“于无声处听惊雷”。二千五百多年前，雅典政治家、古希腊七贤之一的梭伦，曾写下这样的诗句：“梭伦是位心思单纯的梦想家，神明赐予的命运他敬谢不敏；临渊得鱼为数之多超过期盼，纵使有心获利不愿一网打尽。设若机会临头让我富贵两全，还不如家破人亡和剥皮抽筋。”

二千五百多年过去，梭伦的所思所行，投影在两位中国科学家身上—— 一是钱学森，一是贝时璋。在科学面前，他们都是心思单纯的人。

2009 年 10 月 29 日，贝时璋先生在北京去世，享年 107 岁。贝老是著名的生物学家和教育家，我国生物物理学的奠基人和开拓者，是中国科学院最年长的院士。两天之后的 10 月 31 日，杰出科学家、“中国航天之父”“两弹一星”奠基人钱学森，也在北京逝世，享年 98 岁。

他们同是我的浙江老乡——钱老是杭州人，贝老是镇海人。世事很巧合。2009 年 7 月 11 日，同是山东人的季羡林和任继愈，两位分别为 98 岁、93 岁的大师，在同一天辞世。在两位高龄的人文学科大师离开我们之后，两位高龄的科学大师也告别了这个世界。

菊花点缀于钱学森故居。那是秋天，那时花开，是金黄的菊花。菊花不必构筑成菊花台，每人献上一束或一朵，都是思念。

四

在一个寒冷得双腿仿佛空荡荡插在雪地里的冬日，在杭州师范大学校史展馆里，我看到了钱家治与同事好友合影的老照片。

钱家治是教育家，他早年肄业于求是书院，后来留学日本，立雪章门（章太炎）；钱家治从东京高等师范学校毕业后归国，1911 年、1913 年两次出任浙江省立一中校长；1914 年到北洋政府任教育部视学，曾与鲁迅共事，后任浙江省教育厅厅长。他还当过两浙师范学堂教务长等职务。在后来的后来，他于 1956 年被国务院任命为中央文史馆员。1969 年去世。

钱学森的夫人蒋英，是军事战略家蒋百里的爱女。而蒋百里是钱家治的同庚同学，同赴日本留学，钱家治学文，蒋百里学武，最终都卓有成效。蒋英是蒋百里的“五朵金花”之一，过继给钱家治当女儿，住进钱家，更名为钱学英，成了钱学森的妹妹。青梅竹马，情深意笃。有情人终成眷属，1947 年这对儿时“兄妹”在上海完婚，接着先后去了美国。

蒋英是女高音歌唱家，早年曾留学德国、意大利学习音乐。钱妻蒋英，向来比较低调，公众大多不太熟悉。电视里介绍“钱妻”蒋英，我的一位同事甚至还听成了“前妻”。作为科学家的钱学森，身上同样有着丰沛的艺术细胞，他喜欢画画，而且画技不俗，还擅长吹圆号、吹口琴。钱学森与蒋英一生伉俪情深，艺术因子使他们水乳交融。

五

钱学森兴趣广泛，这与他在北师大附中受到的中学教育息息相关。他曾说："当时实行德、智、体、美全面发展的师大附中，是我人生的基石。"钱学森的小学、初中、高中，是在北京完成的，那个时代的教育不是应试教育，而是真正的素质教育。

中学时代钱学森的成长密码是什么？一个重要因素是那时没有那么重视分数。钱老曾回忆，当时师大附中对考试形成了这样的风气："学生临考试是不做准备的。从不因为明天要考什么而加班背诵课本。大家都重在理解不在记忆。考试结果，一般学生都是七十多分，优秀学生八十多分。"如果通过死记硬背、急功近利获得高分，同学们反倒瞧不起。钱老甚至蔑视分数，从而使他从分数中解放出来，他们把大量的时间用来"玩"。其实他们的"玩"——就是读课外书、动手实验和外出实践。在中学时代的六年里，钱学森没有跳过级，但博览群书，知识丰富，德智体美均衡发展。

好的教育，同样需要好的基因的传承。但是很遗憾，现在没有了。现在已经培养不出大师。培养大师的时代已经一去不复返。所以，世上已无钱学森。

六

《钱氏家训》中有这样的警句："利在一身勿谋也，利在天下必谋之。"这不仅是家族文化中的一个重要基因，也是民族文化中的一个重要基因。

"对不起，现在我要说中国话了！"这是钱学森在香港九龙说出的一句名言。1955 年的金秋，在美国已滞留长达五年的钱学森，终于偕妻子和两个孩子踏上了归国之路。在香港九龙，当有记者用英语向他提问时，他这样回应："对不起，现在我要说中国话了！"

钱学森回国后再也没穿过西服，穿得最多的是中山装和黄军装，并且直到临终再也没有迈进美国一步。

原本，钱学森在美国师从空气动力学权威冯·卡门教授，创立了“钱·卡门公式”，并且青出于蓝，成了美国火箭研究的领军人物，这是“利在天下”；问题是，有时你爱天下，可你立足的那个“天下”不见得爱你。在美国，有着许许多多君临天下、傲慢自大的基因。1950—1955年，麦卡锡主义在美国盛行，钱学森被无端猜疑，他的机密工作许可证被吊销，还被指控窃取机密企图运回中国，移民局通知他不得离境。

随后围绕着钱学森，出现了许多名句——

比如美国海军部次长金贝尔说：“钱学森无论走到哪里，都抵得上五个师的兵力，我宁可把他击毙在美国也不能让他离开。”

比如得知钱学森离开美国后金贝尔的感慨：“我们终于把他逼走了。这是美国有史以来做得最愚蠢的一件事！”

比如加州理工学院主席杜布里意味深长的话：“我们知道，他回去不是种苹果树。”

七

是的，钱学森不懂得种苹果树，也不懂得种粮食，而是去“种”导弹，成为中国“两弹一星”的奠基人。

钱学森在美国留学，获得加州理工学院博士学位，并在美国参与科学实验，取得卓越成就，最后用在中国尖端科学的发展上。可以说，钱学森是在美国学成，在中国使用。

当然，任何杰出者的人生，都不是一份“标准答案”。

在大跃进时代，钱学森有过生物学的“科学幻想”，他幻想粮食亩产是“两千多斤的二十多倍”，写成文章《粮食亩产量会有多少》登上了《中国青年报》，结果成了“大跃进”和粮食产量“放卫星”的科学“背书”。当时他面临着有关领导要求著名科学家就此表态的压力。后来他也知道自己的计算有问题。有一次与毛泽东谈起那篇文章，他说：“我不懂农业，只是按照太阳能把它折中地计算一下，至于如何达到这个数字，我也不知道，而且现在发现那计算方法也有错误。”毛泽东笑着回答说：“原来你也是冒叫了一声。”又说，“你的看法在主要方面是对的。”

头脑不简单的人，其实内心很简单。

而有一种环境毒化，能使基因变异。

但毕竟，历史的大书合上之后，已把那一页夹在了中间，很深。

八

贝时璋说：“一个真实的科学家是忠于科学，热爱科学的。热爱科学，不是为名为利，而是求知，爱真理，为国家做贡献，为人民谋福利。”钱学森曾在给亲友的书信中说：“安贫乐道，真我中国知识分子之本色也。”他回国后，安家中关村，住房并不宽敞，但“斯是陋室，惟吾德馨”。相貌堂堂的钱学森，其长寿的秘诀正是淡泊名利、以德养人。

钱学森主动辞去正职，成为副职。1956 年，当国防部第五研究院——中国第一个火箭导弹研究机构成立之际，钱学森被任命为首任院长。然而很快他就主动要求去当副院长，因为做院长要花费很多精力处理日常行政事务，而他希望集中精力从事科学研究工作。当人们把副职转正看作仕途升迁的时候，他反过来由正转副。钱学森的一生，担任过一连串的副职，从“副主任”“副部长”到“副主席”。人们称呼他为“钱副主任”，因为当时他担任国防科委副主任；也有人喊他“钱副部长”，因为他也是第七机械工业部副部长……1991 年，他给自己定下许多“原则”：不题词、不写序、不出席应景活动、不接受媒体采访、不参加任何成果鉴定会、不到外地开会、不上名人录、不兼任任何顾问、名誉顾问之类荣誉性的虚职……

可是，对许多人来说，不为名利、安贫乐道谈何容易。现在的许多专家教授，最渴望的恰恰是名利，以当上校长、部长为荣；多少人期待着忽然获得高层赏识，最终做上部长，才不羡慕那遥不可及的什么诺贝尔奖呢。

今天的教育成果，已无法跟钱学森那一代人对接，接不上了。

九

钱学森看到了这个危险的情形，于是在改革开放时代，他一次次说真话。尤其可贵的是他对总理说真话，并且发出了著名的“钱学森之问”——“为什么我们的学校总是培养不出杰出人才？”

缺人才，培养不出杰出的人才，表面是教育问题，最深层原因是国家体制问题。从 1904 年癸卯学制颁布、1905 年废除科举至今，中国现代教育的发展已逾百年。从 1949 年新中国建立至今，已经六十余年；即使从 1977 年重新恢复全国统一高考制度算起，至今中国当代教育的改革也已三十余年，可是，我们没有一人获得诺贝尔科学奖。而且，在可预见的近期，并没有获得诺奖的迹象。

在儿子钱永刚眼中，父亲就是一个科学家。但科学家是需要人文思想人文基因的，就像爱因斯坦——这位杰出伟大的科学家，有着丰沛杰出的人文思想。20 世纪 90 年代的时候，钱学森应《求是》杂志之邀写了篇文章，里面用了“政治文明”这个词。编辑部拿不准，说中央没有用过这个词儿，不敢发，要他改。他不肯，说署名是我，我负责。后来就发在《求是》的一本内参上了。全国媒体 2004 年才开始用这个词，现在已经成为一个共识了。

十

晚年的钱学森，被称为可爱可敬的耄耋老人。

这是钱学森的“两头真”。

集大成者得智慧。或者说，集大成者，终得智慧。

任何“两头真”都是可宝贵的。钱学森的老家方谷园，同样也有着“两头”：成为他童年的家在前头，成为他现在的故居在后头。这中间在很长的时间里，方谷园成了普通的民居，住进了很多普通居民，它被变成了老房旧房，失去了应有的文化内涵。那是一个时代的悲剧，老旧房子没有被“破四旧”般破掉已经算是万幸了。后来，钱学森本人也是不愿意政府出面将他的老家变成故居的，因为他不想给社会添麻烦。但是，方谷园 2 号只有恢复成“钱学森故居”，它才是有灵魂的。

呵，方谷园原来也有“两头真”。

图片提供 / 王　瑾

满地的向日葵，满天的太阳

——访沙耆“藜斋”

文 / 邱　闳

沙耆

沙耆（1914.3.29—2005.2.15），原名沙引年，又名贤莒，字吉留。浙江鄞县人。油画家。1929 年起，先后入上海昌明艺术专科学校、上海美术专科学校、杭州艺术专科学校、中央大学艺术系学习。1937 年，经徐悲鸿推荐，留学比利时国立皇家美术学院，获比利时皇家美术学院“金质奖章”。1940 年，与毕加索等欧洲著名画家一起参加比利时布鲁塞尔阿特利亚蒙展览会。1946 年，因病回国治疗。1983 年起，先后任浙江省文史馆馆员、上海文史研究馆馆员。沙耆是中国一位传奇式的画家，是中国现代油画史上一颗灿烂的彗星，为油画艺坛增添了一道耀眼的光华。代表作有《吹笛女》《自画像》等。

沙耆，名引年，字吉留，乃当代中国最富传奇色彩的油画家。他一生坎坷，命途多舛，即使天妒英才，也终不掩其成就之辉煌，他的画展让人惊呼，中国当代美术史必须改写，他被誉为中国之“凡·高”。

沙耆故居“藜斋”由沙孟海题字，位于宁波鄞州区塘溪镇沙村，二间一弄楼房，现为鄞州区文物保护点。

作为三度访客的我，这个村子里的巷弄算是将我当成故友了。静谧的矮墙上，草色机灵地把斑驳的墙面装缀成一幅幅水墨写意，自由走动的鸡犬，也淡定从容，不避不躲。

行至沙村高处，巷弄交连，多间民房的墙面依稀地现出灵动又随性的字画，犹有一只墨色深切的上山虎附墙而啸。村里人说，这就是沙耆的手笔。猛虎目光如炬，不卑不亢，穿越了几十年的风雨晨昏。

十年前，我第一次“游历”，无意于探访，只是饭后散步，消遣至此。其时，沙村尚未有今日之闻名遐迩，人们最多知道，这里有名人，沙氏一门六杰。拜谒者往往也是浏览匆匆，更多的则是为一个曾经的艺术“疯子”而喟叹。

五年前，又随友人至此，眼到，身到，却未曾心到。斯年，沙翁已逝。更多地，却是享受了一番典型的江南村落之情致。错落有序的村居背山而建，有清澈溪流沿村静流。徒步悠长坡道，鸡犬相闻，草树横斜，砖木结构的村舍，大多古风留守，墙壁上的青苔似在告诉访客一些村子的陈年故事。

而此番“考察”，于我，却实在是顾虑重重。因为沙耆已经声名大振，路人皆知，至少，对本土乡友而言、对画界同仁而言。院落犹在，虽无谓思古，却也可细察。只是，沙翁活着时都无缘交流，离去经年，更何谈索微探幽？

我要找寻的，是怎样的一个沙耆呢？

守护藜斋的，是个兼职的故居管理员沙伯，他还要守护同为沙氏族人的沙文求故居，他还是一农民，种田时种田，插秧时插秧。

沙伯引领着我们来到沙耆故居。

我站在门外，凝视人去楼空所以常常紧闭的故居宅门，终于只有静默。这

扇门，几十年，推开又关上无数次，像极了命运对一个人所做的动作。

门檐砖砌，檐楣上雕出两个遒劲大字：藜斋。取名和题字皆出自沙孟海先生。相传，孔子门生子路家境贫寒，为母亲能吃到米饭，常跑到百里外去背米，自己则吃的是藜藿之食。待子路做了官，母亲却去世了。沙耆祖上和子路有着相似的身世，因此沙孟海将此宅取名“藜斋”。不过，我倒是更喜欢藜草所具有的象征意义。因藜草虽属草本，却也是半灌木的植物，嫩叶可以当食物，花叶可以入药，其茎则可以做成藜杖，生于野地，不娇贵，有强盛的生命力。

藜斋的门墙为一西南方位的斜筑，这样对路一斜，或许是为风水学上的“避冲”，或许只是为出入方便。

进得大门，见四方天井，见两间一梯的双层木结构楼屋，视线越过窗棂可见屋后一片三四十平方的傍山花园（或许叫花坡更合适），抬眼望坡，竹林摇绿叠翠，清风徐来。故居总面积约略有 150 多平方米。

在廊柱边，有一张桌子，桌上有一本签名簿，密密麻麻记录着来自北京、杭州、上海以及邻村等地的访客，有文人、画家，也有游客、村民。

沙伯说：你就登个记吧。

作为访客，我当然要遵嘱，也算是向沙耆先生报个到。

尽管院落齐整，但青灰色墙瓦，暗红色门窗，终归逼仄。不过，逼仄的时光，有这样相对逼仄的屋舍，还是“配对”的。

堂壁上，写满汉字和法文，中有一匹斑驳的徐悲鸿画风的骏马。这匹红色飞马是沙耆回国后的“涂鸦”，历经数十年风雨销蚀，“颜面”几乎失尽，但稍事修复，依然能领略笔触之精气。字画外，遮罩了几块厚重玻璃。院门油漆一新，锈蚀的门环也换成了新的，堂前的破败也不见了，整座院落却也荡去了曾经“人居”的气息。

资料记载，1927 年，沙耆父亲曾将旧宅翻新。而目下所见，无疑是又进行过一次“修旧如旧”。

其实，沙耆的传奇，落脚点更在于此处，以及在此处流转的时光。

自 1949 年至 1980 年，长达三十余年的时间里，一个天才画家就是在此处度过了他安闲又错乱的岁月。1949 年前的艺坛辉煌、人生精彩，和 1980 年后病势轻缓、复出共仰，似乎都与这里无关。

自然，我最为关注的也是他这段令人百感交集的“疯”时。

我们总想在一个精神病或者“被精神病”者的世界里找寻他异于常人的视觉感知和灵魂动态。我深知我们只是“常人”，或以正常人自居的人。你不入疯魔，何以知疯魔，你既已入疯魔，何以知疯魔？尤其是想进入一个艺术家的疯魔状态，进入一个疯魔的艺术家的 “另类”世界，完全没可能得到正解。

谁都不了解沙耆。

也许，在彼时的沙耆眼里，芸芸众生的正常，恰是可悲甚至可鄙的。但他并不嫉恶愤俗，在和村民邻里的相处中，他们的质朴总是让各样不羁的灵魂安静，尽管俗世的思维，总是带有不经思考的闭锁和直白。

在藜斋的墙上，挂满了照片和文字构成的相框，介绍着沙耆的一生。细细辨识，音容宛在。然而，画家终究不在了。他在这里的身影，就像藜斋墙门上的飞鸟，来了，又飞走了。

从这里，似乎看不到沙耆当年的挥斥方遒，走上街头为即将沉沦的中国怒吼的激情澎湃，看不到作为徐悲鸿得意门生的才情恣肆，看不到在比利时研习绘画被多国艺术家嘉许叹赏的眼光，看不到和毕加索等大师同侪并展的荣耀和快乐，看不到追求圣母华光的虔敬与炽热，也看不到妻儿欢爱的温馨画面。但是，这一切，他毕竟有过，他切实地至深地感受过；这一切，不管他患病还是病愈后，都不曾离去。也许，正是这些，使得他精神恍惚，患得患失。

一切，皆是我的猜测。

站在故居，我只能依靠想象将之缀连起来。

沿着逼仄的楼梯而上，因为新修，嘎吱嘎吱的声响也不再闻听，二楼屋檐下的窗台边，摆放着一张四方桌，桌上有煤油灯，仕女般腰身的玻璃灯罩让人想起三四十年前农家的夜晚。

环视沙耆卧室，俨然是饶有异趣的斑斓画墙。十一幅壁上女子，或坐或卧，或跪或站，体态丰腴而不妖，神情灵动却不媚，倒有几分脱俗的圣洁。我所看到的是不匀称的女性身体，大头大眼，丰乳肥臀，壮硕的马给予女人的性暗示，抑或只是白马王子与裸女的唯美表达。这样的画风，不能简单判属哪一画派，尽管他更钟情于野兽派和印象派的结合，但对于一个天才画家，我们似乎无力做出精准的评价，因为天性流露之作，灵魂才是至上的，表达的技术和形态倒反而是其次的了。你大可以视之为欲女，也可以看成玉女，这是观者的理解。

我们对于艺术，

最直接的想法是：我要看懂，要被我看懂，能看懂的就是好的，不能看懂的，除非名家大家。听音乐是，读诗歌是，赏品画作也是。还有一种想法就是：我觉得好看的、好听的、好接受的，就是好的。一切不被“看好”的，除非艺术家的名望大到足以镇住我的无知。

只是，管理员沙伯说：这些壁画都是复制品。当年以五千块钱连房带画卖给一村民，而后村民又觉着壁画“碍眼”，以四万块钱卖给一台湾的画商。

不过，我理解这样布局的苦心。只要其心良善，虽真迹无存，不再原汁原味，也算是遵了“国情”。复制品依然保留了几许神韵，作为普通游客，只要感受画家当时的心境即可，至于用笔用色如何，是专家们鉴赏的事了。否则，对于这样的艺术“遗存”，要么人人鄙视漠视，一旦重视，必然虎视。结果还是：历史的旧貌必定被毁成无趣的新颜。

一个“精神”无羁时依然被色彩和画面牵引着的灵魂。沙耆的画笔，并不拘泥于何种表达的材质，什么载体都可以载着他的美到灵动的彼岸。当时的村民求画于他，递过来的作画“载体”真是五花八门，但是他总是信手拈来，立等可取。

他喜欢在木板上作画，6 岁时，就在木板上画了一只兔子，据说已经是活灵活现。他有“板画”情结，在以后无纸无油画布的年代，板壁和墙壁，就成了他挥洒颜色和构图的舞台。所以，门板上的裸女，墙壁上的虎画，才成为沙耆的病中杰作。

他疯了。“他疯了吗？或许只是因为世界抽了。”这是当年我写下的诗句。

村里人说起沙耆，总有一种未了的意味。说是疯，其实疯得特沉稳，不会撒泼胡言，也未有自残和暴力。假如一个未开化的群落，有一个天性纯真而思虑纯绵的艺术家来此，人们估计也会将之视为另类。诸多另类的当代人，其实也是疯子。只是人们越来越见多识广，不以为意而已。

他画马画虎画女人，这都不足以说明他的“疯”姿。彼时的年代，女人的裸体虽然是罪恶的渊薮，是不可以见人的腌臜，是对天理人伦的作孽，但一个留洋多年受过西洋画派纯粹人文熏陶的画家，是不会轻易将自己的审美趣味和审美观点改易的。

而且，他只在自己的墙壁上画，类似于涂鸦，类似于屋角的梦呓，类似于视觉的自我调适，他不是传播，不是宣扬。你看见了他的存在，只是证明了你的发现，就像发现了你自己的身体，以及内心的欲望一样，这都不能作为“呈堂证供”。

在国外生活的习惯和一个天才画家的心性，对于一个小小村落的乡民而言，无疑就是怪诞的，是神经不正常的表现。比如，他喜欢日光浴，这在村民眼中就是不可思议的举动。

当然，被我们视作疯了的证据还有：在沙耆的藜斋墙门上，写着“浙江省政府主席沙耆”这样的文字。这无疑是疯了。但是，要知道，省主席，这是国民党统治时期的说法，他没有自称为“浙江省人民政府省长”，所以，他的疯，竟然是有“底线”的。而他的家族里，真有国统时期做过省政府大员的人，也许，他的自称里夹带着自嘲和对当时“形势”的调侃。

有一种说法，沙耆之疯，源于情爱的失败。那个墙画上的女人，那个在他记忆和恍惚里常常出现的女人，就是他“发作”的诱导体。

艺术和情爱，这是密不可分的溶剂。她们交织在一起，融会在一起，互相渗透，互相改变，互相之后，成了新的色彩。但是要决绝地拆分开来，那样的痛苦无疑是惨烈的。艺术没有了情爱，情爱逃离出艺术，对一个艺术家而言，这是灭顶的灾难。他的同行、他的学长毕加索，一生有过无数的女人，而每一段姻缘和情爱都成为他创作的动力和光鲜的艺术证明。而沙耆却没有那么好命，他只是爱着那个女人。一个女人，一段纯真的情爱，而他却沉入下去，就像在海底看阳光，迷离而寒冷，他只能用孤郁的思念代替拥抱的热烈，间或用手中的画笔涂抹出（是涂抹，不是描画）他心中的欲念。这是他能够做到的。而大地无纸，只有白色的墙，只有树筋暴露的板壁，才是他欲念和梦呓更持久的保存地。

在这个山乡僻壤，让一个见过大世面，一个才华横溢的青壮男子，忍受那

么大的无边无沿的寂寞，这不仅仅只是勇气，还是一种人生别样滋味的修炼。他也许做到了，他倘疯装傻地做到了；也许他终于没能做到，他被自己的艺术和情爱炽烈地烧坏了脑子，他被周遭世界绝望又热切的眷恋逼成了真疯真傻。尽管，是在这个儿时熟识的故园，在每一块泥土都散发着童年记忆的沙村族地。

我相信，即使属于他生理上的精神迷乱了，属于他天理上的艺术灵魂却毫不错乱。

沙耆的晚年境况算是相对圆满，他激情依旧，他的色彩感、构图能力和运笔技术并不因年迈而生涩。他被沙孟海照拂着，被良善的村民悉心呵护着，也同时被中国画界重新关注着。

他的画笔一直在拯救他。他开始有了新的生存环境，他的画展在全国各大城市举办，他的画作和才情重新展现在惊讶的人们的眼前。

藜斋远离了，那些曾经叽叽喳喳好奇又无忌的小鸟远离了，乡音远离了，他的马、他的女人画像、他巷子里随性的涂鸦远离了。他开始画山水景观，画植物动物，也画他愿意去画的人物，甚至裸女，可是，他再也画不出藜斋板壁上那丰满的倾注心魂的胴体，或许，他是不想再画了。

他开始珍视自己的记忆，拾掇着烟云般的往事，在他断断续续记述的人生年表中，可以看到他一直无法忘怀的逝去岁月里的激扬和静好。

留洋比利时，在战时的比京静心作画，参加进步青年游行，意气风发地呐喊，被巡捕房关押，被杜月笙保释，曾经试图将马克思的哲学原理应用于绘画理论，努力或冲动，爱他的人和他爱的人，艺术的荣耀和外国友人“你给中国争光了”的夸赞……

记得二度探访沙耆故居时，村人自豪地说：哦，沙耆的画好啊，他的《向日葵》，可以卖几个亿啊。

他们很后悔，没有向沙耆多要几幅字画，甚至很少保留他的画作。“要是藏起几张沙耆的画，那就发了。”他们一定是把凡·高和沙耆混同了起来。这样的混同，无妨洋溢着的自豪感。这就是村民对艺术和艺术家朴素的理解。这样的理解无疑是庸俗的、市侩的、功利的，但至少，我们可以认为：这样直接的曲解，也包含了对“艺术是有价值的”理解，也算得一种进步。或许，村里人用这样的混同说出了对沙耆的神秘的认同和认知：沙耆，中国的凡·高，家乡的神笔。

想到这儿，我并不为沙耆先生当年在这个乡村故居里的岁月感到悲哀。因为在这座由多才多艺的父亲亲手建造的家里，在自己从小生长的村子里，他无疑是自由的，村民淳朴重情，即使有这样那样讶异的眼光，即使那些簇拥的孩子称他为“傻子公公”，他依然毫不介怀，他的内心依然充满了安闲与友好。他随时随地会给村民画上几笔，画什么都鲜活而意趣盎然，若有酬谢，薄酒粗菜即可。有时候他还会跟村民说：这些画很值钱，好好保留着。不过，几无村民相信，他们随手就把画作丢掉了，或者当作买来的年画，随时而殁。

只因他们知晓的是邻里疯子沙耆，而非天才画家沙耆。

告别沙耆故居时，我又绕进屋后。后园，毕竟有些落拓，经过修整，依然

不够齐整。但有芭蕉迎风，杂花在石缝里斜伸出来，不经意的凌乱，恰好见证了屋主当年的落魄和落寞，却总有着自然生态的恣意之美。

再回首墙上照片，排列井然，居多泛黄，画中人尽皆寂寥。一个人，一生，就这么挂在墙上。当然，对天纵神笔的沙耆先生，对一生命途乖张的沙村青年，这样的选择，也并非无奈之结局。枯荣天定，人力三分。身后的荣耀与零落，与逝者无关。

我们纷至沓来，算作是对大师深怀敬意的凭吊。不过，我想，即使屋主犹在，也未必有这般热闹，也未必要这么热闹。

行行摄摄，恍惚间，我竟然忘记屋主已然仙逝。很想小坐片刻，晒晒沙村的太阳，看墙上的小草在风中摇曳。只觉得，沙耆先生依旧颤巍巍地出入厅堂，他端出茶来，落座，眼神慈和，同我们聊天谈画，指事论情。

图片提供 / 邱　闳

翰墨资吟兴，云泉适野情

——访江蔚云“阳波阁”

文 / 梦之仪

江蔚云

江蔚云（1914.10.19—2000.1.30），原名江禄燦，字印舸，号晚耘、怀云、桐城词客。浙江嘉善人。词人、书法家。少游学海上，拜王西神、陈彦通为师，习诗词、书法。复问学于乡前辈沈禹钟。擅长章草书，有“浙北章草第一手”之雅称。中国书法家协会会员、中华诗词学会会员。其书法真草隶篆俱工，名列《中国当代书法家辞典》《中国美术家年鉴》《中国当代墨宝集》等。

一

很多时候，我常对远方的朋友说，来看看西塘吧，来看看西塘的夜色吧。可惜的是，很少有朋友应和。他们或是说，西塘嘛，已经看过了；或是说，哦，西塘当然要来的。有时就算到了西塘，在他们惊讶于西塘的长弄深巷小桥民居之后，复又匆匆离去。当我挽留时，他们常常会无可奈何地耸耸肩，太忙了，得回去，最多会说：以后再来吧。他们独独没把西塘的夜色当回事。

西塘自然有令人恋恋不舍的情结，每一个来过西塘的人，都会沉迷于粉墙黛瓦小桥流水构筑起来的古朴而精致的世界。但只有看过西塘的夜色，才会在离开西塘之后还会深深地怀念西塘：那朦胧的月色，迷离地扫过层层叠叠的屋檐，柔软了每一个游人的情怀；红灯笼晕红的光，轻轻地荡漾在河面上，融化了每一位旅人的心思；小桥在抒情，树叶在倾听，你的脚步缓缓地，轻轻地，你会想，不用多久，我还会来西塘，还会来感受西塘的夜色……

作为一个西塘人，我从来不曾厌倦过西塘，像很多西塘的老人一样，自有一种情结在心中。当好莱坞巨星汤姆·克鲁斯矫健的身影掠过西塘的屋檐小弄传播到世界各地之时，谁人不感到惊讶呢？只有西塘人呵呵一笑，似乎一切原该如此。

一切原该如此，就这么简单，这就是西塘。就是西塘，就是西塘这样一个小镇，以她古朴的情怀，培养了一位古镇自己的艺术家，他就是以诗词书法见长的江蔚云先生。

二

江蔚云先生1914年生于西塘的一个儒商之家，得深厚的家学渊源，工诗词、善书法、好倚声，生前为中华诗词学会会员、中国书法家协会会员等。他原名禄燦，一字印舸，晚署怀云、晚耘，书斋名阳波阁，著有《阳波阁诗词》，编写《嘉善词编》《苹吹诗词集》，参与注释历代《嘉善乡土风情诗》等，他的书法作品多次入选省市、全国及日本、新加坡等东南亚书展，入编《中国当代墨宝集》，名列《中国近现代书画家辞典》《民国书画家汇传》等书，被海上“补白”巨擘郑逸梅誉为“词人书家”。

江先生早年就学于上海正风文学院，书法师从王西神，诗词拜师于陈彦通，复问学于乡贤沈禹钟，一生酷爱书法，搜集临摹名碑法帖，尤其钟情秦篆汉隶及南北朝之碑版。青年时每日晨起临池直至中午，几十年如一日，业精不懈。

江先生的书法，博采众长又师心独创，气势和神韵贯注在每一笔之间，形

成了自己别具一格的风貌。他真草隶篆四体俱工，50 岁后喜作章草和今草。章草参以明代宋克笔意，潇洒飘逸，又融入古隶之神韵，因而赢得“浙北章草第一手”的美誉。他的草书，纵逸跌宕，参差错落，不唯古雅且姿态横生。他的篆书苍郁遒劲，直中寓曲，气息高古，非老手不能到；真书则结构严谨，遒丽肃穆，全自北碑中来，风格清丽；隶书功力弥深，浑厚朴茂，苍茫不可方物，点画变化莫名，晚年更以草法入隶。

江先生以深厚的书法功底，成为浙北艺坛三老之一。被称作浙江艺坛三老的，前有沈红茶、谭建丞、蒋孝游，后有江蔚云、岳石尘、吴藕汀。随着 2005 年 10 月藕老的最后谢世，他们一个个已不复在了，浙北艺坛清冷了不少。

孙正和于当代写章草者，最叹服的两个人，正好都是嘉兴人：王蘧常和江蔚云。孙在唐吟方处看到江先生的书法，以为功力之深当世罕有其匹，便修书欲拜先生为师，无奈江先生无意为人师表，孙为此屡屡怅然。自然每个人的书法欣赏角度不尽相同，我最喜欢的则是江先生的隶书，在我看来，他的隶书，于点画变化、提按起止、字里行间，尽显笔墨情趣，外观则稳健敦厚且大气磅礴，这一点，又极像他的为人。

差不多十年前，一次偶然的采访，我结识了江蔚云先生，想起来，那个披着长发被人当作小女孩的我是幸运的。

三

我是为了写胥社而去采访江先生的。那是 1996 年的春天，那个时候西塘旅游还不曾开始，古镇非常宁静，街上来来往往的都是本地人。曾经有几次，我邀请我远方的同学来西塘，然后陪他们走在空旷的朝南埭烧香港，我指着那些枕水的民居、幽幽的长廊对他们说，你看你看，西塘有多美！十多年过去了，我的几个同学后来没再来过西塘，但他们念念不忘西塘如画的美景。

也许是长年工作生活在西塘奇情古镇的缘故，也许是我的血液里流淌着对家乡深厚文化历史热爱的缘故，当时的我萌生了一个念头：挖掘人文西塘的内涵。我列出了一个简要的提纲，第一个想要写的便是胥社。

西塘古有“胥塘”之称。西塘地处古吴越交界处，有“吴根越角”的称号，早在春秋战国时期，伍子胥留迹于此，胥塘因之得名。民国时期，吴江柳亚子流连于周庄、西塘，与两地文人交好，柳亚子建南社，西塘友人为效仿南社而建胥社，社长为江蔚云之父江雪塍。

时年中国大地上风起云涌，就算一个小镇也无一例外地受到了影响，江雪塍以一个有识之士应有的气魄，先后在镇上创办了昭华女校、《平川》半月刊、胥社、平川金石书画研究社等。

那年春天的一个午后，值平川书画社每周日活动之时，我来到镇上薛宅崇稷堂书画社活动之地，听江蔚云先生说他父亲的故事，说当年胥社在西园和杨氏义庄栖僻园的两次雅集。江先生说得兴致盎然，我听得津津有味。事前我当然不会料到，我们的这次谈话，竟然触动了江先生多年来埋藏在心底的情愫，后来江先生告诉我，此事距今已有七十多年了，已没人再提了，他实在有太多的感慨。

想想真是，在这个小镇上，没有比江家更有声望更值得别人敬慕的了，正像剧作家顾锡东所说，“一门大雅，里人咸敬”。当年的江雪塍是西塘古镇的文化先驱，他毕生潜心研究诗词、书法和篆刻，给后世留下了《舍北草堂集》《三两窠斋词》等作品，他的书斋“舍北草堂”藏书四千余册。他和胞兄江积塍一起创办的昭华女校，开兴办西塘女校之先声。他常常以文会友，和南社诗人柳亚子、陈巢南、余十眉、郁佐梅等人的诗词唱和，推动了胥社的成立。1935 年，江雪塍又和一批志趣相投的老前辈以及后起之秀发起成立平川金石书画研究社。后来平川社两度停办，1988 年，江蔚云先生在镇上重新组建了平川书画社。可当时的我，并不知道那么多，我只是惊讶江先生怎会有这么好的记性，胥社那个时候，他还只是一个十一二岁的顽童呢，他居然还记得给胥社雅集拍照的摄影师名字，更不用说那些过程了。

但我的惊讶很快被心里的敬佩所替代，在崇稷堂发生的一件事让我对江先生肃然起敬。当我第二次见到江先生时，他把一张写满了字的纸交给我，是更多我想知道的内容，我们在聊的时候，他又想起一些，提起笔在纸上作了补充。这时正好被一个杂工看到，他叫起来，江先生你的字是很值钱的，你怎么能随便写呢？以一个名家的声望，我当然知道江先生的字是很值钱的，但这个时候我哪里想到这些，经杂工一说，心里有些惶恐了。但我看见江先生只是平静地看了杂工一眼，便继续我们的谈话和补充。

后来我们熟悉了，和江先生的话题也就多了，甚至我也滥竽充数地加入了平川书画社，他又教我用篆书写自己的名字，可惜，资质愚钝的我始终没学好。江先生生前，我在平川书画社的那个时期，现在想起来真如梦幻一般。我认识了晚年的江先生，看到他的性格柔中寓刚，沉稳中又不失天真烂漫，既可敬又可爱。也因为江先生的艺术和为人，他影响了古镇上的一大批文化人。

四

江先生命名他的书斋为阳波阁。阳波阁在西塘北栅街 24 号，一条曲折悠长的小弄引领着我走了进去。江先生一定不曾想到，在他辞世六年后的一个冬日，2006 年新年里的一个上午，一个小女子冒雨前往，同到阳波阁的，还有他的两个女儿，其中江茵阿姨，我们是早就熟识了的。

这是一幢老式的屋子，走进门就是

狭长的饭厅兼厨房，经西面的廊间通往北面的客厅和卧室，江先生的晚年主要在这里度过，中间则是一个挺大的园子。经饭厅的楼梯上楼，同样经过西面的廊间，北面也有两间房间，各摆放着一大一小两张桌子，东面的大桌靠着窗，是江先生多年的书画桌，江先生就是在这张桌子上，书就了一幅幅的作品。西面的小书桌，是江先生看书的地方，另有两个书架，一张床。书桌旁很醒目地挂着几幅字画，分别是吴镇八竹碑拓片两幅、苏局仙 101 岁时写的字一幅和江先生自己草书一幅。和破旧的房屋比起来，这几幅字画鲜活得就像新挂上去似的。我用手轻轻地抚摸，人去楼空，幸而此物长留了。

“阳波阁”的匾额也还在，挂在楼上靠西的那间卧室里，张伯驹所书，笔意清新，《阳波阁填词图》却已无踪影了。当年江先生曾请黄宾虹、溥心畬各画一幅《阳波阁填词图》，他的文字老师、当时移居沪上的沈禹钟为之写了《阳波阁填词图记》一文，盛赞后学弟子在诗词方面的建树。那天我在江先生的房间，随手翻开书架上的书一看，上面的几册正是厚厚的声学方面的书。

最近的一年多来，我到过的名人故居也不少，已开辟纪念馆的当然很整洁，资料也多，没有开馆的也有比这儿更见沧桑的，但我没有看到比这里更杂乱却内涵更丰富的。遍地是尘埃，揭开布满尘埃的纸，是一个异常丰富的世界，除了书，有很多装裱的和未曾装裱的书画，也有木雕、照片、剪报、名片等，可谓琳琅满目。六年了，尘埃企图把这片天地完整地覆盖，我却看到，艺术的灵魂倔强地透过尘埃发出自己的声音来。

我对莔莔阿姨说，何不把江先生的遗物藏品做个整理，如果有人同在，我很乐意做这件事。可惜莔莔阿姨没有响应我的提议。

五

曾经到这里拜访阳波阁主人的来客很多。早年的时候，顾锡东常常来到阳波阁，与主人煮酒读画，四十年后，当定居杭州的顾锡东回忆起那个情景时，恍如就在昨日。

纪念吴镇诞辰710周年之际，邵洛羊来到嘉善，金梅陪同邵洛羊来西塘拜访江先生，阳波阁一席闲谈，两人商定，以邵先生的画换江先生的字。这个场面虽不曾亲眼所见，但我料想必是很有趣味和戏剧性的。

有一天，一书翩然而至阳波阁，原来是方介堪80岁作诗自寿，抄送海内辞章家，遍征诗词文章为其颂寿。其手札十六开纸上朱砂色行楷写成，诗曰：清白传家宝，蔬水怡吾神……读来颇觉清新。

一日，得到“江南雀王”岳石尘的《竹雀图》，江先生即写诗、填词各一，可见当时江先生的心情是相当愉快的。这一幅《竹雀图》也为我在故居亲眼所见，双双振翅的麻雀掠过竹叶飞起，像在迎接亲人的归来，殊是可爱。

又一日，徐城北来嘉兴，范笑我陪同他也来到阳波阁，那一天，江先生拿出他的好多藏品与两位来客共同欣赏。2006年新年里的那个雨天，我在阳波阁所见到的是江先生为此事写的诗《徐城北范笑我两君枉顾赋六绝句志喜》，楼下桌子的玻璃台板下压着，铅印的文字，只是没注明发表在哪儿。

交友在江先生实是一大爱好，他爱古哲，也不薄今人。当年在老师沈禹钟寓所得遇单晓天，两人从此一生交好。唐吟方作《刀鱼图》，江先生为之题语：此鱼传闻出自松江，昔吴王江行，食鲙，以残者弃水面化而为鱼。此画复得朱家溍题句，藏者视为珍品。

与文化名人的交往，使得江先生早年就开始的收藏愈益丰富了，他藏有邓散木、丰子恺、齐白石、黄宾虹、韩登安等名家的书画及印章精品，数百方印章均出自全国著名篆刻家之手，他的字“印舸”意为收藏印章之多可用船载。江先生常年沉醉其间，一日三摩挲珍爱无比。让人痛心的是，因为“文革”，他的收藏几乎化为乌有。

与镇上文人的交往自然更多了，孔庆宗先生书法也大雅，当年孔先生还在丁栅时，江先生欣赏孔先生的才情，每次孔先生来西塘过夜，常常在江先生家，两人同榻而眠，抵足长谈，乐此不疲。邬燮元先生在篆刻起步时，江先生总要他坚持传统，在传统中创新意，而不要为了出名寻找捷径，多少年来邬先生也坚持这么做了，如今他于方寸之间把元朱文打造得有声有色，常在各类比赛中获奖。平川书画社有三青年称“三石”，江先生器重“恒石”梅文磊绘画方面的灵气，常常给予表扬鼓励。古镇之上，还有很多人，一样深受江先生的影响，有时候我们在一起，每每提起，至今感念江先生的艺德。

六

郑逸梅在《艺林散叶续编》中提到，黄宾虹曾绘《江南第一村图》赠江蔚云。江先生自己在诗中也提到，此图久佚，后请老友吴藕汀补成。所谓江南第一村者，为明代西塘人周鼎之故居。周鼎以文学知名，他自署其居处为“桐村书屋”，求文者日集其门，浙西文士多有慕名前来切磋者，推为巨擘。

西塘的文化，一如这个千年古镇一样源远流长，自明清以来，留下诗文著述不少。或许有人会有疑问，一个小小的镇子，何以如此？

其实西塘自古繁华，手工业之闻名更是久矣。据陶宗仪《辍耕录》记载：元代西塘镇人漆工杨茂，擅戗金戗银法。现北京故宫博物院还保存了他的作品“观瀑团圆盒”。木板之上，用针刻画的画面上，房屋、人物、树木和花卉，非常精细。张成作为杨茂的同乡，同样擅长此法，他制作的手工艺品在明永乐年间被日本人购得，视为至宝，继而敬奉给明成祖，他的作品“剔红紫萼圆盘”，成了日本的国宝。两个西塘的民间艺人，凭着他们高超的手艺，令普通的漆器成为精致的艺术品而代代流传下来，这不能不让人惊叹西塘人的聪明能干。

记得有几次，我、采菊，还有《嘉兴市志》的主编史念老先生，我们三个人坐在嘉兴“钱塘茶人”的茶室喝茶，有次说到历史，史先生说，西塘的漆器出现在日本，日本人又当作至宝奉送给中国的皇帝，这不是很奇特很有趣吗？

西塘的漆器怎么会出现在日本呢？还有魏塘的银器（朱碧山、银龙槎，北京故宫博物院收藏）怎么会都成为国宝的？然后史先生分析说，因为早先，西塘附近的上海青浦淀山湖一带有个中国对外贸易的大港口青龙港，因得交通之便，才出现这样的情况。可见西塘自古繁华是有着深厚的历史背景的。经济的发展久而久之势必影响到文化的发展，明《词综》采录有明一代之词，凡三百余家，嘉善一地即占三十多人。明清以来，西塘的土地上，土生土长了一批民间文化人，我保存的前辈镇人蔡韶声所著《后藏密斋集》复印本，其中诗作之多可谓洋洋大观。作为理发师的严西风曾经是平川书画社的负责人，史先生说，这可了不起啊，吴敬梓在《儒林外史》里就把希望寄托在卖菜、砍柴的普通人身上。源远流长的民间文化，是西塘文化中的一大旋律，书法家江蔚云先生和他的家族，正是西塘民间文化中的一个典型。

说到江先生的家族，已经提过的是他的父亲，其实何止这些呢，江家一门，尽显技艺。江蔚云先生的二弟江载曦，是中国画会会员，其画兼工山水花卉人物翎毛，山水直逼“吴门四家”之文徵明、唐寅。喜作草虫，出入于宋元明清诸家之间，以画蝶最神，有“江蝴蝶”的美称。先后在上海举行展览，识者交口誉之。我第一次看到江载曦的《草虫图》，是在西塘醉园王亨先生处，1948年编的《中国美术年鉴》上：葡萄蔓藤之下，三只蝴蝶翩翩起舞，一大蝶展翅在上，两小蝶翻飞于下。那透明的花色翅膀，弯弯的触须，清晰可爱，栩栩如生。也许是没日没夜地作画太过劳神费心，江载曦竟英年早逝，不免让人扼腕叹息！

江先生三弟江上青，上海复旦大学毕业，是位剧作家，越剧《红梅阁》曾于人民大会堂上演，受到周总理的表彰，另有作品《唐太宗》《状元打更》《颜大照镜》等，都以出色的文采得到各界的好评。他的四弟江洛一，毕业于苏州美术专科学校，四十余年从事文化博物工作，现为苏州平江书画院院长。书画诗词俱工，又通书画理论，专著有《苏州近现代书画家传略》《吴门画派》《乐咏庐诗稿》及与人合著的《苏州书法史》等。他的三个妹妹江韵蟾、江韵如、江韵薇均擅丹青，江韵如除了擅长国画还善油画。今年年初，我得到洛一公自苏州转来，茜茜阿姨送的《江氏家族书画作品选》，观册页之上，墨色精妙，让人叹服。

江先生的妻子屠庆华也擅丹青，常作梅花以自娱。他的女婿倪嘉乐当年正是受江先生的影响，经常年的耳濡目染，也爱上了篆刻这门艺术，一度出任平川书画社社长。中国传统的艺术在这样一个家族发出熠熠光彩，真让人们刮目相看。

七

阳波之名，取自《庄子》“动而与阳同波”。庄子主张安时处顺，与世同波，知其无可奈何而安之若命。这正是江先生的人生态度，他热爱生活，乐观豁达，又处世从容，甘于平淡，不计名利，于平淡中见真彩，在朴实里显芳华，这样的人生，不是很精彩吗？江家的堂名为“赋修堂”，赋修堂在西塘的塔湾街、镇上的一个景点“桐村雅居”内。这里原为江家大院，江先生在此度过了他的青少年时期。江家以经商起家，起初经营腌腊，后改为酱园，虽为商贾，却注重修身养性，从堂名上可见一斑。

正是江先生这种朴实的人生态度，我们看到他在勤于治学的同时，还对地方文化投注了极大的热情，为地方志撰写史料，为乡土诗题写注释，为平川书画社艺事更是终日奔波，对晚辈新秀经常给予鼓励，为西塘古镇题写招牌桥名、厅堂匾额、楹联立幅，不计其数。有一年，乡前辈著述、柳亚子作序的《踏灯词》《冶春词》失而复得，江先生即高兴地写起了诗。

也在阳波阁，乐观开朗的江先生自娱自乐地自创对联、撰写集句，这样的墨迹有很多，自创的联句如“翰墨资吟兴，云泉适野情”，集句如“醉里和君诗爱将芜语追前事，病中留客饮更把梅花比那人”，才情飞扬，让人百读不厌。

那天，快要离开阳波阁的时候，雨还在滴滴答答地下个不停，我望着那个园子，当年的花坛如今因为没人居住清理而杂草丛生了。茜茜阿姨叹息说，爹爹在世的时候，这儿的假山盆景多美啊。

我的目光落在一丛野草上，因为雨水的洗漱，野草青绿，直刺我的眼睛，一时间我看不见别的，我想到了江先生，他的生命，看重的不唯诗词书法，更是严谨的治学态度、正直的做人本质和才艺相通、点画提转之间即现意境的书法精神，金钱名利之心则全在他的脑后。

只是，江先生的一生，虽技艺精湛，声名却并不很彰显。我想，这多半和他的职业及所处的地域有关，江先生生前只是一名普通的店员，他常年生活的西塘古镇当年也和他一样寂寂无闻，江先生身后，西塘旅游蓬蓬勃勃地发展起来了，江先生的艺术之长存也是无疑的。

有前贤如此，我如何不爱自己的家乡呢？

图片提供 / 梦之仪

八百年香火的大宅

——访南怀瑾故居

文 / 南　航

南怀瑾

南怀瑾（1918.3.18—2012.9.29），谱名常泰，号怀瑾。浙江乐清人。诗文学家、佛学家、教育家。浙江国术馆国术训练员专修班毕业、中央军校政治研究班第十期毕业、金陵大学研究院社会福利系肄业。抗日战争期间，投笔从戎，执教于中央军校军官教育队。后潜心于佛典，讲学于云南大学、四川大学。1949 年赴台后，曾任文化大学、辅仁大学、政治大学及其他大学、研究所教授。后旅居美国、香港等地。曾创办东西方文化精华协会总会、老古文化事业股份有限公司、美国弗吉尼亚州东西方文化学院、加拿大多伦多中国文化书院、香港国际文教基金会。出版有《论语别裁》《孟子旁通》《大学微言》《老子他说》等。

南宅，温州乐清市黄华镇的一个古村落，因为温州南氏最早的住宅地而得名。它背靠青山，面朝大海，诞生于南宋初期，科举蜚声于明代，人文辉煌于清末民初，被《浙江通志》《浙江省名村志》立传列入“浙江名村”。

作为一座具有八百多年香火的“大宅”，南宅的中堂设在如今下辖的四个行政村之一的殿后村，这不仅因为代表性的人文古迹几乎都散布于此，更重要的，它还坐落着南怀瑾故居。

谱名南常泰的南怀瑾，是南宅南氏第二十五代传人，怀瑾其实是他的号，典出《楚辞·九章·怀沙》“怀瑾握瑜兮，穷不知所示”，瑾瑜都是美玉，以此比喻具有美玉般美好的品德，而他的一生也证明着以其号为理想，向“自己”看齐。

走进南宅殿后，村子小而清雅，护绕着清澈小河，散步过村口拱桥，踱下桥头右拐，河畔端坐着一幢质朴的三层水泥楼房，楼房里侧蹲着一间老旧木屋，那就是南怀瑾故居。在“上下五千年，纵横十万里。经纶三大教，出入百家言”之前，少年南怀瑾、青年南怀瑾常常在这里“出入”。

度过居家读私塾、上小学的少年时光，南怀瑾早早出外闯荡江湖。因练武有成，被中央军校聘为武术教官，获少将军衔，并结交不少名流，如“厚黑教主”李宗吾。尤其是遇到影响他终身的人物——禅宗大德袁焕仙，从此踏上参禅学佛之路，导致后来远赴康藏参访密宗大师，孤身上四川峨眉山闭关三年，通读佛教集大成典籍《大藏经》，出手搭救国民党暗杀黑名单上的巨赞法师（后为我国佛教协会副会长），壮举连连，在入世出世间，修炼着一颗佛家的慈悲心。

20 世纪 40 年代末，国内政治形势风云变幻，国民党已然江河日下，迁居台湾成为众多在其政权里有过一官半职人员的无奈之选。南怀瑾渐渐打定离开大陆的念头，最后一次回到了故乡南宅殿后。那里有着他的父母、他的妻儿，他的根。

那一次回乡在他未来的成名史上并不占据重要一章，但却使其故居见证了他与南延宗——近现代南氏家族两大著名人物之一的历史性会面。

南延宗，南宅南氏第二十六代传人，地质学家，1943 年在广西钟山县黄羌坪为我国首次发现铀矿，1954 年地质部根据他的发现，在当地采集中国第一块铀矿石，中国核工业从此起步，他由此被誉“中国铀矿之父”。

1948 年的春天，正直嫉恶的性格忍受不了黑暗的社会现状，加上多年积劳体力不支，南延宗回乡休养，正碰上南怀瑾“为了告别的聚会”。两家本是世交，同在一村，相距仅几间房子，某一日，听闻南怀瑾之父南仰周当选为长岐乡（今黄华镇岐头）乡长，南延宗兴冲冲前去道贺。

那天上午，族人南光林正在南怀瑾家门口玩耍，如今七旬高龄的他，依然能绘声绘色地回忆起当年。当时南怀瑾在屋内，南仰周坐在门口自家开的杂货店里，身穿青色列宁装的南延宗带笑行来，一见到南仰周就连连作揖，阔别重逢，南仰周也忙起身，握手欢迎。周围乡亲一边叫道，“三儿（南延宗小名）来了，三儿来了”，一边赞叹“读书人礼貌真是好”。南延宗被热情地迎进屋里，盘桓至中午，吃了饭才告辞。

在家乡的温暖港湾里憩息好身心，南怀瑾最终单身上船，渡海赴台，像那个乱离时代大批外省人一样，在那座孤岛上白手创业，重新成家生子。他一度经商失败，穷困潦倒，靠典当衣服度日，但依旧好学不倦，甚至一手抱婴儿，一手翻书。

进入20世纪60年代，随着被中国文化大学聘为教授、辅仁大学邀请讲学，南怀瑾积淀的满腹学问终于得以施展，名气大增，弟子渐多，被蒋氏父子看中，邀至台湾三军驻地巡回演讲。亲来聆听的蒋介石十分赞许，有意成立复兴中华文化委员会，自任会长，让他主持工作，由于对蒋有保留看法，他婉言谢绝。

成名后的南怀瑾矢志传播国学，创办《人文世界》《知见》杂志，为不借助官方，自己弘扬传统文化，相继成立东西精华协会、十方丛林书院、东西方文化学院、国际文教基金会、老古文化事业公司，印行根据讲课内容整理成的《论语别裁》《孟子旁通》《老子他说》等众多著作，风靡海内外。

声誉产生的是滚雪球效应，至80年代，他已被封为国学大师，头衔在两岸三地如雷贯耳。但对于温州的家乡父老来说，再度知道这位乐清走出的通儒奇人，很大原因却是靠了后来他牵头投资建设的金温铁路。因缘际会，其南宅故居再次充当了故事的舞台。

西北起浙江金华、东南到温州的金温铁路，客货双用，为温州历史上第一条铁路，也是我国第一条合资股份制铁路。细究其构想，最早可以追溯到孙中山的《建国方略》，但后来的半个多世纪里，历经“七擒七纵”，却仍然缚不来汽笛呼啸的钢铁长龙。

1988年，殚精竭虑的温州官员想到，只有远在香港的南怀瑾出山，才能主持修建。当地官员乃专程赴港拜访，情理兼用，找尽了各种角度来动员，很关键地发现他自从离乡后，就再没有回来，跟老家妻儿竟隔绝了四十余载。当年除夕夜，地方官们瞄准了他的儒家精神，大打亲情牌，市长挂帅，跑到邮电局亲自督阵，专门开通其故居直拨香港的长途电话。

当电话线里，第一次传来千里外他原配夫人熟悉又陌生、散发着浓厚乐清方言味的嗓音，心有灵犀一“线”通，一切都迎刃而解了，“革命尚未成功，同志仍需努力”，国父遗愿犹如《国际歌》里慷慨激昂的“英特纳雄耐尔”，一定要实现！

经过80年代，经过南怀瑾故居，让我们沿着河畔继续往里，不远处路边，你会看到侧立着一架宽大古朴的清代石屏风，正面浮雕着狮子滚球图，背面刻有一首五律。屏风雕工精美，狮子栩栩如生，构件保存完好。它被列入乐清市重点文保单位，名曰“石刻照屏”。

照屏通常是板着一张四方脸站在大宅院大门口的。在这石刻照屏后，原先的确是一座大宅院，主人为清道光年间监生南元照，酷爱诗文，精通书法篆刻。其父耕读致富，富甲一方，生了八个儿子，为此先后盖起八座大宅，加上其他附属建筑，所有房屋连绵成片，庭院深深，帘幕重重，相传总共有九百九十九根梁柱，号称“千柱落地”。如今宅院原貌虽然因多处毁坏而模糊，但门口这座石刻照屏却清晰“照”出当年规模。

身为南宅后裔子弟，我曾经多次摩挲着这架石刻照屏，默吟上面的刻诗，再绕进后面破落的宅院，小心翕动鼻翼，渴望嗅到还游逛在檐前屋角的缕缕书香。私心八卦，当年南怀瑾也一定有过我这样的动作，在不知不觉中受到了故居周围前儒遗泽的文化哺育。

从南怀瑾故居退回村口，那里临水盘踞着一座宫殿状建筑，红瓦白墙，林立的朱色梁柱间，黑底金字挂着“百代渊源，河洛东南留一脉；千秋忠义，神灵海屿有孤臣”的楹联，此即南氏宗祠，又名太祖殿。殿后村，就缘自村子在太祖殿之后。

1999年，因破旧不堪，宗祠被集资重新翻修。即将落成前，家父殷殷去信，询问他（南怀瑾）能否题写太祖殿楹联，为族增光。没等多久，不过一个月，上面的长对就墨迹淋漓地寄到。上联指温州南氏是从中华文明发源地、北方的河洛迁徙到东南的温州，属于“南”辕“北”辙；下联指南宋朝廷运粮船队遭遇海上大风大浪，南宅先祖为挽救其覆没而英勇捐躯，被追封将军。全联对仗工整，用典精当，显示出的诗文功底并非靠打桩机能够短期夯成。

笺注完联语，把八卦进行到底，这是否旁证了被故里哺育过多年以后，南怀瑾以题联进行一种文化反哺，即使他再没回过乡。

图片提供/南　航